O ENGENHOSO FIDALGO
DOM QUIXOTE DE LA MANCHA
– UMA ADAPTAÇÃO –

MIGUEL DE CERVANTES SAAVEDRA

O ENGENHOSO FIDALGO
DOM QUIXOTE DE LA MANCHA

Adaptação
FEDERICO JEANMAIRE e ÁNGELES DURINI

Tradução
SÉRGIO MOLINA

martins fontes
selo martins

El ingenioso hidalgo Don Quijote de la Mancha
Copyright © 2004, de la adaptación, Federico Jeanmaire y Ángeles Durini
Copyright © 2005, Grupo Editorial Planeta S.A.I.C.
Copyright © 2005, Livraria Martins Fontes Editora Ltda.,
São Paulo, para a presente edição.

Tradução
Sérgio Molina

Publisher *Evandro Mendonça Martins Fontes*
Coordenação editorial *Vanessa Faleck*
Preparação *Eliane Santoro*
Revisão *Flávia Schiavo*
Tereza Gouveia
Renata Sangeon
Produção gráfica *Geraldo Alves*
Diagramação *Studio 3*

Dados Internacionais de Catalogação na Publicação (CIP)
(Câmara Brasileira do Livro, SP, Brasil)

Jeanmaire, Federico
  O engenhoso fidalgo Dom Quixote de La Mancha / Miguel de Cervantes Saavedra ; uma adaptação de Federico Jeanmaire e Ángeles Durini ; tradução Sérgio Molina. – São Paulo : Martins Fontes, 2005.

  Título original: El ingenioso hidalgo Don Quijote de la Mancha.
  ISBN 85-99102-20-6

  1. Literatura infantojuvenil 2. Romance espanhol I. Cervantes Saavedra, Miguel de, 1547-1616. II. Durini, Ángeles. III. Título.

05-6156   CDD-028.5

Índice para catálogo sistemático:
1. Romance : Literatura infantojuvenil   028.5

Todos os direitos desta edição reservados à
Livraria Martins Fontes Editora Ltda.
Av. Dr. Arnaldo, 2076
01255-000   São Paulo   SP   Brasil
Tel.: (11) 3116 0000
info@emartinsfontes.com.br
www.emartinsfontes.com.br

SUMÁRIO

PRIMEIRA PARTE

Capítulo 1
Que conta como um fidalgo pobre se tornou o famosíssimo
cavaleiro Dom Quixote de La Mancha.. 19

Capítulo 2
Que trata da primeira saída de Dom Quixote 22

Capítulo 3
Onde se conta como Dom Quixote foi armado cavaleiro 24

Capítulo 4
Que conta o que aconteceu com Dom Quixote ao deixar a pousada... 27

Capítulo 5
Onde se continua contando a desventura do nosso cavaleiro............. 29

Capítulo 6
Da revista que o padre e o barbeiro fizeram na biblioteca
do nosso fidalgo 30

Capítulo 7
Da segunda saída de Dom Quixote de La Mancha 31

Capítulo 8
Do que aconteceu com Dom Quixote na inimaginável aventura
dos moinhos de vento.. 34

Capítulo 9
Onde termina a formidável batalha de Dom Quixote com o basco... 38

Capítulo 10
Do que Dom Quixote e Sancho conversaram depois da vitória
contra o basco... 39

Capítulo 11
Do que aconteceu com Dom Quixote na companhia
de uns cabreiros... 40

Capítulo 12
Uma história de pastores.. 41

Capítulo 13
Onde continua a história dos pastores 43

Capítulo 14
Onde termina a história dos pastores 44

Capítulo 15
Onde se conta a desventurada aventura com os galegos 45

Capítulo 16
Do que aconteceu ao engenhoso fidalgo na pousada que ele
imaginava ser castelo 47

Capítulo 17
Do que continuou acontecendo na pousada que o cavaleiro
imaginava ser castelo 50

Capítulo 18
Onde se conta uma aventura digna de ser contada.......................... 53

Capítulo 19
Do que lhes aconteceu com um corpo morto 57

Capítulo 20
Que trata de uma aventura jamais vista nem ouvida 59

Capítulo 21
A aventura do elmo de Mambrino 62

Capítulo 22
Dom Quixote liberta um grupo de homens que uns guardas
levavam aonde não queriam ir 64

Capítulo 23
Do que aconteceu a Dom Quixote na Serra Morena 68

Capítulo 24
Onde continua a aventura da Serra Morena 71

Capítulo 25
Das estranhas coisas que continuaram acontecendo
na Serra Morena... 73

Capítulo 26
Que trata das loucuras que Dom Quixote ficou fazendo
na serra e também da curta viagem de Sancho.................................... 76

Capítulo 27
Do que aconteceu depois 79

Capítulo 28
Que trata da nova aventura que aconteceu na serra 81

Capítulo 29
Que trata de como a aventura continuou 85

Capítulo 30
De como tiraram Dom Quixote da penitência 87

Capítulo 31
Da conversa que Dom Quixote e Sancho tiveram e de um
encontro que aconteceu logo em seguida 90

Capítulo 32
Que trata do que aconteceu na pousada 92

Capítulo 33
A novela do curioso impertinente 94

Capítulo 34
Onde continua a novela do curioso impertinente 97

Capítulo 35
Onde termina a novela do curioso impertinente 100

Capítulo 36
De como terminou a história de Cardênio 104

Capítulo 37
Onde continua a história da princesa Micomicona,
mais outras aventuras 106

Capítulo 38
O discurso de Dom Quixote 108

Capítulo 39
Onde o cativo conta sua vida 109

Capítulo 40
Onde prossegue a história do cativo 111

Capítulo 41
Onde termina a história do cativo 114

Capítulo 42
Que trata do que aconteceu em seguida 117

Capítulo 43
Onde se conta a história do tangedor de mulas, mais outras
coisas estranhas acontecidas na pousada 119

Capítulo 44
Onde continuam os insólitos acontecimentos da pousada 122

Capítulo 45
Onde se acaba de esclarecer a dúvida do elmo de Mambrino 126

Capítulo 46
De como fizeram para enjaular Dom Quixote 129

Capítulo 47
Dom Quixote enjaulado 131

Capítulo 48
Dom Quixote ainda continua enjaulado 135

Capítulo 49
Dom Quixote desenjaulado 137

Capítulo 50
Da conversa que tiveram o cônego e Dom Quixote junto
com outros acontecimentos 138

Capítulo 51
Sobre o que o pastor contou 140

Capítulo 52
Das brigas que Dom Quixote teve antes de chegar à aldeia 141

SEGUNDA PARTE

Capítulo 1
Da visita que o padre e o barbeiro fizeram a Dom Quixote................ 147

Capítulo 2
Do diálogo que Dom Quixote e Sancho Pança tiveram a sós 148

Capítulo 3
Da conversa entre Dom Quixote, Sancho Pança e o bacharel
Sansão Carrasco 151

Capítulo 4
Onde Sancho Pança responde às perguntas do bacharel Sansão
Carrasco 153

Capítulo 5
Da curiosa conversa que tiveram Sancho e sua mulher, Teresa Pança . 155

Capítulo 6
Do que Dom Quixote conversou com a sobrinha e a criada 157

Capítulo 7
Do que Dom Quixote e seu escudeiro conversaram 158

Capítulo 8
A caminho de El Toboso 161

Capítulo 9
Entrada em El Toboso 162

Capítulo 10
Onde se conta o que Sancho fez para enfeitiçar Dulcineia 164

Capítulo 11
Da estranha aventura com a carroça da Morte 167

Capítulo 12
Da aventura entre Dom Quixote e o bravo Cavaleiro do Bosque 169

Capítulo 13
Onde se conta o que os escudeiros conversaram 172

Capítulo 14
Onde se prossegue a aventura do Cavaleiro do Bosque 172

Capítulo 15
Onde se esclarece quem eram o Cavaleiro dos Espelhos
e seu escudeiro 177

Capítulo 16
Do encontro de Dom Quixote com outro cavaleiro de La Mancha ... 178

Capítulo 17
A aventura com os leões 179

Capítulo 18
Na casa do Cavaleiro do Casaco Verde 182

Capítulo 19
Onde se conta a aventura do pastor apaixonado 184

Capítulo 20
O casamento de Camacho 185

Capítulo 21
Onde continua o casamento de Camacho 186

Capítulo 22
Onde se conta a grande aventura da gruta de Montesinos 189

Capítulo 23
Das incríveis coisas que Dom Quixote contou ao sair da gruta
de Montesinos 190

Capítulo 24
Onde se contam algumas coisas 194

Capítulo 25
Os zurradores e a chegada do titereiro 195

Capítulo 26
Onde continua a aventura do titereiro 197

Capítulo 27
Onde se revela quem era Pedro e tem fim a aventura dos zurradores ... 199

Capítulo 28
Sobre a conversa que Dom Quixote e Sancho tiveram em seguida .. 200

Capítulo 29
A famosa aventura do barco enfeitiçado 203

Capítulo 30
Do que aconteceu a Dom Quixote com uma bela caçadora 205

Capítulo 31
Que trata de grandes coisas 206

Capítulo 32
Da resposta de Dom Quixote e da lavagem de sua barba 209

Capítulo 33
Da conversa que a duquesa teve com Sancho 211

Capítulo 34
Demônios e magos no bosque 214

Capítulo 35
Onde Merlim explica como desenfeitiçar Dulcineia 216

Capítulo 36
Onde se conta a estranha aventura da condessa Trifraldi 219

Capítulo 37
Onde continua a aventura de Dona Dolorida 222

Capítulo 38
Onde a condessa Trifraldi conta suas malandanças 223

Capítulo 39
Onde a condessa Trifraldi continua sua história 225

Capítulo 40
Mais coisas que têm que ver com esta aventura 226

Capítulo 41
O fim da aventura de Cravilenho 228

Capítulo 42
Dos conselhos que Dom Quixote deu a Sancho Pança antes
de ele partir para o governo da ilha 231

Capítulo 43
Da segunda leva de conselhos que Dom Quixote deu
a Sancho Pança 232

Capítulo 44
De como Sancho foi levado à ilha e da estranha aventura que,
enquanto isso, aconteceu a Dom Quixote 234

Capítulo 45
De como Sancho Pança tomou posse de sua ilha e começou
a governar 237

Capítulo 46
Uma aventura com gatos 239

Capítulo 47
Sancho Pança e seu governo 240

Capítulo 48
Do que aconteceu a Dom Quixote com Dona Rodríguez 242

Capítulo 49
Do que aconteceu com Sancho em sua ilha 243

Capítulo 50
Onde se revela quem beliscou Dom Quixote 245

Capítulo 51
Dos progressos no governo de Sancho Pança 246

Capítulo 52
Onde continua a aventura de Dona Rodríguez 248

Capítulo 53
Do fim que teve o governo de Sancho Pança 250

Capítulo 54
Do encontro com Ricote 251

Capítulo 55
Do que aconteceu a Sancho nessa mesma noite 253

Capítulo 56
Da descomunal e nunca vista batalha entre Dom Quixote
de La Mancha e o lacaio Tosilos 255

Capítulo 57
A despedida do castelo 257

Capítulo 58
Que trata de diversas coisas que lhes aconteceram no caminho........ 258

Capítulo 59
Onde se conta o que aconteceu na pousada 260

Capítulo 60
Do que aconteceu com Dom Quixote no caminho........................... 263

Capítulo 61
A entrada de Dom Quixote em Barcelona 266

Capítulo 62
A aventura da cabeça mágica 267

Capítulo 63
Nos navios 269

Capítulo 64
Que narra a mais triste aventura de Dom Quixote 272

Capítulo 65
Onde se conta quem era o da Branca Lua 275

Capítulo 66
No caminho de volta 277

Capítulo 67
Da decisão de virar pastor tomada por Dom Quixote 279

Capítulo 68
Da porcina aventura que aconteceu a Dom Quixote 280

Capítulo 69
Do mais estranho caso de toda esta história 281

Capítulo 70
Que vem depois do 69 e esclarece algumas coisas 283

Capítulo 71
Do que lhes aconteceu depois 285

Capítulo 72
De como Dom Quixote e Sancho chegaram à aldeia 287

Capítulo 73
Do regresso de Dom Quixote a sua casa 288

Capítulo 74
De como Dom Quixote adoeceu, do testamento que fez
e de sua morte 290

… PRIMEIRA PARTE

PRIMERA PARTE

Capítulo 1
Que conta como um fidalgo pobre se tornou o famosíssimo cavaleiro Dom Quixote de La Mancha

Em um lugar de La Mancha, cujo nome não quero lembrar, tempos atrás viveu um fidalgo pobre, tão pobre que seu dinheiro mal dava para a comida. Com ele moravam uma governanta que passava dos quarenta e uma sobrinha que não chegava aos vinte. Nosso fidalgo beirava os cinquenta; era magro, ossudo, de rosto chupado e muito madrugador. Alguns dos autores que escrevem sobre ele dizem que seu sobrenome era Quijada; outros, Quesada, e outros ainda o chamam Quejana. Mas isso não faz grande diferença nesta história; o importante é que nela não se contem mentiras.

O homem passava suas horas vagas, que eram muitas, lendo livros de cavalaria, com uma curiosidade tão desatinada que chegou a vender boa parte de suas terras só para poder comprar mais livros. Muitas vezes, conversando com o padre da aldeia, se punha a discutir qual dos protagonistas daquelas histórias era melhor cavaleiro, se Palmeirim de

Inglaterra ou Amadis de Gaula. Nicolau, outro amigo dele e barbeiro do lugar, dizia que nenhum deles se comparava com Dom Galaor, que não era tão choramingas quanto seu irmão Amadis e era muito valente. O fato é que o tal fidalgo passava o dia inteiro lendo, e assim, por ler demais e dormir de menos, a cabeça dele ficou cheia das coisas que lia: feitiços, batalhas, duelos, amores e disparates impossíveis. E a tal ponto chegou sua crença nessas invenções, que para ele eram as histórias mais verdadeiras do mundo. Então, já totalmente louco, teve o mais estranho pensamento que nenhum louco jamais teve: achou que era bom e necessário ele virar cavaleiro andante e sair pelo mundo em busca de aventuras, expondo-se a perigos que lhe dessem fama e renome.

Animado com a ideia, pôs mãos à obra para realizar seu desejo. Começou desencavando, limpando e consertando uma velha armadura que tinha sido de seu bisavô. Feito isso, foi ver seu cavalo, um pangaré magro de fazer dó, mas que aos olhos do nosso fidalgo era o melhor corcel do mundo. Passou quatro dias pensando que nome daria ao rocim, pois, como ele dizia a si mesmo, cavalo de cavaleiro tão famoso deveria ter um nome de grande efeito. E então, depois de muitos que montou, descartou, cortou, emendou, desfez e tornou a fazer na imaginação, acabou escolhendo o de Rocinante.

Uma vez batizado o cavalo, resolveu procurar um novo nome para si mesmo. Passou mais oito dias nessa busca e por fim escolheu o de "Dom Quixote". Só que aí, lembrando-se de que Amadis não se contentara em se chamar apenas

Amadis, e ponto, mas acrescentara o nome do seu reino, Gaula, ele também quis, como bom cavaleiro, juntar ao seu nome o de sua terra, chamando-se Dom Quixote de La Mancha.

Arrumada e limpa a armadura, escolhido o nome do seu cavalo e o seu próprio, agora só lhe faltava procurar uma dama por quem se apaixonar, pois achava que um cavaleiro andante sem amores era como árvore sem folhas nem frutos. Dom Quixote dizia para si mesmo:

– Se eu, por meus pecados ou por minha boa estrela, topar por aí com algum gigante, como costuma acontecer com os cavaleiros andantes, e o derrubar ou lhe partir o corpo ao meio ou, simplesmente, o vencer e ele se render, não seria bom mandá-lo ajoelhar aos pés da minha amada? E então diria a ela, com voz humilde: "Eu sou o gigante Caraculiambro, senhor da ilha Malindrânia, vencido em singular batalha pelo famoso cavaleiro Dom Quixote de La Mancha, que me mandou aqui para que eu me ponha a vosso dispor".

Uma enorme alegria tomou conta do nosso cavaleiro ao desfiar essas palavras. E maior ainda foi a que sentiu ao achar a dama dos seus pensamentos. Num lugarejo próximo vivia uma camponesa muito bonita, por quem ele já andara apaixonado, embora ela nunca tivesse nem desconfiado. A moça se chamava Aldonça Lorenzo, mas ele a chamou de Dulcineia del Toboso porque lhe pareceu um nome mais digno de uma princesa. Um nome imponente e sonoro, como todos os que ele havia escolhido.

Capítulo 2
Que trata da primeira saída de Dom Quixote

Uma madrugada, antes de o sol raiar e sem ser visto por ninguém, Dom Quixote vestiu sua armadura, montou em Rocinante e saiu pela porteira dos fundos. Já em campo aberto, lembrou-se de que ainda não tinha sido armado cavaleiro e que, segundo as leis da cavalaria, não poderia entrar em combate. Então resolveu pedir que fosse armado cavaleiro ao primeiro que encontrasse, tal como acontecia nos livros.

Fez um dia inteiro de estrada sem que nada lhe acontecesse. Ao anoitecer, ele e seu cavalo estavam exaustos e mortos de fome. Correndo os olhos em volta, avistou uma pousada e foi como descobrir uma estrela guia. Apressou o passo e chegou lá com a noite. Duas prostitutas estavam às portas do prédio. Nosso aventureiro imaginou que a pousada era um castelo com tudo o que tinha direito: quatro altas torres, ponte levadiça e até um fosso bem fundo. Também pensou que as prostitutas eram duas lindas donzelas, puras e castas. Nesse momento, um tratador de porcos que estava recolhendo os animais tocou uma trompa de chifre; Dom Quixote imaginou que era um anão arauto anunciando sua chegada e se aproximou da entrada todo contente. As moças, assustadas ao verem chegar um homem armado daquele jeito, foram entrando na pousada, mas Dom Quixote chamou por elas, tratando-as de damas e pedindo-lhes que, por favor, não fugissem.

As prostitutas acharam muita graça em serem tratadas como damas, e mais graça ainda na aparência do recém-

-chegado. Dom Quixote, ao contrário, foi ficando irritado com as risadas das moças. A escalada de risos de umas e irritação do outro teria continuado se não aparecesse o dono da pousada, que, ao ver a aparência estapafúrdia do viajante, por pouco não caiu na gargalhada também. Mas, temendo a irritação e as armas do estranho, convidou-o a entrar e o ajudou a apear de Rocinante. Dom Quixote então lhe pediu que cuidasse muito bem do seu cavalo, pois era o melhor do mundo. O homem logo viu que isso estava longe de ser verdade, mas mesmo assim levou Rocinante à estrebaria e voltou para atender o hóspede.

Pouco depois, as moças perguntaram se ele queria jantar, puseram a mesa, e o dono da pousada lhe serviu um bacalhau malcozido e um pão tão preto e sujo quanto sua armadura. Dom Quixote tinha de segurar a viseira do capacete com as duas mãos para que não lhe tapasse o rosto, enquanto uma das moças, sem conseguir parar de rir, lhe dava de comer na boca, onde o dono despejava vinho de quando em quando. Estando nessas manobras, ouviu-se o apito de um pastor tocar repetidas vezes, o que acabou de convencer Dom Quixote de que estava em um castelo, que o acompanhavam com música, que o bacalhau eram trutas, que o pão imundo era francês, as prostitutas, damas, e o dono da pousada, castelão. Mesmo assim, continuava preocupado porque ainda não tinha sido armado cavaleiro. Achava que não poderia viver nenhuma aventura enquanto não recebesse a ordem de cavalaria. E isso o deixava triste, muito triste mesmo.

Capítulo 3
Onde se conta como Dom Quixote foi armado cavaleiro

Tão triste estava Dom Quixote que, acabando de jantar, chamou o dono da pousada, foi com ele até a estrebaria e, de joelhos, pediu-lhe que, por favor, o sagrasse cavaleiro no dia seguinte, que ele, conforme a tradição, passaria a noite velando sua armadura na capela do castelo. O sujeito resolveu entrar no jogo do hóspede: contou que, quando jovem, também tinha sido cavaleiro e que sabia muito bem o que era andar pelo mundo em busca de aventuras, mas acabara aposentando as armas para se recolher naquele castelo, onde tinha o prazer de hospedar todos os andantes que por ali passavam. O único problema, explicou, era que a capela velha acabara de ser derrubada e a nova ainda não tinha sido erguida, portanto ele teria de velar a armadura num pátio. Aceitas as condições, combinaram que a cerimônia seria celebrada logo de manhã. Então o dono da pousada lhe perguntou se trazia algum dinheiro, ao que Dom Quixote respondeu que não, pois nunca tinha lido que os cavaleiros andantes carregassem dinheiro. O homem explicou que os autores dos livros não escreviam coisas tão óbvias, mas que, embora não as escrevessem, era evidente que os cavaleiros carregavam não apenas dinheiro, mas algumas mudas de roupa de baixo, além de remédios e ataduras para curar os ferimentos das batalhas, pois nem sempre era fácil achar quem os curasse nos descampados. A não ser, claro, que o cavaleiro fosse protegido de algum mago sábio, que na hora da precisão lhe mandasse voando sobre uma nuvem alguma menina ou algum anão trazendo um frasco de água mágica, daquelas tão mágicas que só uma gota dela já é capaz de curar todos os ferimentos num piscar de olhos. Mas, por via das dúvidas, todo andante ia acompanhado de um escudeiro, que levava dinheiro e outras coisas necessárias, e o cavaleiro, quando não tinha escudeiro, o que era raríssimo, trazia consigo pelo menos uma bolsa discretamente escondida na garupa do cavalo.

Depois de escutar os sábios conselhos do homem, Dom Quixote carregou a armadura até um terreno ao lado da pousada, colocou-a sobre a tampa de um bebedouro de animais que lá havia e começou sua vigília, ora rondando, ora fitando as peças. Ficou nisso até que um tropeiro resolveu dar de beber a sua mula e ousou tirar a armadura de Dom Quixote de cima do tanque. Nosso quase-cavaleiro ficou indignado e mandou o sujeito tirar as mãos da armadura. Mas, como este nem se deu por achado, Dom Quixote firmou sua lança e acertou uma tremenda pancada na cabeça do atrevido, que tombou desmaiado. Em seguida recolocou a armadura onde estava e continuou sua ronda, como se nada tivesse acontecido. Sem saber o que ocorrera, um segundo tropeiro apareceu com a mesma intenção. Quando tirou a armadura de cima do tanque, Dom Quixote não disse uma palavra e foi logo rachando a cabeça do intruso. Atraídos pelos gritos, todos os hóspedes correram para lá. Ao verem o que estava acontecendo, os companheiros dos feridos começaram a atirar pedras em Dom Quixote, que, protegendo-se como podia sob seu pequeno escudo mas sem arredar o pé do tanque para não desamparar a armadura, gritava que eram todos uns traidores, incluído o castelão (que estava tentando acalmar os ânimos), por deixar um cavaleiro andante ser maltratado daquele jeito.

Dom Quixote vociferou de tal maneira que os tropeiros, assustados, pararam de apedrejá-lo. Então ele os deixou retirar os feridos e, muito sossegado, voltou a velar a armadura. O dono da pousada, no entanto, resolveu adiantar as coisas e sagrá-lo cavaleiro de uma vez, antes que aprontasse mais alguma. Aproximou-se de Dom Quixote, pediu desculpas pelo ocorrido e disse que, como ele tinha velado a armadura por mais de duas horas, já podiam celebrar a cerimônia. Apanhou um cotoco de vela, um grosso caderno, onde anotava as contas da pousada, e chamou as duas prostitutas. Mandou Dom Quixote se ajoelhar, abriu o caderno e, fingindo ler uma prece, ergueu a mão, deu-lhe um tapa no pescoço e uma bela pranchada com a espada nos ombros, sem parar de murmurar entre dentes. Em seguida, mandou uma das moças colocar-lhe a espada na cintura. A moça obedeceu, mal conseguindo conter o riso; a outra lhe calçou as esporas, e o novíssimo cavaleiro prometeu dedicar a elas boa parte da honra de suas futuras vitórias.

Terminada a cerimônia, Dom Quixote não perdeu tempo: montou em Rocinante e saiu disparado em busca de aventuras, não sem antes se despedir do dono da pousada, agradecendo-lhe muitíssimo por tê-lo armado cavaleiro. O homem não via a hora de que ele sumisse, tanto que nem sequer cobrou a conta.

Capítulo 4
Que conta o que aconteceu com Dom Quixote ao deixar a pousada

Dom Quixote saiu da pousada radiante por ter sido armado cavaleiro. Só que, antes de encarar qualquer aventura, resolveu seguir o conselho de seu padrinho e voltar para casa para buscar dinheiro e algumas mudas de roupa. Além disso, precisava arranjar um bom escudeiro.

Não tinha andado muito, porém, quando teve a impressão de ouvir umas vozes. Desviou-se na direção de onde elas vinham e logo deparou com um garoto amarrado a uma árvore, apanhando de cinta de um fazendeiro grandalhão.

– Prometo que não vai acontecer de novo! – gemia o rapazinho.

Dom Quixote empunhou a lança e chamou o grandalhão de covarde. Este, ao ver a ponta da lança tão perto do rosto, parou de bater no garoto e respondeu:

– Senhor, este moço que eu estou castigando é pastor dos meus rebanhos, mas sempre perde minhas ovelhas e, ainda por cima, diz que não lhe pago o salário.

– Não me venhais com mentiras, mequetrefe! – disse Dom Quixote. – Desamarrai-o agora mesmo e pagai-lhe o que deveis, se não quiserdes que vos pendure nesta lança!

O homem desamarrou o criado e, malandramente, disse não ter nenhum dinheiro com ele, mas que André (era esse o nome do garoto) receberia o que lhe devia se o acompanhasse até sua casa. André gritou que não queria acompanhar o patrão, pois seria esfolado vivo. Dom Quixote então fez o grandalhão jurar que cumpriria com o combinado. O fazendeiro jurou sem titubear, e Dom Quixote partiu crente em sua palavra. Mas, assim que o cavaleiro desapareceu, o homem agarrou o garoto pelo braço, voltou a amarrá-lo e o açoitou com tanta força que quase o matou. Ao soltá-lo, ainda caçoou dele, dizendo que fosse pedir socorro ao seu defensor.

Enquanto isso, Dom Quixote seguia todo pimpão pela estrada, satisfeitíssimo por ter resolvido o primeiro problema que encontrara. E, não demorou muito, arrumou mais um. Ao avistar um grupo de comerciantes que vinha na direção contrária, postou-se no meio do caminho e, quando chegaram perto, lhes disse engrossando a voz:

– Alto lá! Ninguém passará enquanto todos não declararem que a imperatriz de La Mancha, a sem-par Dulcineia del Toboso, é a mais formosa donzela do universo.

Os comerciantes logo perceberam que se tratava de um doido, e o mais gozador da turma lhe disse:

– Caro senhor, não podemos declarar a beleza de uma mulher que não conhecemos, mas, se tiver a bondade de nos mostrar um retrato dela, ainda que seja do tamanho de um grão de arroz, proclamaremos o que nos pede, mesmo que ela tenha um olho vazado e o outro remelento.

A simples insinuação de que Dulcineia pudesse ter algum defeito despertou a ira de Dom Quixote, que partiu contra o insolente com a lança em riste. Mas, por sorte ou por azar, logo Rocinante tropeçou, e os dois, cavalo e cavaleiro, rolaram estrepitosamente pelo campo. Para completar, um tocador de mulas que acompanhava os comerciantes, e que não devia ter lá muito bom gênio, aproveitou a queda de Dom Quixote e o cobriu de pontapés. Quando se cansou de bater, os comerciantes retomaram seu caminho, e nosso cavaleiro ficou estatelado no chão, todo estropiado. Mas, apesar dos pesares, estava feliz, pois acabara de viver uma desventura digna de um cavaleiro andante. Além do mais, a culpa pela derrota não tinha sido dele, e sim de Rocinante.

Capítulo 5
Onde se continua contando a desventura do nosso cavaleiro

Dom Quixote continuava lá estatelado, sem conseguir se levantar de tanto que tinha apanhado, quando passou pela estrada um vizinho que o reconheceu e lhe perguntou quem o deixara naquele estado lastimável. Em vez de contar o que tinha acontecido, Dom Quixote desandou a recitar versos e dizer disparates, confundindo o vizinho com o personagem de algum livro. O bom homem o ergueu e o colocou nos lombos de seu burro; amarrou as armas dele sobre Rocinante e o levou de volta à aldeia.

Enquanto isso, na casa do fidalgo, a criada conversava com a sobrinha, o padre e o barbeiro, todos preocupadíssimos porque fazia três dias que não tinham notícias do senhor Quijana. A sobrinha dizia:

— Meu tio passava dias inteiros lendo e depois pegava uma espada e saía lutando com a própria sombra, dizendo que estava matando seus inimigos. Vou ter de queimar esses livros de aventura.

– Concordo – disse o padre. – Amanhã mesmo vamos cuidar disso.

Nesse momento, chegou o vizinho trazendo Dom Quixote. Todos saíram a recebê-lo, ajudaram a baixá-lo do burro e o levaram até a cama. Dom Quixote contou que estava naquele estado calamitoso por ter caído do cavalo enquanto lutava contra dez gigantes. Ao ouvir tamanho absurdo, o padre confirmou a decisão de queimar os livros culpados no dia seguinte. E assim foi feito.

Capítulo 6
Da revista que o padre e o barbeiro fizeram na biblioteca do nosso fidalgo

No dia seguinte, o padre procurou seu compadre, o barbeiro, e foram juntos para a casa de Dom Quixote. Chegando lá, a sobrinha e a governanta os levaram até a biblioteca do fidalgo. O padre mandou o barbeiro ir tirando os livros da estante, para ele ver se algum deles merecia não ir para o fogo. A sobrinha e a governanta achavam que deviam jogar todos de uma vez pela janela e fazer uma grande fogueira no quintal. Mas o padre não estava de acordo, queria pelo menos dar uma olhada nos títulos. Então fizeram o seguinte: o barbeiro foi passando livro por livro para seu compadre, em seguida os dois comentavam as virtudes ou os pecados de cada um, e por fim decidiam se o queimariam ou não. O primeiro a cair nas mãos deles foi o que contava as aventuras do cavaleiro Amadis de Gaula. Decidiram poupá-lo, por ser o melhor livro de cavalaria. Muitos outros do mesmo gênero, porém, voaram janela afora, amontoando-se no quintal à espera do fogo, do qual só escaparam mais alguns poucos que, assim com o *Amadis*, eram do seu agrado. Depois passaram para os livros que contavam histórias de pastores, e o barbeiro perguntou:

– O que vamos fazer com estes, senhor padre?

– São livros de poesia, seus personagens são pastores e, como não fazem mal como os de cavalaria, não merecem ser queimados.

– Ai, senhor – retrucou a sobrinha –, mesmo assim, acho que é melhor queimar todos eles. Não me admiraria se meu tio, depois de curado da doença cavalheiresca, também começasse a ler desses aí e resolvesse virar pastor e sair pelos montes cantando e recitando poesias.

Então só salvaram mais alguns, e até acharam um exemplar de *A Galateia*, livro escrito por um tal de Cervantes, que decidiram conservar pelo menos até a publicação de uma prometida segunda parte.

Capítulo 7
Da segunda saída de Dom Quixote de La Mancha

Ao escutarem gritos de Dom Quixote, se apressaram a jogar os últimos livros pela janela e correram até seu quarto.

Ao entrarem, depararam com ele já de pé, distribuindo espadadas a torto e a direito. Trataram logo de deitá-lo na cama, levaram-lhe alguma coisa de comer e mandaram-no guardar repouso. Nessa mesma noite, a criada queimou os livros amontoados no quintal, mais todos os que tinham restado na casa, sem perdoar nenhum.

Mas isso não foi tudo. Para completar o serviço, resolveram bloquear a entrada da biblioteca com uma parede e depois, quando o fidalgo se levantasse e quisesse ir ler, dizer que um mago tinha sumido com os livros, levando o quarto junto. Sem perder tempo, mandaram murar a porta e, dois dias mais tarde, quando Dom Quixote se levantou e foi direto para a biblioteca, não conseguiu achá-la. Questionou a governanta, que respondeu:

— Ah, o senhor está procurando seus livros? Nesta casa não restou nenhum. O diabo em pessoa apareceu aqui e carregou todos com ele.

— Não era o diabo — corrigiu a sobrinha —, mas um mago que apareceu montado numa nuvem, entrou na biblioteca e depois saiu pelo teto, deixando a casa inteira cheia de fumaça. Quando corremos para lá, já não vimos nem sinal dos livros nem da própria biblioteca. Mas ainda ouvimos o mago gritar que era inimigo do dono daqueles livros e que seu nome era Carochão.

— Frestão, deve ter dito — respondeu Dom Quixote.

— Isso mesmo, Frestão, ou Fritão, não lembro direito — respondeu a governanta. — Só sei que acabava em "ão".

— É um mago do mal que tem muito ódio de mim — explicou Dom Quixote.

Durante quinze dias, o cavaleiro ficou sossegado em casa. Mas nesse meio-tempo convenceu um vizinho, um homem muito bom mas meio cabeça de vento, a sair pelo mundo como seu escudeiro. Entre outras coisas, Dom Quixote lhe prometeu que o nomearia governador da primeira ilha que conquistassem numa aventura. Animado com a promessa, Sancho Pança (assim se chamava o vizinho) decidiu deixar mulher e filhos para acompanhar o cavaleiro.

Dom Quixote juntou algum dinheiro vendendo pertences, desamassou um pouco a armadura e avisou Sancho do dia e da hora em que pensava sair, mandando que ele reunisse as demais coisas necessárias à viagem, especialmente as provisões. O escudeiro avisou que também levaria seu asno, pois não estava acostumado a caminhar muito. Depois de alguma hesitação, Dom Quixote acabou concordando, desde que depois o trocasse pelo corcel que ele tomaria do primeiro cavaleiro que vencesse. E assim, uma noite, sem que Pança se despedisse da mulher e dos filhos, nem Dom Quixote da governanta e da sobrinha, saíram sem serem vistos por ninguém e seguiram campo afora até terem certeza de que não os encontrariam.

No caminho, Sancho lembrou ao cavaleiro aquela sua promessa de que o nomearia governador de uma ilha, e Quixote respondeu que era um costume comum entre os cavaleiros andantes nomear seus escudeiros governadores das ilhas ou dos reinos que ganhavam. E era bem capaz que logo logo ele conquistasse um reino, e então o coroaria rei. Muito contente, Sancho ia calculando que, quando ele fosse rei, sua mulher seria rainha e seus filhos, príncipes, enquanto Dom Quixote o aconselhava a ter fé em Deus e a rezar para que assim fosse.

Capítulo 8
Do que aconteceu com Dom Quixote na inimaginável aventura dos moinhos de vento

De repente, avistaram ao longe cerca de trinta moinhos de vento, e Dom Quixote disse a seu escudeiro:

– Aqui temos uma boa aventura, Sancho. Você está vendo aquele exército de enormes gigantes? Vou lutar contra eles e matar todos. É um grande serviço livrar a terra da má semente.

– Que gigantes? – perguntou Sancho.

– Aqueles lá adiante, de longos braços.

– Senhor, esfregue os olhos e veja que não são gigantes, e sim moinhos de vento, e o que o senhor chama de braços são as pás que giram com o vento.

– Logo se vê que você é um ignorante em matéria de aventuras. São gigantes, sim. E, se está com medo, saia do meu caminho.

Dom Quixote esporeou Rocinante para chegar logo ao campo de batalha. O escudeiro ia atrás, gritando que aqueles eram moinhos de vento e não gigantes, mas era inútil, pois o cavaleiro não queria escutar. E, quando este já estava cara a cara com os moinhos, começou a ventar, o que fez as grandes pás girarem.

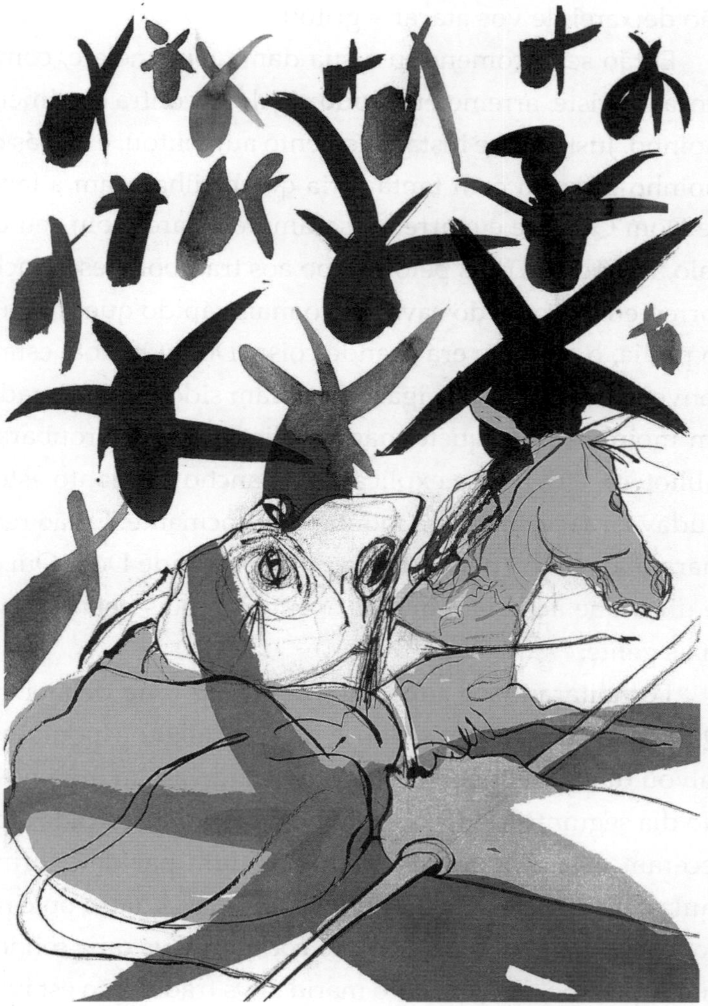

– Podeis mexer os braços o quanto quiserdes, que eu não deixarei de vos atacar – gritou.

Então se encomendou a sua dama Dulcineia e, com a lança em riste, arremeteu a todo o galope contra o primeiro moinho. Justo nesse instante o vento aumentou, e as pás do moinho giraram com tanta fúria que estilhaçaram a lança de Dom Quixote e o arremessaram pelos ares com seu cavalo, rolando os dois pelo campo aos trambolhões. Sancho correu em socorro do cavaleiro o mais rápido que seu burro podia, o que não era grande coisa. Dom Quixote estava convencido de que os gigantes haviam sido transformados em moinhos por aquele mago maligno que lhe roubara a biblioteca, e deu essa explicação a Sancho enquanto este o ajudava a se levantar e a montar em Rocinante. Então retomaram a marcha pela estrada principal, onde Dom Quixote dizia que achariam muitas aventuras, pois nela passava mais gente.

Pernoitaram sob umas árvores, e de uma delas Dom Quixote arrancou um galho e nele encaixou a ponta que salvou da lança quebrada, improvisando assim uma nova. No dia seguinte, depois de um bom trecho de estrada, apareceram nela dois frades montados num par de enormes mulas. Atrás deles vinham um coche, mais quatro ou cinco homens a cavalo e dois a pé. No coche viajava uma senhora que ia para Sevilha visitar o marido. Os frades não estavam com ela, embora seguissem o mesmo caminho. Logo Dom Quixote imaginou que aqueles vultos negros, os frades, deviam ser um par de magos levando no coche uma princesa sequestrada. Então se adiantou, postou-se no meio do caminho e lhes disse:

– Criaturas endiabradas, libertai essa princesa sequestrada. Do contrário, preparai-vos para morrer.

Os frades pararam espantados e responderam:

– Senhor, nós não somos endiabrados, e sim dois religiosos da Ordem de São Bento, e não sabemos se nesse coche vai ou não vai alguma princesa sequestrada.

– Comigo vossas mentiras não têm valia, canalhas! – devolveu Dom Quixote.

E, sem esperar mais, investiu contra o primeiro frade, que se jogou no chão para desviar da lança. Ao ver aquilo, o outro religioso picou a mula em disparada. Sancho correu até o frade que estava no chão e começou a tirar seus hábitos. Então os dois criados a pé se aproximaram e lhe perguntaram por que estava fazendo aquilo. Sancho respondeu que seu patrão, o cavaleiro, acabara de ganhar a batalha, e, portanto, o hábito agora lhe pertencia. Como resposta, os criados o agarraram e surraram até deixá-lo estirado no chão, desacordado. O frade montou em sua mula e fugiu atrás do companheiro, com mil cruzes e credos na boca.

Enquanto isso, Dom Quixote foi até o coche para falar com a dama que vinha nele.

– Ficai tranquila, senhora minha, pois já venci vossos sequestradores. Se quiserdes saber o nome de vosso libertador, sabei que me chamo Dom Quixote de La Mancha, cavaleiro andante, aventureiro e apaixonado por Dulcineia del Toboso. Rogo-vos que vos dirijais a El Toboso e vos apresenteis à minha dama para contar-lhe como libertei vossa senhoria.

Um escudeiro basco que escoltava o coche ficou muito irritado ao ver que Dom Quixote não deixava a comitiva seguir viagem. Os dois começaram a discutir, até que o cavaleiro desembainhou a espada, o basco também, e se prepararam para lutar. Infelizmente, nesse ponto, justo nesse ponto acabaram os manuscritos das aventuras de Dom Quixote. Essa é que é a verdade, e o autor pede mil desculpas por isso. Mas também é verdade que ele afinal conseguiu achar a continuação das aventuras, conforme o que se conta no próximo capítulo.

Capítulo 9
Onde termina a formidável batalha de Dom Quixote com o basco

Deixamos o basco e Dom Quixote com as espadas erguidas e desembainhadas, mas faltava o resto dos manuscritos para continuar a saborosa história. Depois de uma longa busca, um dia, numa banca do mercado de Toledo, o autor achou umas pastas cheias de escritos em árabe que estavam sendo vendidos como papel de embrulho. Como não entendia a língua, pediu ajuda a um mouro para que lhe dissesse do que tratavam. Logo se viu que, numa das pastas, um tal de Cide Hamete Benengeli continuava a narração das façanhas de Dom Quixote, e então o autor comprou toda a papelada e contratou aquele mouro para que traduzisse o que nela se contava. Em pouco mais de um mês, o trabalho estava pronto, e a história continuou assim:

Os dois combatentes estavam com as espadas erguidas; o primeiro golpe foi desfechado pelo basco, cortando meia orelha do pobre Dom Quixote e derrubando-o no chão. Mas nosso cavaleiro logo se levantou e deu o troco, acertando um golpe na cabeça do basco que o fez sangrar pelo nariz e pela boca. Dom Quixote já estava com a ponta da espada na cara do rival quando a senhora do coche desceu para lhe pedir que, por favor, poupasse a vida de seu escudeiro. Dom Quixote cedeu, com a condição de que o basco fosse até El Toboso, se apresentasse perante Dulcineia e se colocasse à disposição dela. A senhora, claro, prometeu que fariam tudo o que ele mandasse, mas nem lhe perguntou quem era aquela tal de Dulcineia nem onde ela morava.

Capítulo 10
Do que Dom Quixote e Sancho conversaram depois da vitória contra o basco

Dom Quixote saiu cavalgando a passos largos, sem se despedir da dama do coche, e Sancho montou em seu burro e o seguiu a trote, tentando alcançá-lo. Pouco depois, cavaleiro e escudeiro já estavam lado a lado, conversando. Dom Quixote se sentia o cavaleiro mais valente de todos os que já haviam aparecido nas histórias escritas. Sancho confessou que não lera nenhuma história, porque não sabia ler, mas que nunca servira a um senhor tão ousado. Em seguida lhe avisou que a orelha machucada estava sangrando muito e que era bom fazerem um curativo. A conversa então se desviou para bálsamos mágicos que curavam ferimentos e dali passou ao elmo de Mambrino, que era um elmo mágico, e depois aos reinos que o cavaleiro conquistaria para alçar seu escudeiro a rei. Seguiram nessas prosas até que Dom Quixote resolveu fazer uma parada para comer.

A comida era tão pouca, que a refeição acabou num instante, e então continuaram cavalgando com a intenção de chegar a algum povoado antes do anoitecer. Mas não acharam nenhum e tiveram de acampar junto às cabanas de uns pastores de cabras. Sancho estava muito aborrecido por ser obrigado a dormir ao relento. Mas Dom Quixote era pura felicidade porque, dormindo a céu aberto, sentia-se ainda mais cavaleiro andante.

Capítulo 11
Do que aconteceu com Dom Quixote na companhia de uns cabreiros

Os pastores recolhidos naquelas cabanas convidaram Dom Quixote e Sancho para jantar com eles. Tiraram peças de cabrito de um caldeirão que cheirava muito bem e as colocaram sobre umas peles abertas no chão. Dom Quixote sentou-se onde lhe indicaram e mandou seu escudeiro fazer o mesmo. Mas Sancho resistiu, pois preferia comer sozinho para não ter de se preocupar com as boas maneiras. Por fim, obrigado por seu senhor, também se sentou. Quando a carne acabou e os cabreiros serviram castanhas de carvalho como sobremesa, nosso cavaleiro tomou um punhado delas e, olhando-as fixamente, desfiou um longo discurso, que começava assim:

– Feliz foi a idade dourada, como os antigos a chamavam, em que tudo era paz e amizade e havia comida para todos, sem necessidade de mais esforço que o de levantar o braço para arrancar o fruto das árvores. Quando esse tempo acabou, a maldade só fez crescer no mundo, e foi para combatê-la que nasceu a cavalaria andante.

Quando Dom Quixote acabou de discursar, um cabreiro chamado Antonio honrou o convidado entoando uma canção. O cavaleiro ficou maravilhado e queria escutar mais; Sancho, ao contrário, só queria que a cantoria acabasse de uma vez para poder dormir. Antes de se deitarem, porém, um dos cabreiros examinou a orelha machucada de Dom Quixote e a curou com um emplastro de folhas de alecrim mascadas e misturadas com sal. E nessa noite ainda aconteceu o que se conta no próximo capítulo.

Capítulo 12
Uma história de pastores

Já bem tarde, apareceu um rapaz trazendo a notícia de que Grisóstomo tinha morrido; segundo os boatos, por causa de seu amor por Marcela, uma moça que vagava pelo campo vestida de pastora. O enterro seria no dia seguinte, e todos os amigos do falecido, incluído Ambrósio, estariam lá. Os cabreiros resolveram também assistir ao funeral, e um deles se ofereceu para ficar tomando conta das cabras, pois estava com o pé machucado. Dom Quixote ficou muito interessado na história e pediu a Pedro, um dos cabreiros, que lhe explicasse quem eram o falecido e a pastora. Pedro contou que Grisóstomo era um estudante de Salamanca, filho de um fidalgo rico, que tinha virado pastor com seu grande amigo Ambrósio. Grisóstomo era muito conhecido no lugar por compor lindas toadas, que o povo cantava em todas as festas. De início, ninguém entendeu por que os estudantes haviam se fantasiado de pastores e sumido pelos descampados, mas logo atinaram com o motivo: Grisóstomo queria ficar perto de Marcela, a quem amava loucamente. Marcela também era uma moça rica e tão bonita que todos se apaixonavam por ela. Seu tio, que a criara desde pequena, quando ficara órfã, não queria casá-la a contragosto e esperava que ela mesma escolhesse o marido entre seus pretendentes. Mas Marcela não queria se casar. Um belo dia, vestiu-se de pastora e sumiu no campo, pastoreando ovelhas com as outras moças do povo. Quando sua beleza foi vista por outros rapazes, muitos deles se apaixonaram e também resolveram virar pastores para ficar perto dela. Marcela era muito gentil com todos, mas bastava declararem seu amor que ela os punha para correr. Eram tantos os rapazes apaixonados por ela, que seu nome estava escrito a ponta de faca em quase todos os troncos do bosque.

Dom Quixote ficou fascinado com a história que Pedro lhe contou e aceitou o convite para ir ao enterro no dia seguinte. Quando todos se recolheram, ele se retirou para passar a noite pensando em sua amada Dulcineia, enquanto Sancho dormia com Rocinante e seu burro, não como um enamorado não correspondido, mas como um bom homem com o corpo moído.

Capítulo 13
Onde continua a história dos pastores

Assim que amanheceu, os cabreiros foram acordar Dom Quixote, e todos partiram rumo ao famoso enterro. Ainda não tinham andado muito quando encontraram na estrada seis pastores vestidos de preto, seguidos por dois homens a cavalo. Um deles, chamado Vivaldo, contou a Dom Quixote que ele e seu amigo estavam seguindo os pastores porque queriam escutar suas histórias sobre a linda Marcela, seus pretendentes e a morte de Grisóstomo. Em seguida, estranhando a aparência do cavaleiro, Vivaldo lhe perguntou por que estava de armadura. Dom Quixote respondeu:

– Minha profissão não me permite que eu ande de outro jeito. As armaduras foram feitas para os cavaleiros andantes, e eu sou o mais novo deles.

Ao ouvirem essa declaração, todos concluíram que se tratava de um louco, e Vivaldo começou a lhe fazer perguntas sobre os cavaleiros andantes. Estavam nisso quando avistaram uns pastores carregando um corpo coberto de flores.

Dirigiam-se para o sopé da montanha, pois Grisóstomo manifestara a vontade de ser enterrado lá, no lugar em que vira Marcela pela primeira vez. Quando a comitiva de Dom Quixote chegou ao local do sepultamento, todos puderam observar que o morto estava vestido de pastor e que era muito bonito de rosto. Seu amigo Ambrósio tinha nas mãos um maço de papéis, que eram escritos de Grisóstomo; Vivaldo apanhou um deles, encabeçado com o título "Canção desesperada". Era o último poema do falecido. Ambrósio pediu a Vivaldo que o lesse para todos os presentes, enquanto ele acabava de cavar a sepultura. Vivaldo começou a recitar em voz alta e clara.

Capítulo 14
Onde termina a história dos pastores

Justo quando Vivaldo acabou de ler a "Canção desesperada", a própria Marcela apareceu. Era tão linda que quem a via pela primeira vez ficava admirado de sua beleza, e quem já estava acostumado a vê-la nem por isso deixava de se admirar. Mas, ao encontrar Marcela, Ambrósio ficou muito zangado e lhe perguntou o que ela estava fazendo ali, já que era a culpada pela morte de seu amigo.

– Vim justamente dizer que não sou culpada por essa morte – respondeu Marcela. – Nunca incentivei o amor de Grisóstomo. Também não tenho culpa da beleza que Deus me deu nem de que todos se apaixonem por mim. E nada me obriga a corresponder ao amor de ninguém. Neste mesmo lugar, há muito tempo, Grisóstomo declarou sua paixão por mim, e eu lhe disse não. Nunca o enganei nem alimentei falsas esperanças. Na verdade, não penso em me casar com ninguém.

Quando acabou de falar, a moça deu meia-volta e rumou para o bosque. Dom Quixote barrou o caminho àqueles que tentaram segui-la. Então, para concluir o enterro, espalharam muitas flores sobre a sepultura. Por fim, Vivaldo convidou Dom Quixote para que fosse com eles até Sevilha, mas o cavaleiro preferiu ficar por ali para perseguir os salteadores que agiam nos arredores. Depois da despedida, adentrou no bosque em busca da linda Marcela, para lhe oferecer seus serviços, mas não a encontrou. O que encontrou, sim, foi uma nova e desventuradíssima aventura.

Capítulo 15
Onde se conta a desventurada aventura com os galegos

Conta Cide Hamete Benengeli que Dom Quixote e seu escudeiro vagaram por mais de duas horas pelo bosque, até que acharam um campo atravessado por um riacho, um lugar tão ameno e fresco, que resolveram apear ali para comer e descansar.

Rocinante, que andava pastando solto, deparou com um grupo de éguas de uns tropeiros galegos que costumavam fazer a sesta naquele vale. Atraído por elas, o cavalo, não contente em apenas cheirá-las, tentou muito brioso uma aproximação mais íntima, mas as senhoras equinas, com mais vontade de pastar que de brincar, receberam o abusado a coices e dentadas. A coisa piorou mesmo quando apareceram os tropeiros, que o afastaram de suas éguas à força de pauladas, até deixá-lo estatelado no chão. Dom Quixote e Sancho correram em socorro do pobre Rocinante: o cavaleiro sacou sua espada e investiu contra os galegos, seguido por Sancho. Mas os galegos, que eram mais de vinte, não tiveram dificuldade em se defender e atacar às bordoadas. Em dois toques, derrubaram o par de aventureiros e os deixaram estirados ao lado de Rocinante. Em seguida recolheram suas coisas e foram embora.

– Senhor Dom Quixote – chamou Sancho com voz lamuriosa.

– Que foi, irmão? – respondeu Dom Quixote, no mesmo tom acabrunhado.

– Queria que o senhor me desse agora aquele remédio milagroso dos magos.

– Se eu tivesse o bálsamo aqui comigo, estaríamos feitos. Mas juro pela cavalaria andante, Sancho, que vou arranjá-lo em menos de dois dias.

– E quantos dias o senhor acha que vamos levar para conseguir mexer os pés? – respondeu Sancho.

– Não sei – disse o moído Dom Quixote. – O que eu sei é que essas coisas me acontecem por brigar com homens que não foram armados cavaleiros. Da próxima vez, caberá a você sozinho castigar os vilões que nos ofendam.

– Senhor, eu sou um homem pacífico e manso e não penso em pôr as mãos na espada para brigar com ninguém. Fique sabendo que desde já considero qualquer injúria perdoada.

– Pois fique sabendo que isso é um grande erro, Sancho. Se um dia eu conquistar a ilha que prometi, você vai ter de mostrar muita coragem para defendê-la.

– Eu adoraria ter toda essa coragem. Mas agora veja se o senhor consegue se levantar para ajudarmos Rocinante, embora ele não mereça, pois, se estamos assim, é por culpa dele. Nunca pensei que Rocinante fosse capaz de uma coisa dessas; para mim, ele era uma pessoa casta e pacífica como eu.

Sancho se levantou a duras penas e, com trinta ais, sessenta suspiros e cento e vinte maldições, sem conseguir aprumar o corpo, colocou seu senhor sobre o burro, ergueu Rocinante e começou a conduzir a comitiva para a estrada principal. Pouco depois avistaram uma pousada, que Dom Quixote, claro, imaginou ser um castelo.

Capítulo 16
Do que aconteceu ao engenhoso fidalgo na pousada que ele imaginava ser castelo

Quando o dono da pousada viu Dom Quixote chegar atravessado no lombo do burro, perguntou a Sancho o que tinha acontecido, e o escudeiro inventou que seu patrão levara um tombo. Na pousada trabalhava uma moça asturiana, de cara redonda e nariz achatado, caolha, sem pescoço, atarracada e meio corcunda. Com a ajuda da mulher, da filha e da feia asturiana, o dono tratou de arranjar um leito para Dom Quixote: um colchão velho, cheio de pelotas e buracos, perto da cama de um tropeiro que também estava alojado na pousada. Deitaram o estropiado visitante e, enquanto lhe faziam os curativos, quiseram saber quem era ele.

– Seu nome é Dom Quixote de La Mancha – respondeu Sancho – e é um dos melhores e mais fortes cavaleiros andantes do mundo.

A asturiana, que se chamava Maritornes, não sabia o que queria dizer "cavaleiro andante", e Sancho o definiu como alguém que, se hoje é a mais desgraçada das criaturas, amanhã pode ter um reino ou várias ilhas para dar a seu escudeiro.

Dom Quixote então se sentou na cama e acrescentou:

– Regozijai-vos, formosa senhora, pois do acolhimento com que fui brindado em vosso castelo guardarei eterna lembrança e gratidão.

As mulheres não entendiam muito bem o linguajar do cavaleiro. Admiradas tanto das palavras como da aparência do homem que as dizia, limitaram-se a agradecer e se retirar, não sem antes fazer curativos também em Sancho, que não estava muito melhor que seu patrão.

Maritornes e o tropeiro tinham marcado um encontro para aquela noite na cama do homem, quando todos estivessem dormindo. A cama de Dom Quixote ficava mais perto da porta, assim como a de Sancho, que improvisara a dele com algumas mantas. Quando o silêncio tomou conta da pousada, o tropeiro se deitou em sua cama à espera da asturiana. Dom Quixote, deitado na dele e de olhos bem abertos, imaginava estar em um famoso castelo e que a filha do castelão se apaixonara por ele e iria visitá-lo naquela mesma noite. Justo quando o cavaleiro estava pensando nesses disparates, chegou a hora de Maritornes procurar o tropeiro. Ao ouvi-la entrar, agarrou-a pelo pulso e a fez sentar a seu lado. Então imaginou que a camisola de saco que ela usava era um vestido da mais fina seda e que seu bafo de alho era um hálito doce e delicado. Achando que a moça era a deusa da beleza, disse-lhe que, por mais que ele quisesse, não podia satisfazê-la, porque já estava comprometido com Dulcineia del Toboso. Maritornes tentava se safar, e o tropeiro, ao perceber que a asturiana estava se debatendo e que Dom Quixote não a soltava, levantou-se e acertou um tremendo murro na cara do cavaleiro, deixando-lhe a boca banhada em sangue. Depois pulou em cima dele, e a cama desabou. Acordado com o barulho, o dono logo imaginou que Maritornes estava aprontando mais uma das suas e saiu gritando o nome dela. A moça, percebendo que o patrão se aproximava, foi se esconder na cama de Sancho, que, ao sentir aquele peso em cima, pensou tratar-se da bruxa do pesadelo e começou a esmurrá-la. Maritornes não se acovardou e devolveu na mesma moeda. O tropeiro foi socorrer sua dama, e o dono, quando viu Maritornes no meio daquele tumulto, também entrou na briga para castigar a criada. A cena, então, era o tropeiro batendo em Sancho, Sancho na moça, a moça nele e o dono na moça;

isso até que a lamparina do dono se apagou, porque aí foi todo mundo batendo em todo mundo.

Nesse momento entrou um guarda que também pernoitava na pousada, e logo topou com Dom Quixote, desmaiado em sua cama. Ao ver seu vulto no escuro, deu um grito mandando ninguém se mexer, porque havia um morto no quarto. Todos se assustaram e ficaram quietos, mas, enquanto o guarda ia buscar uma lamparina, saíram de fininho, ficando apenas Sancho e Dom Quixote.

Capítulo 17
Do que continuou acontecendo na pousada que o cavaleiro imaginava ser castelo

Ao recobrar os sentidos, Dom Quixote contou a Sancho que a linda filha do castelão tinha estado com ele, mas que, quando estavam no melhor da conversa, a mão de um gigante lhe acertara um murro que o deixara sangrando. O soco fora tão forte, que Dom Quixote concluiu que o tesouro da donzela devia ser vigiado por um mouro encantado e que estaria reservado para outro cavaleiro que não ele.

– Nem para mim – respondeu Sancho ao ouvir a história de seu patrão –, porque apanhei de mais de quatrocentos mouros. O senhor pelo menos recebeu nos braços essa moça tão linda que está dizendo, mas eu só recebi as maiores porradas que já levei na vida.

– Também bateram em você, Sancho?

– E como! Nem ligaram que eu não fosse cavaleiro.

– Não se preocupe, pois agora mesmo vou preparar o bálsamo mágico que nos curará num piscar de olhos.

Nesse momento, o guarda reapareceu trazendo uma lamparina acesa para ver quem era o morto. Ao vê-lo entrar, Sancho perguntou a seu patrão se seria esse o mouro encantado, que estava voltando para continuar a bater neles.

– Não pode ser o mouro – respondeu Dom Quixote –, porque os encantados são invisíveis.

Então o guarda, surpreso por ver o suposto morto falar, disse:

– Vejo que já está melhor, bom homem.

Nosso cavaleiro não gostou nem um pouco de ser tratado de "bom homem", e então, muito zangado, respondeu:

– Como ousa me chamar de "bom homem", miserável?! Não vê que eu sou um cavaleiro andante?!

O guarda, que também não gostou nem um pouco de ser tratado tão mal, ergueu a lamparina e deu com ela na cabeça de Dom Quixote, deixando o pobre cavaleiro mais machucado ainda. Ficou tudo escuro de novo, e o homem foi embora.

– Pelo jeito, era mesmo o mouro encantado – disse então Sancho.

– Tem razão – respondeu Dom Quixote. – Mas agora levante daí, se você puder, e vá buscar um pouco de azeite, vinho, sal e alecrim para eu fazer o bálsamo.

Sancho se ergueu como pôde, saiu e dali a pouco voltou com tudo que Dom Quixote lhe pedira. O cavaleiro misturou e cozinhou os ingredientes do suposto bálsamo, tragou a beberagem e, assim que acabou, começou a vomitar de tal jeito que botou fora tudo o que tinha no estômago. Depois começou a suar em bicas e caiu num sono que durou várias horas. Quando acordou, se sentiu aliviado e pensou que realmente conseguira fabricar o bálsamo mágico. Ao ver que seu senhor tinha melhorado, Sancho achou que o remédio funcionava e pediu um pouco para ele. Depois de beber o que restara na panela, ficou enjoadíssimo, mas demorou muito para vomitar. No fim, não apenas vomitou até as tripas, mas teve uma terrível diarreia, passando tão mal que pensou que ia morrer. A agonia durou mais de duas horas, e, quando afinal passou, Sancho estava pior do que antes. Seu patrão, ao contrário, estava todo animado e já disposto a partir.

Dom Quixote selou ele mesmo seu cavalo e procurou o dono da pousada para agradecer os cuidados que recebera no castelo. O dono explicou que aquilo não era um castelo, e sim uma pousada, e lhe pediu que, por favor, pagasse a conta. Dom Quixote ficou muito espantado de saber que aquilo era uma pousada e não um castelo, mas não achou justo cobrarem a estada de um cavaleiro andante e partiu sem mais. Ao sair, ainda aproveitou para trocar sua lança de galho por uma vara de tanger gado que achou encostada junto ao portão. O dono então foi cobrar a conta de Sancho, mas o escudeiro, a exemplo do patrão, também se negou a pagar.

Para azar de Sancho, havia ali um grupinho de gozadores que o cercou e o arriou do asno. Um deles apareceu com uma manta, e todos logo a seguraram pelas bordas, deitaram o pobre gorducho em cima dela e começaram a jogá-lo para o alto, no meio do pátio. Os gritos desesperados de Sancho chegaram aos ouvidos de seu senhor, que já se afastara um bom trecho. Voltando para a pousada, mas trancado fora dela, Dom Quixote o viu voar pelos ares por cima do muro, e a cena teria arrancado umas boas risadas dele se não estivesse zangado. Mas como estava zangado, sim, e muito, começou a lançar insultos para os invisíveis atrevidos que estavam fazendo aquilo. Os homens, porém, continuaram a jogar o pobre Sancho para o alto, morrendo de rir, até que se cansaram e o deixaram em paz. Quando Maritornes veio lhe oferecer um jarro de água, Sancho disse que preferia vinho, e ela atendeu ao pedido. Depois de beber, Sancho saiu da pousada muito contente por não ter desembolsado um centavo, e muito zonzo também. Tão zonzo, que não percebeu que a conta tinha sido cobrada não apenas com aquela brincadeira da manta, mas também com as sacolas das provisões, que o dono da pousada tirara das ancas do burro de Sancho enquanto ele rodopiava pelos ares.

Capítulo 18
Onde se conta uma aventura digna de ser contada

Dom Quixote achava que seu escudeiro havia sido atacado por fantasmas. Sancho, ao contrário, tinha certeza de que seus cruéis zombadores eram homens de carne e osso.

Estavam nessa discussão quando avistaram uma espessa nuvem de poeira num extremo da estrada e outra no extremo oposto. Dom Quixote logo imaginou serem dois exércitos inimigos que iam se encontrar no meio daquela vasta planície, embora na realidade fossem dois grandes rebanhos de ovelhas e carneiros, levantando uma grande poeirada que encobria os animais. Dom Quixote afirmava com tanta convicção que eram exércitos, que Sancho acreditou. Então, por indicação do cavaleiro, subiram num pequeno morro para observar melhor a aproximação dos combatentes, minuciosamente descritos por Dom Quixote; alguns eram príncipes, outros eram gigantes, e ele até dava detalhes de seus escudos. Sancho escutava fascinado, tentava ver entre a poeira os cavaleiros e os gigantes que seu senhor ia apontando, mas, por mais que se esforçasse, não enxergava nenhum.

– Senhor – disse-lhe –, eu não estou vendo nenhum cavaleiro ou gigante desses que o senhor diz. Talvez tudo seja obra de magia, como os fantasmas de ontem.

– Como assim? Você não está ouvindo o relinchar dos cavalos e o rufar dos tambores?

– Só estou ouvindo uns balidos de ovelhas e carneiros – respondeu Sancho.

E era verdade, porque os dois rebanhos já estavam bem perto deles.

– Deve ser seu medo – disse Dom Quixote – que impede você de ver e ouvir. Afaste-se e deixe-me sozinho, que eu me basto.

Mal acabou de falar, desceu da colina como um raio.

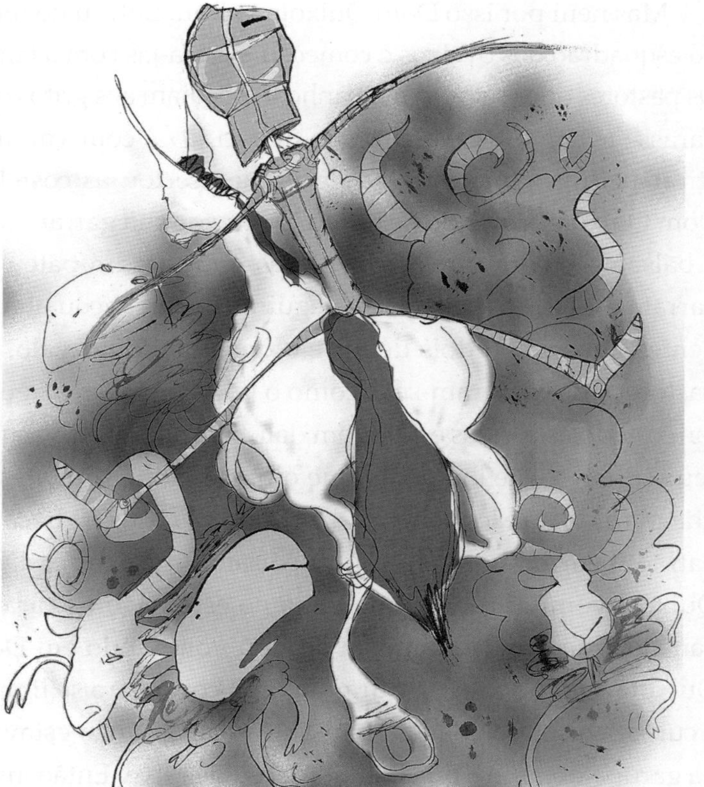

— Volte aqui — gritava Sancho —, que o senhor vai atacar um monte de ovelhas e carneiros! Que loucura é essa? Olhe que não há nenhum gigante nem cavaleiro, nem armas, nem escudos.

Mas nem por isso Dom Quixote voltou. Entrou no meio do esquadrão das ovelhas e começou a atacá-las com a lança. Os pastores que tocavam o rebanho lhe pediam aos gritos que parasse e, como o cavaleiro não os escutava, começaram a atirar pedras. Quando uma delas lhe acertou as costelas, Dom Quixote, sentindo-se ferido, puxou de sua garrafa com o bálsamo e começou a beber, mas outra pedra bateu na garrafa e a fez em pedaços. A seguinte lhe arrancou alguns dentes, machucou dois dedos e o derrubou do cavalo. Os pastores aproximaram-se e, como o julgaram morto, reuniram o gado às pressas e sumiram dali. Sancho correu a acudir seu senhor, e este lhe pediu que olhasse quantos dentes tinha perdido. O escudeiro quase enfiou os olhos na boca do patrão, bem na hora em que o bálsamo mágico fez Dom Quixote vomitar tudo o que tinha no estômago na cara de Sancho, que de nojo também acabou vomitando em Dom Quixote. Quando foi procurar alguma coisa para se limpar e curar seu senhor, Sancho viu que as sacolas não estavam na garupa do asno e quase endoideceu de raiva. Então jurou voltar para casa, mesmo que com isso perdesse o governo da ilha prometida.

Dom Quixote se levantou, apertando a boca com a mão esquerda para os dentes não acabarem de cair, enquanto com a outra puxava Rocinante pelas rédeas, e foi até onde estava seu escudeiro. Como o achou muito triste, tentou consolá-lo dizendo que já tinham acontecido tantas coisas ruins, que dali em diante só deveriam acontecer as boas. Depois o deixou escolher o caminho, e Sancho preferiu a estrada principal. O que lhes aconteceu a seguir é o que se conta no próximo capítulo.

Capítulo 19
Do que lhes aconteceu com um corpo morto

Seguiram pela estrada até que escureceu por completo. Começaram a sentir fome, mas já não estavam com as sacolas onde carregavam a comida. Sancho tinha esperanças de logo encontrarem outra pousada, contudo, em vez disso, o que avistaram foi uma porção de luzes que pareciam estrelas dançantes aproximando-se lentamente. Sancho começou a tremer de medo, e Dom Quixote se arrepiou todo, mas mesmo assim prometeu a seu escudeiro que, se fosse mais uma aventura de fantasmas, não os deixaria encostar nele.

Esperaram à beira da estrada e logo viram que as luzes eram tochas nas mãos de vinte homens a cavalo. Atrás deles vinha uma maca coberta de luto seguida por mais seis cavaleiros, também de luto. A estranha visão e o lúgubre murmúrio que a acompanhava, àquela hora da noite e em um lugar tão deserto, encheram de medo o coração de Sancho e até o de seu senhor. Mas Dom Quixote imaginou que naquela maca estavam levando um cavaleiro morto que era seu dever vingar. Então, quando chegaram bem perto, foi para o meio da estrada e lhes disse em voz bem alta:

— Parem e digam quem são, de onde vêm, aonde vão e o que levam nessa maca.

— Estamos com pressa — disse um dos homens — e temos um longo caminho pela frente. Não podemos parar para dar explicações.

E tocou a mula para passar, porém Dom Quixote a segurou pelas rédeas. O animal, assustado, deu uma empinada e derrubou o homem. Dom Quixote então firmou a lança e investiu contra o resto da comitiva, que, sem resistir, saiu correndo pelo campo com as tochas acesas. O cavaleiro exigiu a rendição do caído, mas este nem conseguia se mexer e implorou que não o matasse. Disse que se chamava Alonso López, que era seminarista, e que aqueles que haviam fugido eram sacerdotes levando o corpo de um cavaleiro morto para a cidade de Segóvia, onde o enterrariam. Dom Quixote também se apresentou, disse-lhe que era cavaleiro andante e que só os atacara porque, ao vê-los vir no escuro com aqueles mantos pretos e carregando tochas, pensara estar diante de aparições do outro mundo.

Enquanto isso, Sancho estava roubando as sacolas de uma mula de carga abandonada pelos fugitivos, muito bem abastecida de comida. Recolheu tudo o que pôde, foi até onde estava seu senhor e disse ao seminarista:

— Se aqueles que fugiram quiserem saber quem foi o destemido cavaleiro que os pôs para correr, diga-lhes que é o famoso Dom Quixote de La Mancha, também conhecido como "O Cavaleiro da Triste Figura".

Dom Quixote gostou do apelido que Sancho acabara de inventar para ele. Decidiu adotá-lo e pintar seu escudo com uma figura triste. Depois, quando o seminarista se retirou, os dois heróis seguiram seu caminho até encontrar um vale onde pararam para comer o que acabavam de conquistar. Se bem que, para desgraça de Sancho, faltava o vinho.

Capítulo 20
Que trata de uma aventura jamais vista nem ouvida

Como não tinham nada para beber e a sede começou a apertar, saíram andando no escuro em busca de água e, para a grande alegria de ambos, depois de caminhar um pouco às apalpadelas, ouviram um barulho que parecia de cachoeira. Mas dali a pouco escutaram outro barulho, que lhes aguou a alegria, principalmente a de Sancho, que já se amedrontou. Era um estrondo mesmo medonho: grandes golpes que estremeciam o chão seguidos por um ranger de ferros e correntes, coisa de apavorar qualquer um – a não ser Dom Quixote, claro. A solidão do bosque, a escuridão, aqueles ruídos, tudo causava horror. Mas Dom Quixote saltou sobre Rocinante, empunhou sua lança e mandou Sancho esperá-lo ali, que ele ia enfrentar, no escuro mesmo, o grande monstro ou gigante que estava fazendo aquele barulho. E acrescentou que, se não voltasse dentro de três dias, Sancho podia ir avisar Dulcineia que ele morrera em nome de seu amor. Sancho ficou desesperado, chorou e lhe implorou que desistisse, mas não adiantou. Então, vendo que Dom

Quixote o deixaria ali sozinho, se agachou em silêncio e amarrou as patas dianteiras de Rocinante com as rédeas de seu burro, de modo que, quando o cavaleiro tentou partir, não conseguiu sair do lugar porque o cavalo não podia se mexer. Imediatamente, Sancho disse que Rocinante devia ter sido paralisado por ordem dos céus, e Dom Quixote, muito a contragosto, resolveu esperar até o dia amanhecer.

Depois Sancho se abraçou à perna esquerda de seu amo, tanto era seu medo do estrondo compassado que continuava a se ouvir, e pediu ao cavaleiro que não se aborrecesse, pois, enquanto esperavam, ele, Sancho, contaria uma história. E começou a desfiar um longo caso que relatavam na aldeia, sempre interrompido por Dom Quixote, que achava mil defeitos no jeito como seu escudeiro contava. Estavam nisso, quando Sancho sentiu vontade de fazer o que ninguém podia fazer por ele, mas, como continuava com muito medo, não tinha coragem de largar da perna de seu amo. A vontade foi aumentando, aumentando, até que, não aguentando mais, Sancho desamarrou o cinto com a mão direita, deixou as calças caírem e começou a evacuar os intestinos ali mesmo, fazendo certos ruídos que não conseguiu controlar, por mais que apertasse os dentes.

– Que barulho é esse, Sancho?

– Não sei não, senhor – respondeu ele. – Deve ser alguma coisa nova.

E continuou fazendo o que tinha começado, agora sem nenhum som, até se aliviar da carga que o fizera passar tão mau bocado. Mas Dom Quixote, que tinha um faro tão bom quanto o ouvido, e além disso estava com Sancho pertíssimo dele, quando sentiu o cheiro chegar ao nariz, apertou-o entre dois dedos e disse com voz fanhosa:

– Pelo jeito, Sancho, você está com muito medo mesmo.

– Estou, sim – respondeu Sancho. – Mas como o senhor percebeu?

– Por causa de certos aromas que me chegaram aí de baixo, que não são exatamente de flores – respondeu Dom Quixote.

– Bom – disse Sancho –, a culpa não é minha, mas sua, que me traz a uma horas destas a um lugar inseguro como este.

– Faça-me o favor de se afastar três ou quatro passos – pediu-lhe Dom Quixote, sem destapar o nariz. – Isso é para eu aprender a não dar tanta confiança ao meu escudeiro.

A noite foi passando nessas conversas e, quando já ia clareando, Sancho desamarrou Rocinante e amarrou as calças. Quando Dom Quixote viu que seu cavalo podia se mexer, decidiu que era hora de partir. Sancho o seguiu, tornando a chorar e a implorar, enquanto o cavaleiro se dirigia para o lugar de onde vinha o barulho. Depois de andar um pouco, avistaram uma queda-d'água e, ao pé de umas pedras, uns barracões de onde saía o pavoroso estrondo. Dom Quixote aproximou-se com todo o cuidado, encomendando-se a sua dama e também a Deus, e Sancho sempre atrás dele. Andaram mais cem passos até descobrirem que a causa de tanto barulho era uma espécie de pilão movido a água, com seis grandes martelos de madeira que, ao socarem, faziam aquele estrondo. Dom Quixote ficou pasmo ao deparar com aquela coisa, depois olhou para Sancho e, vendo que o escudeiro estava prestes a explodir numa gargalhada, ficou muito zangado, deu-lhe uma paulada com a lança e disse que em nenhum livro de cavalaria tinha visto um escudeiro tão abusado. Então determinou que, dali em diante, Sancho deveria tratar seu senhor com mais respeito, falando com ele somente o indispensável.

Capítulo 21
A aventura do elmo de Mambrino

Começou a chover, mas nossos heróis seguiram seu caminho, até que Dom Quixote avistou um homem a cavalo trazendo sobre a cabeça uma coisa que brilhava como ouro. Virou-se para Sancho e disse:

– Onde uma porta se fecha, outra se abre. Digo isso porque, se na noite passada nos foi fechada a porta de uma aventura, quando nos enganamos com o pilão barulhento, agora outra se abre de par em par. Lá vem vindo alguém com o elmo de Mambrino na cabeça.

– Olhe muito bem o que está dizendo, senhor, e melhor ainda o que faz – disse Sancho. – Eu não gostaria de que se enganasse de novo, como na aventura do pilão.

– Por Deus, homem! – retrucou Dom Quixote. – Que é que tem que ver o elmo com o pilão?

– Não sei – respondeu Sancho. – Mas, se eu pudesse falar tanto quanto antes, talvez lhe explicasse por que o senhor está enganado.

— Como posso estar enganado? Por acaso você não está vendo aquele cavaleiro que vem vindo num cavalo zaino, com a cabeça coberta por um elmo de ouro?

— O que estou vendo é um homem montado num asno, pardo como o meu, que tem na cabeça uma coisa brilhante — respondeu Sancho.

— Pois então? Esse é o elmo de Mambrino. Afaste-se e você verá como conquisto o que tanto desejei.

— Certo, já me afasto — concordou Sancho. — E espero que seja como o senhor está dizendo.

O que Dom Quixote avistara, na realidade, era um barbeiro indo de uma aldeia a outra. Tendo começado a chover, ele havia colocado a bacia de barbear sobre a cabeça para proteger o chapéu. Vinha montado num asno pardo, como Sancho tinha dito. Quando estava bem perto dele, Dom Quixote lhe apontou a lança, disposto a varar-lhe o corpo. O barbeiro, quando viu semelhante figura se aproximar, não teve dúvidas: saltou do asno e saiu correndo, mais rápido que o vento. A bacia ficou no chão, e Dom Quixote mandou Sancho apanhá-la. Quando a recebeu e a colocou na cabeça, viu que ficava muito grande, o que o levou a supor que seu primeiro dono devia ter uma cabeça enorme. Ao vê-lo com a bacia na cabeça, Sancho quase rebentou numa gargalhada, mas se conteve a tempo, lembrando-se do castigo que recebera da última vez que soltara a risada.

O escudeiro então pediu licença a seu senhor para tomar os arreios da cavalgadura do vencido e trocá-los pelos de seu burro, que eram bem mais velhos. Dom Quixote hesitou, pois nos livros nunca lera sobre tal transação, mas acabou cedendo à insistência de Sancho.

Em seguida comeram alguma coisa e retomaram a marcha, deixando Rocinante escolher o rumo, que os levou de volta à estrada principal. Sancho perguntou a seu amo se não seria melhor irem servir a algum imperador ou príncipe, que certamente lhes pagaria bem cada aventura, e, além disso, na corte não haveria de faltar quem escrevesse suas façanhas. Dom Quixote estava de acordo, mas achava que antes deviam se aventurar pelo mundo para conquistarem muita fama. Aí, quando aparecessem na corte, seriam imediatamente reconhecidos. E assim continuaram falando de cortes e de cavaleiros, até que Dom Quixote ergueu os olhos e viu o que se dirá no próximo capítulo.

Capítulo 22
Dom Quixote liberta um grupo de homens que uns guardas levavam aonde não queriam ir

Conta Cide Hamete Benengeli, autor desta impressionante história, que Dom Quixote ergueu os olhos e avistou uma fileira de homens vindo a pé pela estrada, de mãos algemadas e ligados uns aos outros por uma grande corrente de ferro presa no pescoço. Eram escoltados por quatro guardas a cavalo, dois armados de espingardas e dois com espadas. Sancho explicou a Dom Quixote que aqueles eram presos condenados a remar nas galés do rei. Dom Quixote perguntou ao escudeiro se aquela gente ia forçada ou por vontade própria, ao que Sancho respondeu que iam forçados, claro, por causa dos crimes que tinham cometido. Mas, para o cavaleiro, bastou saber que iam à força que já quis libertá-los. Quando o grupo chegou perto, Dom Quixote foi perguntar aos guardas o motivo da prisão daqueles homens. Os guardas responderam que, se queria mesmo saber, podia perguntar diretamente a cada um dos acorrentados.

O cavaleiro perguntou ao primeiro por que fora preso, e o homem lhe respondeu que por amor.

– Só por isso? – estranhou Dom Quixote.

– Mas não pelo tipo de amor que o senhor está pensando – disse o condenado. – Acontece que eu me apaixonei perdidamente por uma grande cesta de roupa e a abracei tão forte que, se a justiça não me aparta, ainda estaria abraçado a ela.

Perguntando ao segundo, o primeiro lhe respondeu que estava preso por cantar, e um guarda explicou a Dom Quixote que "cantar", entre eles, significava confessar sob tortura, e que aquele preso confessara ser ladrão de gado e, por isso, fora condenado a remar por seis anos. O terceiro disse que ia para as galés por não ter dinheiro para subornar o escrivão; o quarto, por ser alcoviteiro e feiticeiro, e o seguinte, por haver enganado várias mulheres. Por último, Dom Quixote chegou a um homem imponente, de uns trinta anos e meio vesgo. Estava preso por uma corrente que lhe cruzava o corpo inteiro e o impedia de levar a mão à boca ou baixar a cabeça. O cavaleiro perguntou por que aquele preso estava mais acorrentado que os outros, e um guarda explicou que era por ter cometido um maior número de crimes e por temerem que fugisse. Acrescentou, ainda, que aquele homem era o famoso Ginesilho de Parapilha.

– Senhor guarda – disse então o condenado –, meu nome é Ginês, e não *Ginesilho*, de Passamonte, e não de *Parapilha* como o senhor disse.

Em seguida, o famoso ladrão pediu a Dom Quixote que, se pretendia prestar alguma ajuda a eles, o fizesse logo, mas deixasse de encher a paciência xeretando a vida alheia e que, se queria mesmo saber mais dele, em breve poderia ler um livro sobre sua vida, que ele próprio estava escrevendo. Então Dom Quixote ordenou aos guardas que soltassem todos aqueles homens, pois Deus os fizera livres. Os guardas responderam que não tinham autoridade para soltá-los, nem Dom Quixote para mandar semelhante absurdo, e ordenaram que o cavaleiro seguisse seu caminho e, por favor, ajeitasse a bacia que levava torta na cabeça. Sem pensar duas vezes, ele atacou com sua lança, e então se armou uma tremenda briga. Os guardas cercaram Dom Quixote, enquanto os presos aproveitavam para se livrar das correntes. O primeiro a se libertar foi Ginês de Passamonte, que tomou a espingarda de um dos guardas; estes, ao se verem sob a mira da arma, fugiram campo afora. Sancho teve medo de que fossem buscar reforços e disse a Dom Quixote que era bom eles dois sumirem logo dali. Mas o cavaleiro não estava satisfeito: ainda mandou os condenados irem até El Toboso para se apresentarem perante Dulcineia e contar-lhe a façanha do Cavaleiro da Triste Figura que acabavam de

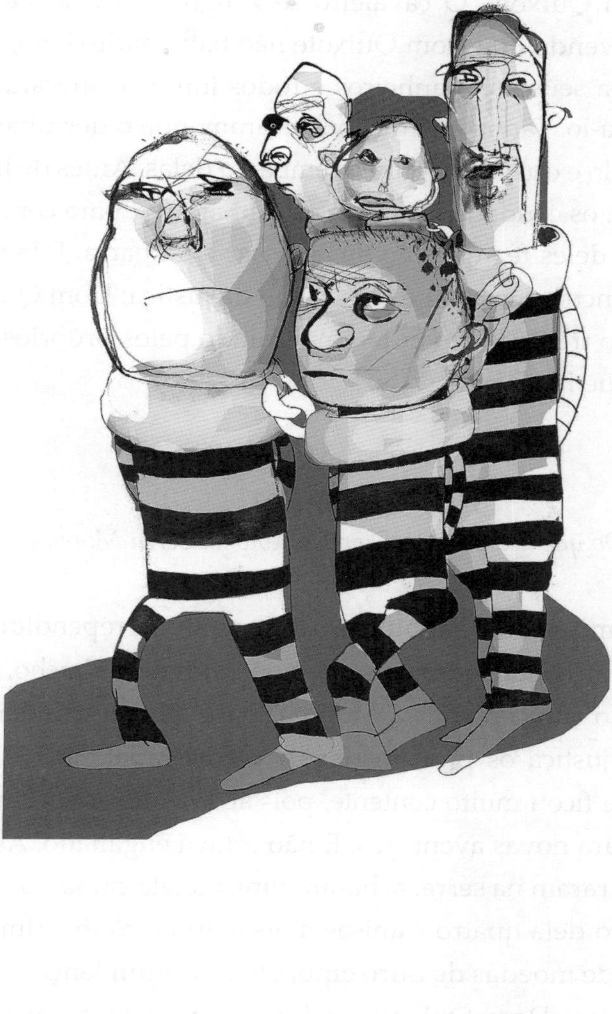

presenciar. Ao ouvir o pedido, Ginês respondeu que não poderiam cumpri-lo, pois era muito arriscado seguirem juntos, mas que, em todo o caso, rezariam pelas intenções de Dom Quixote. O cavaleiro se zangou, e então Passamonte, vendo que Dom Quixote não batia muito bem, piscou para seus companheiros e todos juntos começaram a apedrejá-lo. Tantas pedras lhe atiraram, que o derrubaram do cavalo e quase o sepultam embaixo delas. Antes de irem embora, os condenados ainda os roubaram e, para completar, um deles fez questão de amassar a tal bacia. E lá ficaram: Sancho quase nu e com medo da justiça; Dom Quixote muito triste de se ver tão maltratado pelos próprios homens que libertara.

Capítulo 23
Do que aconteceu a Dom Quixote na Serra Morena

Dom Quixote montou em Rocinante, arrependido de ajudar os condenados, e se deixou levar por Sancho, que tomou o rumo da Serra Morena, para ali se esconderem, caso a justiça os procurasse. Ao ver as montanhas, Dom Quixote ficou muito contente, pois achou que era o cenário ideal para novas aventuras. E não estava enganado. Assim que entraram na serra, acharam uma maleta caída no chão, e dentro dela quatro camisas mais alguma roupa, um punhado de moedas de ouro embrulhadas num lenço e uma caderneta. Dom Quixote pediu a caderneta a Sancho e disse a ele que podia ficar com as moedas. O cavaleiro começou a folheá-la e viu que ela estava toda escrita, com poemas e cartas transbordantes de mágoas de amor. Ficou muito curioso de saber quem era o dono daquela maleta, pois, a julgar por seus versos, pelo dinheiro e pelas finas camisas, devia ser um apaixonado muito rico, levado ao desespero pelo desprezo da amada.

Em seguida viram um homem pulando entre as pedras com muita agilidade. Tinha o cabelo comprido e emaranhado, barba preta e espessa e estava quase nu, mal coberto por alguns farrapos. O sujeito saltava tão rápido que os dois não conseguiram segui-lo, mas, como Dom Quixote achou que o tal homem devia ser o dono da maleta, decidiu que o encontraria, mesmo que levasse um ano. Então mandou seu escudeiro ir por um lado da montanha, que ele iria pelo outro, pois assim teriam mais chances de achá-lo. Entretanto Sancho tinha medo de sair de perto de seu senhor e, além disso, preferia não encontrar aquele homem porque, se a maleta fosse mesmo dele, o escudeiro seria obrigado a lhe devolver as moedas. O cavaleiro respondeu que por isso mesmo tinham a obrigação de procurá-lo, para lhe devolver as coisas. Dali a pouco acharam uma mula morta, meio comida pelos cachorros, e suspeitaram que seu dono era aquele esfarrapado que tinham visto. Caminharam mais um trecho e encontraram um velho pastor, que ficou muito surpreso de vê-los num lugar tão afastado. Dom Quixote lhe contou que acabavam de ver uma maleta e uma mula morta, e o velho disse que ele também as vira, mas que preferira não mexer em nada para não ser acusado de ladrão. E então lhes contou o seguinte:

– Faz coisa de seis meses, apareceu lá no casario um moço muito bem-apessoado, montado nessa mula e carregando a maleta que vocês viram. Perguntou para os pastores qual era o lugar mais escondido da região, e indicamos este mesmo onde estamos agora. O tal do moço entrou na serra e só foi aparecer de novo muito tempo depois, quando atacou um dos nossos para roubar pão e queijo. Quando o procuramos, demos com ele escondido no oco de uma árvore, tão esfarrapado que mal dava para reconhecer. Ele não quis dizer quem era, mas pediu desculpas e começou a chorar. O rapaz era muito gentil, no entanto de repente ficou furioso e passou a xingar um tal de Fernando. Aí calculamos que a loucura dele ataca de vez em quando e que esse Fernando devia ter feito muito mal para ele.

Dom Quixote ficou encantado com a história e resolveu procurar o rapaz por toda a serra. Nesse instante, o próprio maltrapilho reapareceu de trás de um rochedo, falando sozinho, e, quando chegou aonde eles estavam, cumprimentou-os com cortesia. Dom Quixote devolveu o cumprimento, apeou de Rocinante e lhe deu um longo abraço, como se já o conhecesse. O outro afastou um pouco o cavaleiro e ficou olhando para ele igualmente admirado, talvez por causa do jeito e da armadura de Dom Quixote. O primeiro a falar depois do abraço foi o rapaz, contando o que se narra a seguir.

Capítulo 24
Onde continua a aventura da Serra Morena

O rapaz pediu um pouco de comida, engoliu o que lhe deram e em seguida, atendendo ao pedido de Dom Quixote, concordou em contar sua história. Mas fez questão de avisar que, se queriam mesmo saber de suas desventuras, tinham de prometer não interrompê-lo de jeito nenhum. Se por acaso o fizessem, a história acabaria ali mesmo. Em nome de todos, Dom Quixote prometeu que não o interromperiam, e então o jovem começou:

– Meu nome é Cardênio, sou filho de pais nobres e ricos. Estava muito apaixonado por Lucinda, uma moça tão nobre e rica como eu. Ela também me amava, embora ainda fosse muito jovem. Quando eu estava prestes a pedi-la em casamento, o duque Ricardo, que é um dos nobres mais importantes da Espanha, mandou-me chamar para fazer companhia a seu filho mais velho. Era um pedido que eu não podia recusar, por isso tive de me despedir de Lucinda, suplicando-lhe que, por favor, esperasse a minha volta. Ela assim me prometeu, e eu parti. O duque Ricardo me recebeu muito bem, mas quem mais se alegrou com a minha chegada foi seu filho mais novo, Fernando. Nós dois logo ficamos muito amigos e contávamos tudo um para o outro. Ele estava apaixonado por uma lavradora e dizia que queria se casar com ela. Eu tentava convencê-lo a desistir, mas era inútil. Então Fernando me disse que seria melhor passarmos uma temporada na casa do meu pai, para ele tentar esquecer a lavradora. Eu fiquei muito contente, porque assim poderia rever Lucinda. Mas Fernando, na verdade, queria ir lá não para esquecer a namorada, e sim para fugir do pai, que ficaria furioso quando descobrisse seus amores com a plebeia. O duque nos deu permissão para viajarmos à minha cidade, fomos recebidos por meu pai e logo fui ver Lucinda. Porém tive a péssima ideia de contar a Fernando como ela era bonita, e uma noite mostrei-a pela janela onde ela costumava falar comigo. Fernando emudeceu e, dali em diante, só queria falar dela. Até que um dia Lucinda me pediu um livro de cavalaria que ela adorava, o *Amadis de Gaula*.

Ao ouvir o título do livro, Dom Quixote interrompeu Cardênio para exclamar:

– Por que não disse logo que Lucinda gostava de livros de cavalaria? Nem precisa gastar mais palavras para dar conta de sua grande beleza e inteligência!

Cardênio já estava de cabeça baixa, como que muito pensativo. Dom Quixote lhe pediu e tornou a pedir que continuasse com sua história, mas o rapaz não respondia. Até que ergueu a cabeça e disse:

– Tenho certeza de que, nesse livro, o mestre Elisabat andava com a rainha Madásima.

– Ah, não! – respondeu furioso Dom Quixote. – Isso não! A rainha Madásima era uma grande senhora e não andava com ninguém.

Cardênio teve então um acesso de loucura e acertou uma tremenda pedrada no peito do cavaleiro, que tombou de costas. Sancho partiu em defesa de Dom Quixote, mas Cardênio o derrubou com uma saraivada de murros, e fez o mesmo com o pastor que tentou apartá-los. Depois de deixar os três estirados no chão, o rapaz fugiu para a montanha. Sancho ralhou com o velho por não ter avisado dos acessos de loucura do rapaz; o pastor retrucou que ele avisara, sim, e que, se Sancho não tinha ouvido, não era culpa dele. Daí já se engalfinharam numa nova briga, que Dom Quixote apartou dizendo que o pastor não tinha culpa mesmo. Em seguida perguntou-lhe se era possível reencontrar Cardênio, para que continuasse sua história. O velho respondeu que, se procurassem bem pela serra, certamente acabariam por encontrá-lo, mas não podia garantir se louco ou são.

Capítulo 25
Das estranhas coisas que continuaram acontecendo na Serra Morena

Dom Quixote e Sancho foram entrando cada vez mais no labirinto da serra. Sancho, muito a contragosto e louco para falar; até que não aguentou e disse:

– Senhor, peço sua licença para voltar para minha casa. Estou com saudade da minha mulher e dos meus filhos, e com eles posso falar o quanto eu quiser.

– Comigo você também pode falar e dizer o que quiser – respondeu Dom Quixote –, desde que sua parolagem não se estenda além do tempo que passarmos nesta serra.

– Então falo tudo agora: queria que o senhor me explicasse se está de acordo com as regras da cavalaria andarmos perdidos por estas montanhas procurando um louco que, quando o acharmos, vai querer continuar o que começou, e não estou falando da história dele, mas de quebrar sua cabeça e as minhas costelas.

– Já chega, Sancho. Fique sabendo que não vim aqui só para achar o louco, mas também para realizar uma façanha que há de me tornar famosíssimo.

– É uma façanha perigosa? – perguntou Sancho.

– Não – respondeu Dom Quixote. – E, na realidade, o resultado depende de você.

– De mim?!

– Isso mesmo. Porque, se você voltar rápido do lugar para onde penso mandá-lo, mais rápido acabará meu sofrer e começará minha glória. Vou fazer uma penitência, como fez Amadis quando foi desprezado por Oriana.

– Amadis tinha lá seus motivos para fazer penitência – disse Sancho –, mas o senhor não, pois Dulcineia não o desprezou.

– Aí é que está – respondeu Dom Quixote. – Qual é a vantagem de um cavaleiro andante enlouquecer com motivo? O grande feito é perder o juízo sem razão. Ficarei aqui fazendo loucuras até você voltar com a resposta de uma carta que vou mandar para Dulcineia e, dependendo da resposta que você me trouxer, vou sarar ou enlouquecer de vez. Mas me diga uma coisa, Sancho, você guardou bem o elmo de Mambrino?

– Pelo amor de Deus! Quem ouve o senhor repetir que uma bacia de barbear é o elmo de Mambrino vai pensar que está realmente louco.

– Você ainda não percebeu, Sancho, que entre os cavaleiros andantes sempre há uns magos invisíveis que tudo transformam? O que para você é uma bacia, para mim é o elmo de Mambrino, e para outro pode ser uma terceira coisa. E ainda bem que o sábio que está do meu lado faz o elmo parecer uma bacia, pois, do contrário, todos iam querer tomá-lo de mim. Mas por ora guarde-o bem, que não preciso dele.

Então saltou de Rocinante e o despojou do freio e da sela para que andasse livre. Contudo Sancho disse que seria melhor selá-lo de novo e deixar que ele o montasse, pois a cavalo poderia ir e voltar mais rápido.

– Muito bem. Você levará para Dulcineia uma carta que vou escrever na caderneta de Cardênio. Em doze anos que a conheço só a vi quatro vezes, mas ela nunca olhou para mim, de tanto que seu pai, Lorenzo Corchuelo, esconde a beleza da filha.

– Ah! Não me diga que a filha de Lorenzo Corchuelo, também conhecida como Aldonça Lorenzo, é que é a senhora Dulcineia del Toboso!

– Ela mesma – confirmou Dom Quixote.

– Conheço muito bem essa danada – disse Sancho. – É moça de cabelo no coração e forte como um touro. E eu que achei que Dulcineia fosse alguma princesa. Mas o que será que ela vai pensar quando chegarem todos aqueles vencidos que o senhor lhe mandou e se ajoelharem aos pés dela? É bem capaz que a encontrem no campo, e ela caia na gargalhada quando ouvir suas cerimônias. Mas me passe aqui essa tal carta, que eu vou num pé e volto no outro.

Dom Quixote escreveu a carta e a leu para Sancho com a intenção de que o escudeiro a decorasse, caso a perdesse. Depois o cavaleiro teimou que Sancho tinha de vê-lo fazer alguma loucura, para depois contá-la à sua dama. Então tirou as calças, ficou de cueca, deu umas cambalhotas e plantou bananeira. Sancho achou aquilo mais do que suficiente para ter certeza de que seu amo estava doido de pedra. E assim, com esses pensamentos, deixaremos que siga seu caminho, até a volta, que não demorou.

Capítulo 26
Que trata das loucuras que Dom Quixote ficou fazendo na serra e também da curta viagem de Sancho

Conta a história que, quando Dom Quixote terminou de fazer suas piruetas e viu Sancho partir, subiu numa pedra muito alta e se pôs a rezar um milhão de ave-marias com um rosário que ele mesmo fez, dando onze nós numa tira de pano arrancada de sua camisa. Depois se dedicou a escrever poemas para Dulcineia no tronco das árvores. E também conta que, enquanto ele estava entre suspiros e versos, Sancho ia procurando o caminho para El Toboso, até que no dia seguinte chegou à mesma pousada onde lhe fizeram

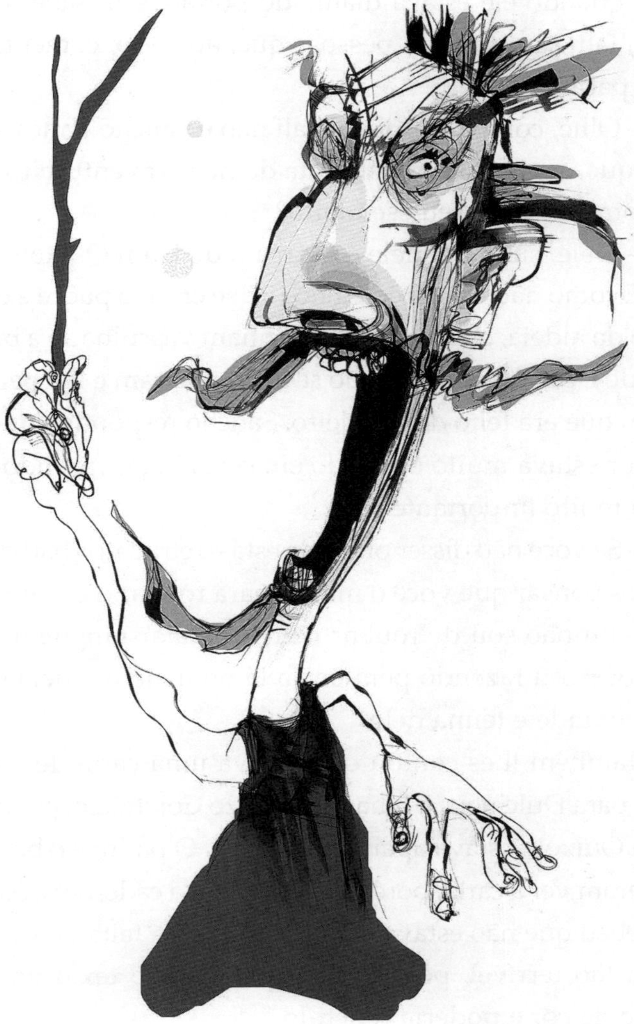

aquela brincadeira de mau gosto, e não quis entrar. Mas justo quando ele estava diante do portão, sem saber o que fazer, iam saindo duas pessoas que, ao vê-lo, comentaram uma para a outra:

– Olhe, compadre, aquele ali não é Sancho Pança, o sujeito que, segundo a governanta do nosso aventureiro, partiu com ele como seu escudeiro?

– É ele, sim. E aquele é o cavalo de Dom Quixote.

E como não iriam reconhecê-lo, se eram o padre e o barbeiro da aldeia, os mesmos que tinham vasculhado a biblioteca de Dom Quixote? Então se aproximaram e lhe perguntaram que era feito do cavaleiro. Sancho respondeu que seu senhor estava muito ocupado em certo lugar fazendo uma coisa muito importante.

– Se você não disser onde ele está – retrucou o barbeiro –, vamos pensar que você o matou para roubar o cavalo dele.

– Eu não sou de roubar nem de matar ninguém. Meu senhor ficou fazendo penitência lá no meio daquela serra, por vontade e teima dele.

Também lhes contou que levava uma carta de seu senhor para Dulcineia, a filha de Lorenzo Corchuelo, por quem Dom Quixote estava apaixonadíssimo. O padre e o barbeiro quiseram ver a carta, porém, ao procurar a caderneta, Sancho percebeu que não estava com ele. Mas essa falta não lhe pareceu tão terrível, pois achava que sabia o texto da carta quase de cor e poderia repeti-lo.

– Então dite – pediu o barbeiro –, que nós vamos tomando nota.

Sancho começou a coçar a cabeça, apoiando-se ora num pé, ora no outro, olhando para o chão, depois para o céu. Até que, passado um bom tempo, disse:

– Por Deus que não me lembro muito bem, mas começava com alguma coisa como "Alta e soterrada senhora".

– Não devia ser "soterrada" – disse o barbeiro –, e sim "soberana".

E assim foi continuando Sancho com o pouco que se lembrava da carta, sempre trocando alhos por bugalhos, até que o padre teve uma ideia para fazer Dom Quixote voltar: ele se disfarçaria de dama e o barbeiro de escudeiro, e iriam até onde estava o cavaleiro para pedir-lhe o grande favor de libertá-la de um gigante que lhe fizera muito mal. Então Dom Quixote ficaria obrigado a acompanhar a dama até onde ela o levasse, que seria a própria casa do cavaleiro, e lá tentariam achar remédio para a loucura dele.

Capítulo 27
Do que aconteceu depois

O barbeiro gostou da ideia. A dona da pousada ajudou o padre a se disfarçar com um vestido e uma faixa de veludo preto, e o barbeiro fez uma barba muito comprida com um rabo de boi que a mulher usava para pendurar seus pentes. Quando o dono lhes perguntou para que queriam tudo aquilo, eles falaram da loucura de Dom Quixote, e o homem então contou a eles tudo o que tinha acontecido quando o cavaleiro estivera na pousada. Ao saírem de lá fantasiados daquele jeito, no entanto, o padre de repente achou que não ficaria bem um sacerdote andar por aí travestido e pediu que trocasse de papel com o barbeiro. Este aceitou, contanto que só vestisse a roupa de mulher depois de chegarem à serra. Sancho os levou até o local onde havia deixado seu senhor, enquanto lhes contava a história de Cardênio. Eles, por seu turno, instruíram o escudeiro sobre o que fazer quanto à carta: teria de dizer a Dom Quixote que fora até a casa de Dulcineia e que ela respondera que o esperava de braços abertos.

Chegando a um riacho, Sancho lhes disse que já podiam se disfarçar, pois faltava pouco, e que era melhor esperarem ali enquanto ele ia procurar por Dom Quixote. O escudeiro seguiu seu caminho, e os outros dois ficaram à espera. Então ouviram uma voz cantando e, finda a canção, um choro desconsolado. Foram ver de onde vinha a voz e o choro e encontraram um rapaz que deduziram ser o tal Cardênio de quem Sancho lhes falara. O padre o abordou para tentar convencê-lo a deixar aquela vida tão miserável; o moço, vendo que eles já conheciam suas desventuras, contou-lhes a continuação de sua história com Lucinda. E o que contou foi o seguinte:

Estando na casa dos pais com seu amigo Fernando, um dia este o mandou voltar às propriedades do irmão para lá providenciar a compra de uns cavalos e, na ausência de Cardênio, pediu a mão de Lucinda em casamento. O pai de Lucinda aceitou, pois Fernando era um nobre riquíssimo. Lucinda, porém, conseguiu mandar a Cardênio uma mensagem explicando o que tinha acontecido, e ele voltou o mais rápido que pôde. Chegou justo no dia do casamento, ainda a tempo de falar com a moça às escondidas, já prestes a entrar na sala onde a esperavam para celebrar a cerimônia. Ela disse que se mataria com uma punhalada, e ele pensou em fazer o mesmo. Mas, depois que Lucinda entrou na sala, Cardênio viu, espiando entre umas cortinas, como o casamento era celebrado sem que nada acontecesse. Assim que a cerimônia acabou, Lucinda caiu desmaiada. E foi aí que Cardênio fugiu para a serra.

O padre já se preparava para dizer algumas palavras de consolo, mas foi interrompido por outra voz que chegou a seus ouvidos. Outra voz que se lamentava, dizendo o que se conta no próximo capítulo.

Capítulo 28
Que trata da nova aventura que aconteceu na serra

Levantaram-se e foram ver de quem era aquela voz que se lamentava e, atrás de uma rocha, avistaram um rapaz lavando os pés no riacho. Em seguida o moço tirou o chapéu e soltou uma cabeleira tão longa e brilhante que podia competir com os próprios raios do sol. Foi aí que perceberam que, na verdade, era uma moça, e a mais linda que já tinham visto. Os três homens deixaram seu esconderijo desejosos de saber quem era ela. Ao vê-los, a moça se assustou e tentou fugir, mas tropeçou. O padre então lhe disse:

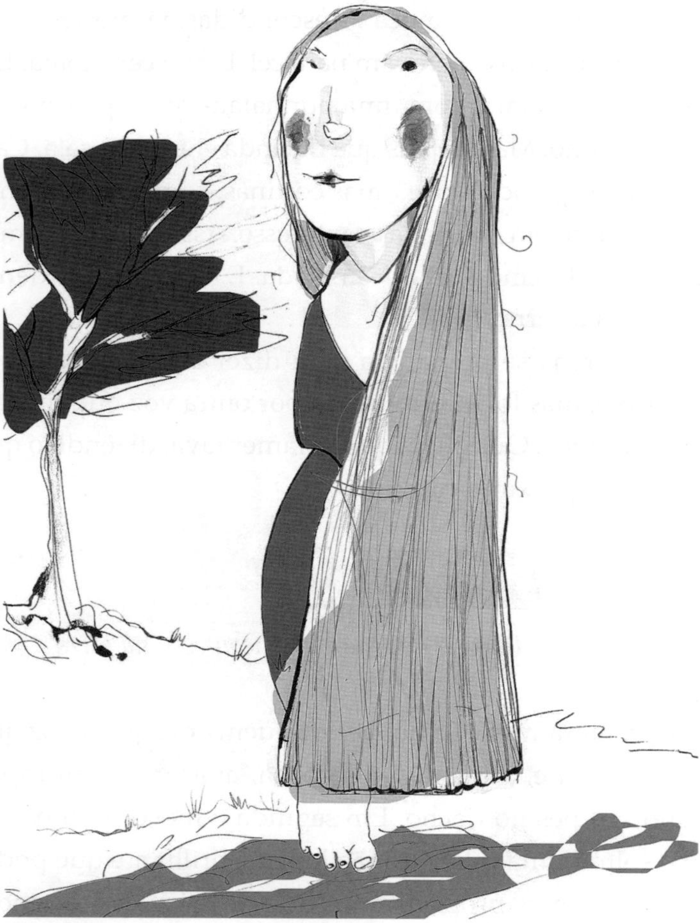

– Calma, senhora, que estamos aqui para ajudá-la. Gostaríamos de saber por que anda vestida de homem sendo mulher. Alguma boa razão há de ter.

Pouco depois, contendo as lágrimas, a moça lhes falou:

– Os senhores já viram que sou mulher, de nada adianta continuar fingindo. Vou lhes contar, então, a história de minha desgraça. Há na Andaluzia um grande duque que tem dois filhos. Meus pais são seus vassalos; lavradores, mas muito ricos. Eu vivia ocupada ajudando-os, e só os criados me viam. Até que um dia fui descoberta pelos olhos de Fernando, o filho mais novo do duque.

Ao ouvir o nome de Fernando, Cardênio ficou pálido e começou a suar em bicas, tão visivelmente alterado que o padre e o barbeiro temeram que tivesse um acesso de loucura. Mas Cardênio resistiu, interessadíssimo na história da moça.

– Segundo o que ele mesmo me disse depois, Fernando se apaixonou por mim assim que me viu. Subornava todos os empregados e vivia me mandando cartas de amor, e até músicos para me fazer serenata. Eu não desgostava de tais agrados, mas graças ao meu recato e aos conselhos dos meus pais, que me diziam que, por ser ele muito mais rico que eu, não poderia casar-se comigo, não respondi a nenhum de seus bilhetes. Até que uma noite ele apareceu dentro do meu próprio quarto. Eu fiquei pasma e não soube o que fazer. Ele então me pediu em casamento, e eu, confiando na palavra dele, acreditei. Fernando partiu de madrugada e nunca mais voltou, mostrando que a proposta de casamento era falsa e mentirosa. Para piorar, pouco depois me contaram que ele se casou com Lucinda, uma jovem muito bonita de uma cidade vizinha.

Quando Cardênio escutou o nome de Lucinda, começou a chorar. Mas a moça continuou com a história:

– Fiquei com muita raiva ao saber disso, tanta que viajei até aquela tal cidade à procura de Fernando, para que ele me explicasse o que tinha feito. Assim que cheguei e perguntei pela casa dos pais de Lucinda, as pessoas me contaram o que havia acontecido no dia do casamento: assim que o padre os casara, Lucinda desmaiou, e, quando foram afrouxar seu vestido para que recuperasse o fôlego, acharam um papel escrito com a própria letra dela, dizendo que não podia se casar com Fernando porque já era casada com Cardênio. Fernando, sentindo-se enganado, avançou contra ela, e dizem que a teria matado se os pais dela não o segurassem. Fernando partiu, e Lucinda, ao recobrar os sentidos, contou aos pais de seu amor por Cardênio. Também me disseram que Cardênio presenciara o casamento e que saíra da cidade desesperado, deixando apenas um bilhete afirmando que partira para um lugar onde ninguém poderia encontrá-lo. Passados alguns dias, Lucinda também desapareceu. Eu, por meu lado, pensava que talvez tivesse alguma chance com Fernando, já que, afinal, seu casamento com Lucinda não valera. Eu ainda me encontrava na cidade, quando ouvi dizer que estavam oferecendo uma grande recompensa a quem me encontrasse. Deixei a cidade e vim me esconder neste bosque. E, como mais de um pastor tentou abusar de mim, escondi meu cabelo e me vesti de homem.

Capítulo 29
Que trata de como a aventura continuou

Quando a moça acabou de falar, Cardênio segurou em suas mãos e lhe perguntou se ela era a bela Doroteia, filha única do rico Clenardo. Doroteia ficou perplexa:

– Quem é o senhor, e como sabe meu nome e o de papai?

– Eu sou aquele que Lucinda chamou de marido, o desventurado Cardênio, e não vou desampará-la enquanto Fernando não remediar o mal que lhe fez.

Doroteia ficou mais perplexa ainda. O padre os aconselhou a ir com ele até sua aldeia, que lá veriam como procurar Fernando ou como levar Doroteia a seus pais. Eles agradeceram o conselho e aceitaram o convite. Então o barbeiro lhes contou que o padre e ele tinham ido à serra para procurar Dom Quixote. Ao ouvi-lo, Cardênio se lembrou da briga com o cavaleiro e lhes contou como tinha sido. Dali a pouco, Sancho voltou dizendo que achara Dom Quixote muito magro, amarelo e morto de fome, suspirando por Dulcineia, que era melhor todos o acompanharem para tentar tirar o cavaleiro de lá. O padre, por sua vez, contou aos jovens seu plano para trazer Dom Quixote de volta à aldeia. Então Doroteia se ofereceu para se fazer passar por princesa, garantindo que ela representaria muito bem seu papel, pois tinha lido muitos livros de cavalaria. Sancho, impressionado com a beleza de Doroteia, perguntou ao padre quem era ela.

– Esta bela senhora – respondeu o padre – é a herdeira do trono do reino de Micomicão e veio pedir a Dom Quixote, pois a fama dele já chegou até lá, que desfaça uma ofensa que um gigante lhe fez.

— Bom mesmo seria que meu senhor desfizesse essa ofensa e se casasse com essa princesa, que ainda não sei como se chama.

— Ela se chama Micomicona — disse o padre — porque seu reino se chama Micomicão.

Doroteia montou na mula do padre, o barbeiro se disfarçou com a barba falsa, e mandaram Sancho os levar até Dom Quixote. Cardênio e o padre ficaram ali esperando. Quando encontraram o cavaleiro, Doroteia apeou da mula, se ajoelhou ao pé dele e implorou ajuda. Dom Quixote, surpreso, pediu que se levantasse, mas ela respondeu que só o faria depois de ele prometer ajudá-la. Sancho então explicou a seu senhor do que se tratava: ele só teria de matar um gigante, e quem lhe pedia o favor era a princesa Micomicona, a mesma que tinha a seus pés, do grande reino de Micomicão. Dom Quixote se comprometeu a ajudá-la, e ela então suplicou que a acompanhasse até seu reino e não se distraísse com nenhuma outra aventura até dar cabo do usurpador do trono. Dom Quixote, claro, quis pôr mãos à obra imediatamente, e os quatro se puseram a caminho.

Enquanto isso, o padre tinha aparado a barba de Cardênio para que Dom Quixote não o reconhecesse, mas ainda não sabia como explicaria sua própria presença ali. Quando os dois grupos se encontraram, o padre fingiu grande surpresa e improvisou um pretexto, inventando que fora roubado por uns ladrões pouco antes libertados por um homem muito valente. (O padre já sabia da história dos presos, pois, no caminho, Sancho lhe contara quase todas as suas aventuras.) E arrematou dizendo rezar para que Deus perdoasse aquele homem.

Capítulo 30
De como tiraram Dom Quixote da penitência

Quando o padre acabou de falar, Sancho se apressou a lembrar ao padre que o tal homem valente e libertador de presos era seu patrão, que não tinha dado ouvidos a seus conselhos de que não fizesse semelhante façanha. Dom Quixote afirmou que ele fizera sua obrigação: libertar aquela gente acorrentada que marchava à força rumo à própria desgraça. Para que Dom Quixote não perdesse as estribeiras, Doroteia lembrou que ele prometera não se distrair com nada enquanto não matasse o gigante. O cavaleiro renovou sua promessa e pediu a Doroteia que lhe contasse melhor do que se tratava. Todos ficaram muito atentos, pois não sabiam o que a moça ia inventar.

– Primeiro, saibam todos que me chamo...

Percebendo que a moça tinha se esquecido do nome inventado, o padre saiu em seu socorro:

– É muito comum as pessoas que sofreram um choque perderem a memória, como aconteceu com esta senhora, que é a princesa Micomicona, do reino de Micomicão.

– É verdade – respondeu Doroteia. – O rei, meu pai, se chamava Tinácrio e era um grande mago; minha mãe se chamava Jaramilha. Perto do nosso reino há uma ilha governada pelo gigante Pandafilando, o da vista fosca. Tempos atrás, papai havia profetizado que, quando ele e mamãe morressem, Pandafilando me pediria em casamento e, se eu não aceitasse, tomaria o trono à força. Como a última coisa que penso em fazer é casar com um gigante vesgo, segui o que papai indicou em suas profecias e vim para a Espanha à procura de um cavaleiro andante chamado Dom Magote ou Dom Pinote.

– Dom Quixote – esclareceu Sancho.

– Isso mesmo! Segundo as profecias, esse cavaleiro que vai me socorrer é alto, magro e tem uma pinta peluda no ombro direito.

Ao ouvir isso, Dom Quixote logo quis tirar a roupa para verificar se ele tinha uma pinta no lugar indicado. Mas Sancho disse que não precisava, pois ele próprio já vira que o cavaleiro tinha uma daquele jeito bem no meio das costas. Doroteia considerou o testemunho do escudeiro suficiente, sem ligar muito para o lugar onde a pinta estava. E continuou:

– A profecia dizia que esse cavaleiro mataria o gigante, casaria comigo e reinaria a meu lado para sempre.

– Eu enfrentarei vosso inimigo, e, depois de matá-lo, vossa alteza poderá governar tranquila e casar com quem quiser, mas não comigo.

– Como assim? O senhor está dizendo que não vai casar com essa princesa?! – perguntou Sancho muito contrariado. – Pois se ela é muito mais bonita que Dulcineia! Desse jeito, nunca vou ser governador de coisa nenhuma!

Dom Quixote não suportou ouvir Sancho dizer aquilo de Dulcineia e começou a bater nele com a lança. Não fosse por Doroteia, que o mandou parar, teria continuado a espancar o escudeiro até matá-lo. Sancho então se escondeu atrás da mula de Doroteia, mas ainda insistindo:

– Vamos, senhor, case com a princesa! E, se quer saber, nem sei qual das duas é mais bonita, porque a Dulcineia eu nunca vi.

– Que foi que você disse? – gritou Dom Quixote. – Você não acabou de me trazer um recado dela?

– Quero dizer que nunca a vi tão bem – emendou Sancho – para saber o tamanho de sua beleza.

– Ah, entendi. Está desculpado – disse Dom Quixote. – Mas agora me diga: que é que Dulcineia estava fazendo quando você lhe entregou a carta? O que ela disse? O que respondeu? Que cara fez enquanto a lia?

– Senhor, para falar a verdade, eu não levei carta nenhuma.

– Eu sei – disse Dom Quixote –, pois a caderneta onde a escrevi ficou aqui comigo.

– Mas isso não foi problema, porque eu sabia de cor o que o senhor escreveu nela, e depois ditei tudinho para um sacristão, e ele falou que nunca tinha lido uma carta tão linda.

– E você ainda lembra o que ela dizia, Sancho? – perguntou Dom Quixote.

– Não, senhor. Depois que a ditei, esqueci tudo. Só lembro que começava com "soterrada", digo, "soberana senhora", e acabava com "Seu até a morte, o Cavaleiro da Triste

Figura". E no meio dessas duas coisas, claro, coloquei uma porção de outras.

Capítulo 31
Da conversa que Dom Quixote e Sancho tiveram e de um encontro que aconteceu logo em seguida

– Mas o que Dulcineia estava fazendo quando você a encontrou? – insistia Dom Quixote.
– Estava peneirando trigo – respondeu Sancho.
– E o que ela perguntou de mim?
– Não me perguntou nada – respondeu o escudeiro –, mas eu lhe contei que o senhor tinha ficado na serra fazendo uma grande penitência, e ela me mandou dizer para o senhor largar mão de tais disparates e, por favor, ir o quanto antes para El Toboso encontrar com ela.

Dom Quixote garantiu que iria vê-la assim que matasse o gigante e instalasse a princesa Micomicona em seu trono. E também prometeu que daria a Sancho uma parte do prêmio que recebesse pela vitória. Então o barbeiro sugeriu que parassem um momento para beber e comer alguma coisa, para grande alívio de Sancho, que já estava cansado de mentir e tinha medo de que seu senhor o apanhasse em algum deslize.

Enquanto estavam comendo, apareceu um rapaz que, depois de muito olhar para Dom Quixote, se aproximou e disse:

– Ah, meu senhor! Não está me reconhecendo? Eu sou André, aquele que o senhor desamarrou da árvore, lembra?

O cavaleiro o reconheceu e contou aos outros como tinha salvado aquele moço dos açoites de seu patrão, que ainda por cima não lhe pagava o salário.

– Isso é verdade – afirmou o moço. – Mas, depois que o senhor foi embora, aconteceu tudo ao contrário.

– Como assim, ao contrário? O miserável não pagou a você?

– Não só não pagou – respondeu o garoto –, como voltou a me amarrar na árvore e me bateu tanto que quase me mata.

– Fiz mal em partir, mas agora ele vai ver – disse Dom Quixote.

E se levantou com a intenção de montar em Rocinante. Doroteia lhe perguntou o que ia fazer, e ele respondeu que ia partir em busca daquele miserável para castigá-lo. A moça, porém, lembrou-o da promessa de não se distrair com outra aventura enquanto não desse cabo do gigante usurpador e ela não sentasse em seu trono.

– É verdade – respondeu Dom Quixote. – André terá de esperar até minha volta.

Sancho ofereceu um pouco de pão e de queijo para o moço, e este, já prestes a ir embora, ainda disse a Dom Quixote:

– Senhor cavaleiro andante, se por acaso voltar a me encontrar, mesmo que eu esteja levando uma surra de criar bicho, faça o favor de não me ajudar.

O cavaleiro, muito zangado, avançou para castigá-lo, mas o garoto fugiu em disparada, e os outros tiveram de conter o riso para que Dom Quixote não ficasse mais zangado ainda.

Capítulo 32
Que trata do que aconteceu na pousada

No dia seguinte, a comitiva chegou à pousada, e foram todos muito bem recebidos. Logo prepararam uma cama para Dom Quixote, e ele foi direto se deitar, pois estava morto de cansaço. A dona pediu o rabo de boi ao barbeiro, e o padre mandou devolvê-lo; se por acaso Dom Quixote perguntasse pelo escudeiro da princesa, diriam que tinha ido na frente para avisar os súditos do reino de Micomicão que seu libertador já estava a caminho. Em seguida, comentando a loucura de Dom Quixote, o padre disse que era tudo culpa dos livros de cavalaria. Ao ouvi-lo dizer isso, o dono afirmou:

– Desculpe, padre, mas discordo. Eu tenho alguns desses livros, e, quando aparece alguém que sabe ler, fazemos uma roda para escutar as histórias que neles se contam, e isso só nos dá prazer.

– Traga-me esses livros que eu gostaria de dar uma olhada – pediu-lhe o padre.

O dono foi até o quarto dele e voltou carregando uma velha maleta cheia de livros.

– Bom seria que aqui estivessem a governanta e a sobrinha de Dom Quixote – disse o padre quando viu aqueles volumes.

– Não seja por isso – respondeu o barbeiro –, que eu também os queimaria com grande prazer.

– Nem pensar! – exclamou o pousadeiro. – Imagine só, com tantas coisas importantes que eles contam.

– O dono da pousada está indo pelo mesmo caminho de Dom Quixote – cochichou o padre a Doroteia e Cardênio.

– Eu acho que ele pensa que tudo o que os livros contam é verdade – respondeu Cardênio.

– Olhe, irmão, que esses cavaleiros não existiram – disse então o padre ao dono da pousada. – É tudo ficção. Esses livros foram escritos para divertir as pessoas, mas nenhuma das façanhas contadas neles aconteceu de verdade.

– Ora, não me venha com essa! – respondeu o pousadeiro. – O senhor acha mesmo que eu vou acreditar que as coisas desses livros são disparates e mentiras, tendo eles a licença do rei?

– Eu já disse, amigo – devolveu o padre –, que essas coisas são escritas para divertir. Mas pode levar seus livros, e Deus queira que o senhor não acabe como Dom Quixote.

– Isso não! – respondeu o pousadeiro. – Que eu não sou louco de querer ser cavaleiro andante, pois sei que isso é coisa muito antiga, que não existe mais.

Sancho entrou na sala justo quando estavam dizendo que a cavalaria andante não existia e que todos os livros de cavalaria eram disparates. Então decidiu que, se as coisas continuassem dando tão errado, largaria a vida de escudeiro e voltaria para sua mulher e seu antigo trabalho.

Antes de o dono levar a maleta embora, o padre reparou que no fundo dela havia um maço de papéis que não tinha visto e pediu para folheá-los. Observou que era um manuscrito de uma obra intitulada *Novela do curioso impertinente*. Leu algumas linhas e disse:

– O título é bom, e o texto promete. Gostaria de ler esta história.

– Fique à vontade, reverência. Todos os hóspedes que a leram, e não foram poucos, gostaram muito, tanto que até quiseram levá-la. Mas eu não deixei, porque o viajante que esqueceu a maleta aqui ainda pode voltar procurando o que é dele.

Então todos começaram a pedir ao padre que lesse os papéis em voz alta. Até que, por fim, o padre disse:

– Já que vocês querem, prestem atenção, que a novela começa assim:

Capítulo 33
A novela do curioso impertinente

Em Florença, famosa cidade italiana, viviam Anselmo e Lotário, dois cavalheiros ricos e importantes. Os dois eram tão amigos que todo mundo os conhecia como "os amigos". Anselmo estava apaixonadíssimo de Camila, uma moça muito bonita que também estava apaixonada por ele. Sendo assim, não demoraram a se casar. Os primeiros dias de casados foram muito felizes, e Lotário sempre ia visitá-los. Mas, com o passar do tempo, como Lotário não queria perturbar o casal, deixou de vê-los com tanta frequência. Anselmo insistia em que seu amigo continuasse a visitá-los, e acabaram combinando que este iria almoçar com o casal duas vezes por semana. Até que, numa dessas visitas, Anselmo disse a Lotário:

— Eu devia estar muito feliz com tudo o que tenho, principalmente por ter um amigo como você e uma mulher como Camila, mas faz alguns dias venho sentindo um desejo muito estranho e tão forte que, por mais que eu tente, não consigo controlá-lo. Como você é meu amigo, tenho certeza de que vai me ajudar.

Lotário pediu que Anselmo falasse sem rodeios, pois ele não deixaria de apoiá-lo.

— O desejo que me consome — respondeu Anselmo — é o de comprovar se Camila, minha mulher, é tão boa e perfeita quanto penso. Como posso saber se sua bondade é verdadeira, se ela nunca sofrer a tentação de ser má? O que eu quero é que alguém finja estar apaixonado por ela e lhe declare seu amor com insistência, para que eu tenha como me certificar de que sua fidelidade por mim é firme e forte. E quem melhor do que você, Lotário, para realizar essa tarefa?

Lotário não podia acreditar no que o amigo estava pedindo e perguntou se aquilo não era uma brincadeira de mau gosto. Lotário considerava Camila sua amiga e achava um absurdo submetê-la a semelhante prova. Mas Anselmo explicou ao amigo que, se ele não aceitasse, teria de pedir ajuda a outra pessoa. Então Lotário disse aceitar, mas, no íntimo, estava decidido a não dizer nada a Camila.

Um dia que Lotário foi almoçar na casa de Anselmo, este disse que precisava sair para tratar de um negócio, mas pediu ao amigo que o esperasse, pois ainda queria falar com ele. Assim, Camila e Lotário ficaram a sós. Camila era tão linda que podia conquistar o mundo inteiro com sua beleza, mas Lotário se desculpou, alegando estar com muito sono, e tirou um cochilo até a volta de Anselmo. Depois, ao relatar o ocorrido a Anselmo, inventou que, como era a primeira vez que ficava a sós com Camila, limitara-se a elogiar sua beleza e a dizer que toda a cidade falava dela. Anselmo apoiou a estratégia e, na visita seguinte, tornou a deixá-los a sós. Mas, em vez de sair, se escondeu na sala ao lado e espiou pelo buraco da fechadura. O que viu foi que Lotário não disse uma só palavra a Camila, e então percebeu que o amigo mentira. Muito aborrecido, contou a Lotário que os espiara e descobrira que ele não estava fazendo nada para seduzir Camila.

Lotário teve então de prometer que não mentiria mais e que, dali em diante, cumpriria com o combinado. Anselmo acreditou nele e, para facilitar as coisas, inventou uma viagem para se ausentar da cidade por oito dias. Antes de partir, disse à mulher que pedira a Lotário que a acompanhasse à mesa todos os dias e tomasse conta da casa. Camila achou que não era direito ela receber a visita de um homem na ausência do marido, mas, diante da insistência de Anselmo, foi obrigada a concordar. Ela recebeu Lotário com a máxima cortesia, mas sempre rodeada dos criados, especialmente de sua dama de companhia, Leonela, a quem ordenara que nunca a deixasse a sós com ele. Com o passar dos dias, porém, a criada começou a se descuidar e, por momentos, os deixava sozinhos. Nessas ocasiões, Lotário não tinha coragem de dizer nada, limitando-se a fitá-la em silêncio, mas a beleza e a bondade de Camila eram capazes de conquistar um coração de mármore. O grande amigo de seu marido a observava cada vez com mais insistência e interesse, pensando que era uma mulher muito digna de ser amada. Até que, passado o terceiro dia de ausência de Anselmo, Lotário não aguentou mais e, tomado de uma grande confusão, começou a declarar seu amor, nada fingido, pela mulher do melhor amigo. Camila ficou chocada, trancou-se no quarto e, por meio de um criado, mandou uma carta para o marido dizendo-lhe o seguinte:

Capítulo 34
Onde continua a novela do curioso impertinente

"Estou muito triste sem você. Se não voltar, irei para a casa dos meus pais, mesmo que, com isso, deixe nossa casa sem cuidado, pois aquele a quem você o confiou está mais preocupado com os próprios interesses do que com os seus."

Ao ler essas linhas, Anselmo pensou que Lotário já tinha começado a agir. Respondeu a Camila dizendo que, por favor, não deixasse a casa, pois ele já estava prestes a voltar. Com isso, Camila foi obrigada a permanecer, resistindo a um Lotário cada vez mais insistente e apaixonado. Até que um dia, afinal, Camila cedeu.

Pouco depois, Anselmo voltou. Lotário disse ao amigo que a fidelidade de sua mulher estava provada e era desnecessário continuar a testá-la. Anselmo ficou muito satisfeito com o resultado da prova, mas pediu ao amigo que ainda não interrompesse a farsa. Por outro lado, Leonela, que estava a par dos amores de Camila com Lotário, vinha mantendo encontros secretos com o namorado na casa dos patrões, e Camila não se atrevia a repreendê-la por medo de ser delatada. Uma noite, Lotário viu o namorado da criada saindo por uma janela e pensou que se tratava de outro amante de Camila. Então, louco de ciúme, foi dizer a Anselmo que sua mulher estava prestes a ceder aos galanteios e sugeriu que, se queria ver isso com os próprios olhos, anunciasse uma nova viagem e se escondesse na casa para espiá-los. Anselmo ficou muito magoado com as revelações do amigo. Pouco depois, já quase se arrependendo de tomar vingança de um jeito tão baixo, Lotário foi falar com Camila e a encontrou muito aflita. Ela então contou que estava preocupada porque descobrira que o amante de Leonela andava frequentando a casa, entrando e saindo a qualquer hora, e ela não podia dizer nada porque a criada sabia dos seus amores. Lotário então percebeu que se enganara e revelou a Camila tudo o que dissera a Anselmo. Camila mal pôde acreditar na loucura que Lotário tinha feito, mas logo atinou com uma solução. Apenas pediu a Lotário que tratasse de fazer com que, no dia seguinte, Anselmo de fato se escondesse para espiá-los.

No outro dia, conforme o combinado com o amigo, Anselmo anunciou que estava de partida e se escondeu. Enquanto espiava, viu Camila e Leonela entrarem no quarto. Camila vinha dizendo à criada que Lotário era um atrevido e pediu a ela um punhal. Leonela sabia que a patroa estava fingindo e, ao entregar o punhal, perguntou para que o queria, se para se matar ou para matar Lotário. Camila não respondeu, apenas mandou chamar Lotário. Quando Leonela reapareceu com ele, Camila riscou o chão com a ponta do punhal e disse a Lotário que, se ele ousasse ultrapassar aquela linha, ela cravaria a arma no coração. Lotário percebeu que Camila estava representando e, seguindo o jogo, fez de conta que fingia uma nova investida, tal como Anselmo lhe pedira. Disse que, por amor, até os maiores erros eram perdoados. Ela respondeu que jamais cederia a seus vergonhosos apelos e, de repente, avançou contra Lotário como se fosse matá-lo, mas foi contida por ele. A atuação de Camila era tão perfeita que, por um momento, Lotário chegou a duvidar de que fosse encenação. Ela então se safou e fingiu fincar o punhal no peito, tombando em seguida num falso desmaio. Leonela e Lotário, porém, assustaram-se de verdade ao ver que ela estava sangrando. Mas, quando Lotário se aproximou, percebeu que ela fizera apenas um pequeno corte. Admirado com a inteligência de Camila para resolver as coisas, continuou com a farsa, lamentando-se a altos brados sobre seu corpo, como se ela estivesse morta. Leonela então mandou Lotário procurar alguém para curá-la. Lotário saiu, e Camila, fazendo de conta que despertava de seu desmaio, começou a chamar a si mesma de covarde por não ter tirado a própria vida. Perguntava à criada se devia contar ao marido a verdade sobre o que tinha acontecido, e a criada lhe dizia que era melhor não falar nada, pois o marido se veria obrigado a se vingar de Lotário e que elas logo haveriam de achar uma explicação convincente para o ferimento.

Depois Camila e Leonela saíram do quarto para que Anselmo pudesse abandonar seu esconderijo. Ele correu para falar com o amigo e contou o quanto estava feliz com a pérola que tinha como esposa. Mas Lotário não estava nada contente, pois sentia muito remorso de enganar seu melhor amigo. Anselmo, pensando que a tristeza de Lotário se devia ao ferimento de Camila, contou que não era nada de grave, pois tinha escutado as duas mulheres dizerem que dariam um jeito de ocultá-lo.

Anselmo, então, ficou como o homem mais enganado do mundo. E esse engano durou alguns dias, até que a roda da fortuna virou.

Capítulo 35
Onde termina a novela do curioso impertinente

Faltava muito pouco para a leitura da novela terminar, quando Sancho apareceu agitado:

– Venham cá! Venham rápido, que meu senhor está lutando contra o gigante da princesa Micomicona e o quarto está cheio de sangue!

– Ah, diabo! – exclamou o pousadeiro. – Posso apostar que Dom Quixote furou os odres que estão na cabeceira da cama e derramou o vinho.

Correram para o quarto e acharam Dom Quixote de olhos fechados, distribuindo espadadas a torto e a direito, como se estivesse lutando com o gigante. Tinha dado tantas estocadas nos odres que o quarto estava alagado de

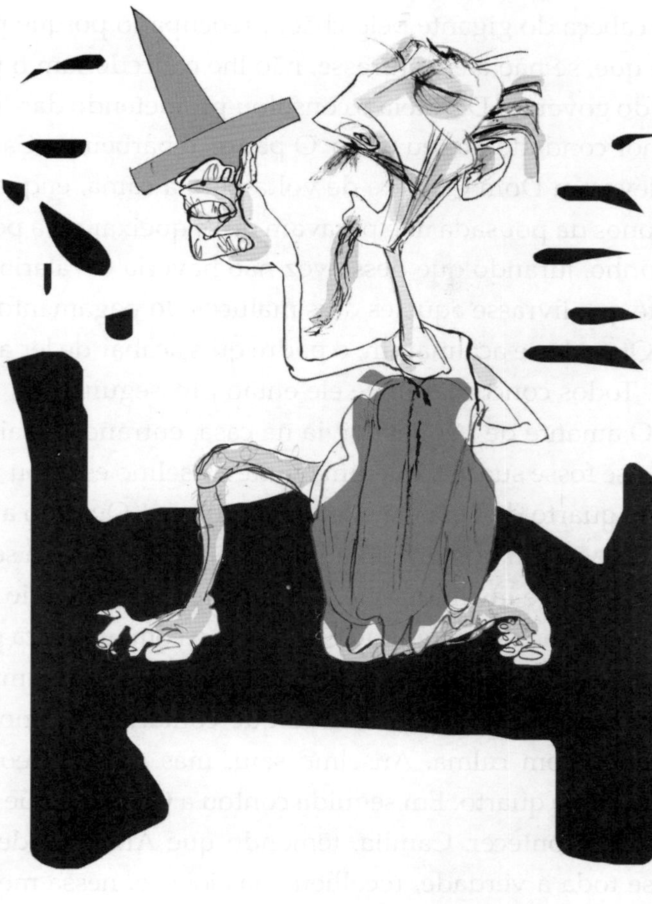

vinho. O dono da pousada, furioso, começou a bater em Dom Quixote, sendo logo contido pelos outros, mas nem assim o cavaleiro acordou. Enquanto isso, Sancho procurava a cabeça do gigante pelo chão, preocupado porque pensava que, se não a encontrasse, não lhe concederiam o prometido governo. Doroteia o consolou prometendo dar-lhe o melhor condado de seu reino. O padre, o barbeiro e Cardênio levaram Dom Quixote de volta para a cama, enquanto os donos da pousada não paravam de se queixar pela perda do vinho, jurando que dessa vez não haveria cavalaria andante que livrasse aqueles dois malucos do pagamento.

Quando se acalmaram, o padre quis acabar de ler a novela. Todos concordaram, e ele então prosseguiu:

O amante de Leonela vivia na casa, entrando e saindo como se fosse sua, até que uma noite Anselmo escutou passos no quarto de Leonela e foi ver o que era. Quando abriu a porta, viu um homem pulando pela janela. Leonela segurou o patrão e inventou que o fugitivo era seu próprio marido. Anselmo não acreditou e a ameaçou com uma faca para que dissesse a verdade; ela, morta de medo, disse ter importantíssimas revelações a fazer e que contaria tudo no dia seguinte, com calma. Anselmo saiu, mas deixou Leonela trancada no quarto. Em seguida contou a Camila o que acabara de acontecer. Camila, temendo que Anselmo descobrisse toda a verdade, recolheu suas joias e, nessa mesma noite, foi até a casa de Lotário para informá-lo do ocorrido. Imediatamente, Lotário levou Camila para um convento onde sua irmã era madre superiora, e depois ele mesmo deixou a cidade sem avisar ninguém.

Na manhã seguinte, ao procurar a criada, Anselmo percebeu que ela havia fugido pela janela. Foi falar com a mulher e também não a encontrou. Nenhum empregado a vira sair. Então foi em busca de Lotário, mas ele também sumira. Ao voltar para casa, Anselmo a encontrou deserta: todos os criados tinham ido embora. Sentindo-se absolutamente sozinho, resolveu ir para uma aldeia próxima, onde morava outro amigo. No caminho, falando com um desconhecido, este comentou com ele o escândalo do momento, envolvendo "os amigos". Segundo ouvira dizer, Lotário tinha fugido com a mulher de Anselmo, e não se sabia o paradeiro de nenhum dos dois. O caso tinha sido revelado pela criada de Camila, achada na noite anterior pela polícia enquanto fugia da casa de Anselmo, pendurada em uns lençóis.

Com o peso dessas notícias tristíssimas, Anselmo chegou à casa do outro amigo sentindo-se muito mal. Seu amigo achou-o muito pálido, magro e abatido e ajudou-o a se deitar. Anselmo logo pediu papel e pena para escrever e quis ficar sozinho. Pouco depois, o amigo foi ver como ele estava e o encontrou morto. No papel, leu o seguinte:

Um néscio e impertinente desejo tirou-me a vida. Quando Camila souber da minha morte, digam-lhe que eu a perdoei, pois ela não tinha a obrigação de fazer milagres. Eu mesmo fui o autor da minha desonra.

O amigo mandou avisar Camila da morte de Anselmo. Ela não quis sair do convento nem tomar os hábitos, até receber a notícia de que Lotário morrera numa batalha. Então se tornou freira, morrendo pouco depois, também muito triste.

– Achei a história muito boa – disse o padre –, mas não posso acreditar que isso tenha acontecido de verdade. Não consigo imaginar um marido tão insensato. Penso que uma coisa dessas até poderia acontecer entre um galanteador e sua dama, mas nunca entre marido e mulher.

Capítulo 36
De como terminou a história de Cardênio

Estavam nisso quando o dono da pousada entrou anunciando a chegada de quatro homens a cavalo, todos com o rosto coberto com mascarilhas negras, trazendo uma mulher vestida de branco, também com o rosto oculto, e acompanhados por dois criados a pé. Ao ouvir o aviso do dono, Doroteia cobriu o rosto com um véu, e Cardênio foi se esconder no quarto. Quando os viajantes entraram na pousada, Doroteia abordou a mulher de branco, perguntando-lhe se precisava de alguma coisa, mas ela só respondia com suspiros, como se fosse desmaiar.

– Não perca seu tempo oferecendo ajuda a essa mulher, pois ela tem o hábito da ingratidão e sempre responde com mentiras – disse a Doroteia aquele que parecia o chefe dos cavaleiros que a acompanhavam.

– Eu nunca disse mentira alguma! – zangou-se a moça de branco.

Ao ouvir sua voz, Cardênio gritou:

– Valha-me Deus! De quem é essa voz que chegou aos meus ouvidos?

Sobressaltada, a moça se levantou e tentou entrar no quarto, mas o cavaleiro a deteve. No esbarro, o lenço que cobria o rosto dela caiu, e todos puderam ver sua beleza. Também a mascarilha do cavaleiro caiu, e Doroteia reconheceu Fernando, dando um grito e caindo desmaiada. Para reanimá-la, o padre tirou o véu com que ela se cobrira, e Fernando, por seu turno, quase morreu de susto ao ver aquele rosto e reconhecer a lavradora que ele enganara. Nesse instante, Cardênio abandonou seu esconderijo e deu de cara com Fernando e Lucinda. Todos se olhavam em silêncio, atônitos. Doroteia, que já recobrara os sentidos, olhava para Fernando, Fernando para Cardênio, Cardênio para Lucinda, e Lucinda para Cardênio. Por fim, Lucinda falou:

– Fernando, deixe-me abraçar o muro do qual sou hera. O céu me pôs diante do meu verdadeiro marido.

Doroteia, por sua vez, ajoelhou-se aos pés de Fernando e disse-lhe em prantos:

– Sou a humilde lavradora que você fez sua. Eu sou sua esposa.

Fernando fitou Doroteia longamente, até que, por fim, soltou Lucinda e disse:

– Você venceu, bela Doroteia. Suas palavras são verdadeiras.

Lucinda desmaiou nos braços de Cardênio. Fernando, porém, levou a mão à espada, e Doroteia, percebendo que ele ainda queria se vingar de Cardênio, tornou a se ajoelhar, suplicando que desistisse desse despropósito. Os outros rodearam Fernando, também intercedendo por Lucinda e Cardênio. Quando o padre disse a Fernando que devia cumprir com a palavra dada a Doroteia, o jovem nobre afinal cedeu e a abraçou, dizendo:

– Levante-se, querida, pois não é justo que fique ajoelhada a meus pés. Que Lucinda e Cardênio vivam felizes, e eu pedirei aos céus muitos anos de vida para passá-los ao lado da minha Doroteia.

Então voltou a abraçá-la, mal contendo as lágrimas. Lucinda, Cardênio e os demais, ao contrário, não conseguiram contê-las. E quem mais chorou foi Sancho, embora mais tarde tenha dito que sua tristeza se devia à descoberta de que Doroteia não era a princesa Micomicona e que, portanto, ele não receberia nenhum condado. Por fim, Fernando abraçou Cardênio e Lucinda e quis saber como Doroteia havia chegado àquele lugar. Doroteia contou dos encontros na Serra Morena, e ele por seu turno disse que fora buscar Lucinda no convento onde estava recolhida e a tirara de lá à força.

Capítulo 37
Onde continua a história da princesa Micomicona, mais outras aventuras

Sancho entrou no quarto de Dom Quixote para contar que a princesa Micomicona, na verdade, era uma moça chamada Doroteia e que o gigante que ele tinha matado não era um gigante, e sim odres de vinho. O cavaleiro respondeu que tudo o que acontecia ali era obra de magia e, vestindo-se, saiu do quarto. Fernando já estava a par das loucuras de Dom Quixote e quis que Doroteia continuasse representando o papel de princesa. Então, quando Dom Quixote apareceu para dizer o que seu escudeiro acabara de lhe contar, a moça desmentiu Sancho, afirmando que ela continuava sendo a mesma de sempre, ou seja, a princesa Micomicona. Aí propôs que retomassem a viagem para seu reino no dia seguinte, pois já haviam perdido tempo demais. Dom Quixote ficou muito aborrecido com Sancho, e Fernando teve de intervir para aplacar os ânimos.

Pouco depois, apareceu na pousada um viajante que, pelos trajes, parecia um espanhol recém-chegado de terras árabes. Atrás dele vinha uma mulher vestida de moura, com o rosto coberto. O homem pediu hospedagem, mas lhe disseram que a pousada estava totalmente lotada. Doroteia, porém, se aproximou da mulher para lhe dizer que ela e Lucinda lhe arranjariam um lugar, mas não obteve resposta. Os outros deduziram que a estranha não entendia o castelhano e quiseram saber se era cristã ou moura. O homem que a acompanhava esclareceu que era moura, mas que queria converter-se ao cristianismo. As mulheres também lhe pediram que tirasse o véu, e, quando o homem traduziu o pedido, a moura mostrou um rosto tão lindo quanto o de Lucinda e Doroteia.

Quando a noite chegou, todos se sentaram em volta da mesa para jantar, e Dom Quixote começou a falar sobre a cavalaria andante.

Capítulo 38
O discurso de Dom Quixote

Dom Quixote disse:

– Há quem diga que a melhor carreira do mundo é a das letras legais e não a das armas, mas isso é um grande engano. Não há nada mais grandioso que a profissão de cavaleiro andante, pois a trilha mais árdua é a que tem mais valor. Conquistar destaque no mundo dos letrados é uma questão de tempo e de suportar os desconfortos da vida de estudante, como comer e dormir mal e outras coisas do gênero. Mas chegar a ser um bom soldado exige muito mais sacrifícios, entre eles o de viver constantemente arriscando-se a morrer.

E continuou discursando sobre as armas e as letras sem comer nada, enquanto os outros escutavam e reconheciam que era um homem que entendia de muitas coisas e falava muito bem. E por isso mesmo todos lamentavam tanto o fato de ele ter enlouquecido por culpa dos livros de cavalaria.

Quando acabaram de jantar, Maritornes foi arrumar as camas para as mulheres, e Fernando pediu ao recém-chegado que lhes falasse de sua vida. Os outros ecoaram o pedido e, ao ver que tantos queriam escutá-lo, o homem se dispôs a contar sua história. Todos se sentaram em volta, fizeram silêncio, e ele, com voz agradável e tranquila, começou assim:

Capítulo 39
Onde o cativo conta sua vida

– Um dia meu pai chamou seus três filhos para dizer que estávamos na idade de decidir o que faríamos da vida. "Gostaria de que um de vocês seguisse a carreira das letras, outro se dedicasse ao comércio e o outro servisse o rei na guerra. Lembrem-se de que a guerra não dá riqueza, mas, em compensação, pode trazer muita fama", disse ele. Como eu era o mais velho, escolhi primeiro e segui o caminho das armas. O segundo resolveu ir para a América, e o terceiro quis terminar seus estudos de direito em Salamanca. Depois disso, meu pai repartiu a herança, e os três saímos de casa. Isso faz vinte e dois anos, e nunca mais soube dos meus irmãos nem do meu pai. Em Alicante embarquei num navio para Gênova e de lá fui para Milão, onde me alistei nas tropas do duque de Alba. Por fim, fui lutar contra os turcos sob o comando de Dom Juan de Áustria, irmão natural do nosso rei Dom Filipe. Eu já era capitão de infantaria quando conseguimos derrotar os turcos. Naquele dia tão memorável para os cristãos, eu fui o único desventurado. A coisa aconteceu assim: parti com os meus em defesa de Malta, que tinha sido atacada pelo rei de Argel; no confronto, saltei no navio inimigo justo quando ele se desviava do nosso, o que impediu que meus soldados me seguissem. Assim fiquei só entre meus inimigos, que, sendo muitos, me renderam e capturaram. E assim fui o único triste entre tantos felizes e o único cativo entre tantos livres, pois quinze mil cristãos que vinham acorrentados aos remos da frota turca ganharam a liberdade nesse dia. Fui levado para Constantinopla, onde o Grão-Turco Selim promoveu meu senhor a general. Quando os turcos atacaram Túnis, eu estava remando em sua frota. Os soldados que defendiam o forte lutaram bravamente, e os turcos capturaram trezentos deles. Entre os cristãos que perderam o forte estava um cavaleiro andaluz chamado Pedro de Aguilar. Foi levado para o navio onde eu estava e chegou a ser escravo do meu senhor. Esse valente soldado tinha o dom da poesia e escreveu dois sonetos em homenagem ao forte rendido, que eu sei de cor e, com a licença de vocês, gostaria de recitar aqui.

Quando o cativo citou aquele nome, Fernando olhou para seus companheiros, os três sorriram e um deles lhe disse:

– Antes de continuar, peço-lhe que nos conte o que foi feito desse Pedro de Aguilar.

– Até onde sei – respondeu o cativo –, depois de permanecer dois anos preso em Constantinopla, ele fugiu com um grego, disfarçado de albanês. Depois disso, nunca mais tive notícias dele.

– Pois esse Pedro é meu irmão – disse Fernando –, e está agora em sua casa, casado e com três filhos.

– Graças a Deus, pois não há maior alegria no mundo que recuperar a liberdade perdida.

– E mais – completou o cavaleiro –, conheço os sonetos que meu irmão compôs.

– Recite-os então – pediu-lhe o cativo –, pois sem dúvida o fará melhor que eu.

– Com muito prazer – respondeu o cavaleiro.

Capítulo 40
Onde prossegue a história do cativo

Depois que Fernando recitou os sonetos, o cativo continuou:

– Poucos meses depois da vitória em Túnis, meu senhor morreu. Seus cativos foram repartidos conforme o testamento que ele deixara, e a mim coube ir para Argel. Lá fomos postos numa prisão, à espera do pagamento do resgate, que no meu caso era impossível, pois não havia escrito a meu pai para lhe contar minhas desgraças. Defronte ao pátio da prisão se avistavam as janelas da mansão de um mouro muito rico. Um dia, estando eu no pátio com outros dois prisioneiros, vi uma vara aparecer por uma das janelas, com uma trouxinha de pano amarrada na ponta, balançando como para chamar a atenção. Um de meus companheiros se aproximou e se colocou embaixo dela, mas a vara foi erguida. Quando o outro tentou, aconteceu a mesma coisa. Por fim, chegou minha vez de tentar, e então a trouxinha foi baixada. Desamarrei o lenço, e dentro havia dez moedas de ouro. Fiquei muito contente, guardei as moedas, fiz algumas reverências em direção à janela como sinal de gratidão e cheguei a ver que ela era fechada por uma linda mão de mulher. Outro dia, pela mesma janela, mostraram rapidamente uma pequena cruz feita de bambus, o que nos levou a supor que naquela casa devia morar uma cristã cativa. Passaram-se quinze dias até a vara com a trouxinha reaparecer. Como da outra vez, meus companheiros tentaram primeiro, mas, de novo, a vara só foi baixada quando eu me aproximei. Desamarrei o lenço e achei quarenta moedas de ouro e um papel escrito em árabe, tendo também o desenho de uma cruz. Nenhum de nós sabia ler em árabe, e fui obrigado a confiar em um mouro renegado que se dizia meu amigo. Entreguei-lhe o papel, e ele o traduziu, esclarecendo que "Lela Mariem" queria dizer Nossa Senhora a Virgem Maria. E o que lemos foi o seguinte:

Quando eu era pequena, meu pai tinha uma escrava que me ensinou o cristianismo. Depois que a cristã morreu, ela me apareceu em sonhos e disse que eu devia ir à terra dos cristãos para ver Lela Mariem, que me amava muito. Eu não sei como ir lá, e o senhor foi o único cristão que me pareceu honrado. Sou muito bonita, jovem e tenho muito dinheiro. Encontre um modo de chegar à terra dos cristãos, e lá, se o senhor quiser, serei sua esposa. Se meu pai descobrir que escrevi este bilhete, vai me atirar numa cova e me cobrir de pedras. Na ponta da vara porei um barbante para o senhor amarrar a resposta.

O renegado me prometeu investigar quem morava naquela casa e escreveu em árabe o que lhe ditei:

Peça a Lela Mariem que mostre como você pode nos ajudar para ir à terra dos cristãos. Faremos tudo o que pudermos por você, até morrer. Escreva dizendo o que pensa fazer, que eu não deixarei de responder. E prometo ser seu marido quando chegarmos à terra dos cristãos.

Escrito o bilhete, saí para ver se a vara aparecia, o que não demorou muito. Amarrei o papel com o barbante, a vara foi recolhida e, pouco depois, reapareceu com uma trouxa contendo mais moedas. À noite, o renegado me disse ter apurado que o vizinho era de fato um mouro muito rico que tinha uma única filha, chamada Zoraide, que era a moça mais linda de toda a região.

Poucos dias depois, a vara reapareceu com mais moedas e um papel que dizia:

Eu não sei o que fazer, e Lela Mariem também não me disse. Minha única ideia é que procurem algum cristão de bem para pagar seus resgates com as moedas que vou continuar lhes mandando, e depois um de vocês pode vir me buscar. Ficarei esperando no jardim de meu pai. De noite, você pode me procurar sem medo e me levar até o barco. E lembre-se de sua promessa de ser meu marido, porque, se a quebrar, vou pedir para Lela Mariem castigar você. Que Alá o guarde, meu senhor.

Todos, eu incluído, queriam ser resgatados para ir providenciar o barco, mas o renegado disse que era melhor não confiar a tarefa a nenhum dos prisioneiros, pois sabia de muitos casos semelhantes em que o libertado nunca voltara para salvar os companheiros. Por isso, ele mesmo iria comprar o barco, e depois daríamos um jeito de pagar os resgates com o dinheiro que a moura mandava. Quando todos estivessem livres, seria muito fácil embarcar. Mais uma vez, fomos obrigados a confiar nele. Entreguei-lhe uma boa quantia em moedas para comprar o barco e dei outro tanto a um comerciante valenciano, combinando com ele que usasse o dinheiro para me resgatar. Depois fomos fazendo o mesmo com os demais prisioneiros, até libertar todo o grupo.

Capítulo 41
Onde termina a história do cativo

– Passados poucos dias, o renegado voltou, já com o barco comprado, e me incumbiu de reunir mais cristãos, além dos meus companheiros, para ocupar os remos. Feito isso, fui até o jardim de Zoraide para lhe avisar que tudo ia correndo bem e que partiríamos a qualquer momento. No jardim, topei com o pai dela, e falamos numa língua que é uma mistura de todas e que todos entendem. Perguntou-me o que eu queria ali, e eu disse que era escravo de um amigo dele e que estava procurando verduras para fazer salada. Nisso chegou a bela Zoraide, seu pai chamou por ela e começamos a conversar os três. Então apareceu um criado para avisar que uns turcos estavam roubando o pomar. O pai de Zoraide correu a expulsá-los, e, quando fiquei a sós com Zoraide, aproveitei para lhe dizer que logo mais passaríamos para buscá-la e partiríamos para a terra dos cristãos. Ela me abraçou, mas, ao ver que seu pai estava voltando, fingiu desmaiar, coisa que ele atribuiu ao susto que levara com o assalto dos turcos. Eu me despedi, e eles entraram na casa.

No dia combinado para a partida, os cristãos que eu tinha contatado já estavam a postos, mas era preciso expulsar os árabes que vinham remando no barco. Subimos rapidamente, rendemos os árabes e fomos procurar Zoraide. Quando ela nos viu, abriu a porta. Estava lindíssima, ricamente vestida, e trazia um cofre cheio de moedas de ouro. Mas, por azar, o pai dela acordou e, ao ouvir barulho, começou a gritar que havia ladrões. O renegado mais alguns dos nossos subiram ao quarto dele e o trouxeram amarrado. Ao ver o pai, Zoraide cobriu os olhos. Ele estava muito assustado, temendo pela vida da filha, sem saber que ela estava conosco por vontade própria.

Duas horas depois, já estávamos no barco. Zoraide mandou o renegado me dizer que, se não soltássemos o pai dela e os remadores árabes rendidos, ela se jogaria no mar. Então concordamos em deixá-los na terra de cristãos mais próxima, uma vez que soltá-los ali era muito perigoso, pois iriam procurar ajuda e não nos deixariam escapar. Já em alto-mar, o pai de Zoraide começou a chorar, obrigou a filha a olhá-lo nos olhos, e ela, não resistindo à emoção, correu a abraçá-lo. Ele então perguntou a Zoraide, repetidas vezes, por que estava tão bem vestida e enfeitada com tantas joias. Mas ela não respondia. Então o renegado disse a ele:

– Poupe-se o trabalho de perguntar à sua filha, senhor. Escute o que eu digo, que já bastará: ela é cristã e vem conosco por vontade própria.

– Isso é verdade, filha?

– É sim, pai – respondeu Zoraide.

– Você é mesmo cristã – replicou o pai – e entregou seu próprio pai aos inimigos?

– Sou cristã, mas nunca desejei fazer mal a você, e sim fazer bem a mim.

Ao ouvir essas palavras, o pai de Zoraide se atirou no mar. Zoraide começou a gritar desesperadamente, e conseguimos resgatá-lo meio afogado. Zoraide chorou o resto da viagem e ainda estava chorando quando chegamos a terras cristãs. Deixamos os árabes e o pai de Zoraide em um lugar despovoado, onde não corriam perigo. Da costa, o pai amaldiçoava a nós e sua filha, mas depois lhe suplicou aos gritos que voltasse para ficar com ele, que perdoava tudo o que ela fizera. Quando nos afastávamos, Zoraide disse ao pai que rogasse a Lela Mariem, que ela o consolaria.

Depois tivemos vento favorável e não demoramos a avistar as costas da Espanha. Mas, como não há bem sem mal, à noite cruzamos com outro barco. Perguntaram quem éramos. O renegado disse que não respondêssemos, porque aquele era um navio de corsários franceses, que roubavam até a roupa do corpo de suas vítimas. Mesmo sem resposta, deram dois tiros de canhão que destroçaram nosso barco, e não tivemos outro remédio senão pedir socorro aos próprios corsários. Antes de sermos içados, o renegado tomou o cofre cheio de moedas de ouro das mãos de Zoraide e o jogou no mar. Já a bordo do navio, os corsários nos roubaram tudo o que nos restava de valor, que eram sobretudo as riquíssimas joias de Zoraide. Felizmente não fizeram nenhum mal a ela e, satisfeitos com o fruto da rapina, ainda nos deram um bote para com ele chegarmos à costa espanhola. Pouco depois de desembarcar, tivemos a imensa sorte de encontrar o tio de um dos nossos. Ele nos acolheu e, após seis dias em sua aldeia, cada qual seguiu seu caminho. Foi assim que chegamos aqui. E isso é tudo, senhores, o que eu tinha a dizer da minha história.

Capítulo 42
Que trata do que aconteceu em seguida

Já noite alta, chegou um coche acompanhado de alguns homens a cavalo pedindo hospedagem. Foram informados de que a pousada estava lotada, mas os homens insistiram, dizendo que vinham escoltando um juiz. Diante disso, a dona garantiu que lhe arranjaria um lugar. O juiz trazia pela mão uma garota que não devia ter mais que dezesseis anos, mas tão linda quanto as belas Doroteia, Lucinda e Zoraide. As mulheres acolheram a garota, que se chamava Clara, e os homens logo falaram ao recém-chegado da loucura de Dom Quixote. Assim que viu o juiz, o capitão cativo pensou reconhecer seu irmão, o que seguira a carreira de letrado, e perguntou o nome dele a um dos acompanhantes: era

Juan Pérez de Viedma, natural das montanhas de Leão. A resposta confirmou a suspeita do capitão, mas, ainda assim, ele não se atrevia a se revelar, por não saber que reação o irmão teria depois de tantos anos de ausência. Contou toda a situação ao padre, e este disse que ficasse tranquilo e deixasse tudo em suas mãos.

Então o jantar foi servido para os recém-chegados e todos se sentaram à mesa, exceto o cativo, que esperou à parte, e as mulheres, que se recolheram ao quarto. O padre logo comentou com o juiz que, quando estivera preso em Constantinopla, conhecera um cativo com o mesmo sobrenome dele e em seguida relatou tudo aquilo que o cativo lhes contara a respeito do pai, dos irmãos, de seu cativeiro e de como conquistara a liberdade. O padre também disse ter sabido que, na viagem de volta, o capitão Rui Pérez de Viedma, que era esse o nome do cativo, fora atacado por corsários franceses, mas depois não tivera mais notícias dele. O juiz o escutava com lágrimas nos olhos e, por fim, disse que tudo aquilo lhe causava muita tristeza, pois o homem de quem falava era seu irmão, cujo paradeiro ele desconhecia e não tinha como resgatá-lo. Então o padre foi buscar Zoraide e o cativo, que ficara espiando as reações do irmão. Depois de uns segundos de hesitação, os irmãos se abraçaram, o cativo abraçou a sobrinha, e o juiz abraçou Zoraide. Combinaram voltar para Sevilha e mandar avisar o pai da boa-nova, para que viesse assistir ao batismo da moura e ao casamento. Dom Quixote, que acabara de acordar, olhava tudo aquilo muito espantado, atribuindo os estranhos acontecimentos às quimeras da cavalaria andante. Quando os muitos hóspedes já iam se recolhendo como e onde podiam, ele se ofereceu para fazer a ronda do castelo, caso aparecesse algum gigante. Todos agradeceram a oferta e foram dormir.

Já quase de madrugada, chegou aos ouvidos das mulheres uma voz tão bonita e melodiosa, que todas se puseram a escutar, perguntando-se quem seria aquela pessoa que cantava tão bem. Até que Cardênio apareceu no quarto e lhes disse que quem estava cantando era um tangedor de mulas.

Capítulo 43
Onde se conta a história do tangedor de mulas, mais outras coisas estranhas acontecidas na pousada

Doroteia acordou a pequena Clara para que escutasse aquela voz tão linda. Mas, assim que a escutou, Clara começou a tremer.

– Ai, senhora! Por que me acordou? Preferia não escutar esse cantor infeliz.

– Que é que você está dizendo, menina? Quem está cantando é um tangedor de mulas.

– Não é um tangedor de mulas, senhora, e sim do meu coração, que é e será sempre dele.

– Não entendo o que você quer dizer, menina – devolveu Doroteia, admirada. – Explique-se melhor.

Clara então, temendo que Lucinda a escutasse, se abraçou a Doroteia e cochichou a seu ouvido:

– Esse moço que está cantando é meu vizinho, filho de um rico cavaleiro de Aragão. Embora eu vivesse fechada em casa, com as janelas sempre cobertas, ele conseguiu me ver e se apaixonou por mim. Quando se declarou, fazendo sinais pela janela dele, eu também me apaixonei. E então, sempre que meu pai saía, eu afastava as cortinas e me mostrava a ele, e assim namorávamos a distância. Até que ele soube que eu partiria nesta viagem e, depois de dois dias de estrada, apareceu vestido de tangedor de mulas. Olhei para ele, ele olhou para mim, e agora o encontro em cada pousada onde paramos. Não sei com que intenção ele vem, nem como conseguiu fugir do pai, que o adora. Só sei que, cada vez que o vejo ou escuto sua voz, tenho um grande sobressalto e tremo da cabeça aos pés, com medo de que meu pai o reconheça.

– Não se preocupe, Clara – disse Doroteia. – Amanhã vou pensar num jeito de vocês serem felizes juntos.

– Ah, mas o que a senhora pode fazer? O pai dele é tão importante, que eu não posso nem ser criada do filho, muito menos esposa!

– Agora é melhor descansarmos. Amanhã penso em alguma solução.

As moças logo adormeceram. Em toda a pousada, as únicas pessoas acordadas eram Maritornes e a filha dos donos. Estavam armando uma brincadeira para Dom Quixote, que continuava fazendo a ronda, montado em seu cavalo. As duas entraram em um desvão usado como palheiro, que dava para fora por um pequeno buraco no alto, e por ele escutaram os fundos suspiros de Dom Quixote por sua ausente Dulcineia. A filha do dono começou a lhe falar. Dom Quixote se virou, percebeu que a voz saía do buraco no muro (para ele, uma linda janela com grades douradas) e imaginou que, como da vez anterior, a filha do senhor do castelo, derretida de amor, queria se encontrar com ele. Embalado com esse pensamento, puxou das rédeas de Rocinante, aproximou-se do muro e pediu desculpas à donzela por não poder corresponder a seu amor, pois ele já estava comprometido com Dulcineia.

– Minha senhora se contentaria em poder segurar numa de vossas belas mãos e assim desafogar o grande desejo que a trouxe a este lugar – disse Maritornes.

– Tomai aqui esta mão, senhora, que jamais tocou mulher alguma – disse Dom Quixote, que, para alcançar o buraco, ficara em pé sobre a sela de Rocinante.

Maritornes então amarrou a mão do cavaleiro com as rédeas do burro de Sancho Pança, depois desceu do palheiro e amarrou a outra ponta das rédeas no trinco da porta, bem forte. Dom Quixote, ao sentir a aspereza da corda, disse:

– Isto não se parece com carícias, senhora.

Mas as duas moças não estavam mais lá para escutá-lo. Já haviam se afastado, morrendo de rir, deixando Dom Quixote com o braço enfiado no buraco e preso pelo pulso, equilibrando-se na ponta dos pés sobre Rocinante. O cavaleiro procurava se mexer o mínimo, temendo que Rocinante saísse de baixo dele, enquanto imaginava que tudo aquilo era obra de magia.

Assim que começou a amanhecer, chegaram à pousada quatro homens a cavalo e bateram à porta. Lá de onde estava, preso, mas nem por isso deixando de montar guarda, Dom Quixote lhes disse:

– Não chameis à porta deste castelo, cavaleiros, pois dentro dele todos dormem. Esperai até que seja dia, e então voltai a tentar.

– Que diabo de castelo é este – disse um dos recém--chegados – para nos obrigar a esperar? Se o senhor é o dono da pousada, mande abrir o portão, que estamos cansados e queremos dar de comer aos nossos cavalos.

– Acaso achais, cavaleiro, que eu tenho cara de pousadeiro? – retrucou Dom Quixote.

– Não sei do que o senhor tem cara – respondeu o outro –, mas sei que é um grande disparate chamar uma pousada de castelo.

Cansados de falar com Dom Quixote, os homens tornaram a esmurrar o portão com tanta força que acordaram o dono. Ao mesmo tempo, um dos cavalos dos viajantes se aproximou para cheirar Rocinante, que não conseguiu resistir e se virou para cheirar o cheirador. Então os pés de Dom Quixote escorregaram da sela e ele ficou dependurado pelo braço, e a dor que sentiu foi tamanha que achou que lhe estavam cortando o pulso ou arrancando o braço.

Capítulo 44
Onde continuam os insólitos acontecimentos da pousada

Dom Quixote gritou tanto, que Maritornes se esgueirou até o palheiro e o desamarrou, sem ser vista por ninguém.

Ele despencou no chão, mas imediatamente montou em Rocinante e foi logo ameaçando quem ousasse dizer que aquilo não tinha acontecido por obra de magia. O dono da pousada explicou aos recém-chegados que não valia a pena dar ouvidos aos absurdos daquele homem, pois estava louco. Eles então perguntaram ao dono da pousada se ele não tinha visto um rapazinho vestido de tocador de mulas. O dono disse que não podia responder com certeza, porque havia muita gente na pousada; mas, ao verem o coche do juiz que o rapaz vinha seguindo, os homens entraram para procurá-lo. Logo o acharam na estrebaria, dormindo com os tropeiros, o acordaram e lhe disseram que devia voltar para casa com eles. O moço respondeu que não voltaria enquanto não acabasse o que havia começado. Os criados insistiam em levá-lo, e, como começaram a discutir, um dos tropeiros foi alertar os demais hóspedes do que estava acontecendo. A essa altura, Doroteia já contara a Cardênio a história dos jovens apaixonados Luís e Clara, e Cardênio disse a elas que ficassem sossegadas, pois Fernando e ele iam resolver as coisas. Em seguida foram à estrebaria, seguidos pelo pai de Clara. Chegando lá, um dos criados que cercavam Luís reconheceu o vizinho e disse que o patrão os mandara levar o filho de volta para casa, coisa que eles fariam por bem ou à força. Depois de reconhecer o jovem Luís, o juiz chamou-o à parte e pediu que lhe contasse o que estava fazendo ali, vestido daquele jeito e sem a permissão do pai.

Enquanto isso, outros hóspedes tentavam aproveitar a confusão para ir embora sem pagar. O dono os apanhou já nos portões, e os malandros começaram a bater nele. Assustadas, Maritornes e a filha do dono pediram ajuda a Dom Quixote. Mas o cavaleiro disse que não podia socorrer ninguém sem a devida licença da princesa Micomicona e foi se ajoelhar aos pés de Doroteia para pedir tal permissão. A princesa a concedeu, e ele voltou aos portões, mas ainda assim se negou a brigar:

— Não me é lícito lutar contra gente escudeira. Chamai meu bom Sancho, pois esta luta cabe a ele.

Os hóspedes continuavam batendo no dono; as moças se desesperavam com a covardia de Dom Quixote e com a surra que o homem estava levando. Mas o autor prefere deixá-los por um momento e voltar aonde estavam Luís e o juiz, para saber o que o moço respondeu, que foi o seguinte:

— Vou lhe dizer a verdade, senhor: desde que vi sua filha Clara, me apaixonei perdidamente. Se o senhor não se opuser, hoje mesmo a tomarei como esposa. Por ela deixei a casa de meu pai e por ela vesti estas roupas, para segui-la aonde quer que fosse.

O juiz ficou perplexo ao ouvir aquelas palavras e pediu um tempo para pensar. Sabia que o rapaz era um ótimo partido para a filha, mas preferia que eles se casassem com o consentimento do pai de Luís. Nesse momento, justo quando os hóspedes caloteiros tinham parado de espancar o dono, convencidos por Dom Quixote a pagar o que deviam, chegou à pousada aquele barbeiro de quem Dom Quixote tomara o elmo de Mambrino, e Sancho, os arreios de seu burro. Ao topar com Sancho, o barbeiro o reconheceu e avançou contra ele, gritando:

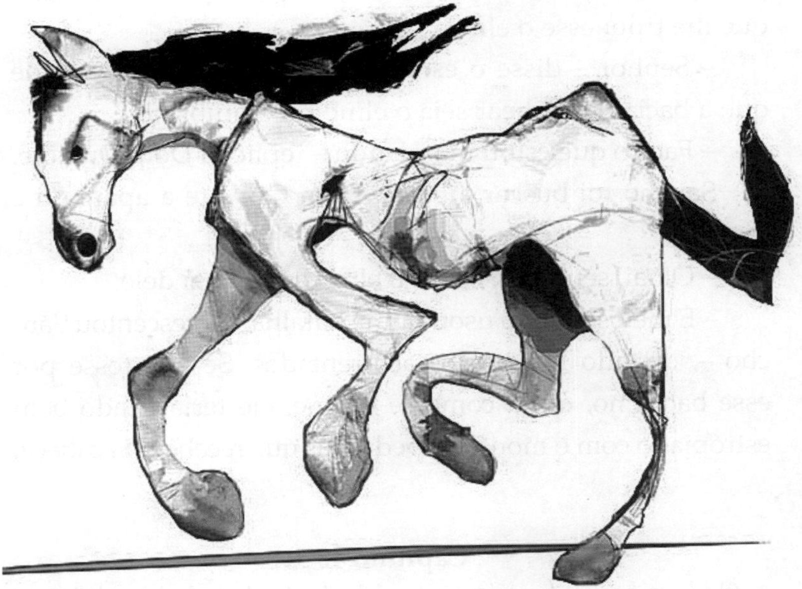

– Ah, ladrão! Devolva minha bacia e meus arreios!

Pego de surpresa, Sancho lhe acertou um murro na boca e disse que era mentira, pois seu senhor conquistara tudo aquilo numa batalha limpa. Dom Quixote assistia à cena, muito orgulhoso da defesa de seu escudeiro. Mas, para pôr um pouco de ordem na disputa, pediu a Sancho que lhe trouxesse o elmo.

– Senhor – disse o escudeiro –, não temos provas de que a bacia de barbear seja o elmo de Mambrino.

– Faça o que estou mandando – replicou Dom Quixote.

Sancho foi buscar a bacia. Dom Quixote a apanhou e disse:

– Olhai, senhores, este é o elmo que tomei dele.

– E meu senhor o usou numa batalha – acrescentou Sancho –, quando libertou os acorrentados. Se não fosse por esse bacielmo, ou lá como se chame, ele teria ficado bem estropiado com o monte de pedradas que recebeu na cabeça.

Capítulo 45
Onde se acaba de esclarecer a dúvida do elmo de Mambrino

– O que os senhores me dizem da teima desses dois maganos de que não se trata de uma bacia, e sim de um elmo? – perguntou o barbeiro roubado.

O barbeiro amigo de Dom Quixote, para gargalhada geral, respondeu:

– Senhor barbeiro, saiba que sou seu colega de ofício, conheço muito bem os instrumentos da barbearia e, além disso, fui soldado quando moço, portanto também sei o que é um elmo, e digo que essa peça não é uma bacia, e sim um elmo, ainda que não um elmo completo.

– Claro que não, pois lhe falta a metade – esclareceu Dom Quixote.

– É verdade – disse o padre, que já entrara no jogo de seu compadre.

O parecer foi confirmado por Cardênio, Fernando e seus camaradas. E até o próprio juiz teria confirmado, se não estivesse tão perdido em pensamentos sobre o caso de Luís e Clara.

– Valha-me Deus! Como é possível que tanta gente de bem diga que isto não é uma bacia e sim um elmo? Se esta bacia for um elmo, também esta albarda de asno é jaez de cavalo! – defendeu-se o barbeiro caçoado.

– Vejamos o que diz o senhor Dom Quixote, se é albarda ou jaez – declarou o padre –, pois ele, como cavaleiro andante, é quem mais entende dessas coisas.

– Pois eu digo que me parece uma albarda de asno – disse Dom Quixote –, mas prefiro não me meter nesse assunto.

Os que já sabiam da loucura de Dom Quixote estavam achando tudo muito engraçado, mas os outros não estavam entendendo nada. Principalmente uns guardas que acabavam de entrar, tanto que um deles se zangou e disse:

– Ora, claro que isso é uma bacia! E quem disser o contrário está bêbado.

– Mentira! – respondeu Dom Quixote.

E baixou a lança na cabeça do guarda, que conseguiu se desviar a tempo. Seus companheiros avançaram contra

Dom Quixote. Os criados de Luís cercaram o rapaz para evitar que fugisse no meio da confusão; o barbeiro, ao ver a briga que se armava, foi apanhar a albarda de seu burro, justo quando Sancho ia fazendo o mesmo; Dom Quixote desembainhou a espada e investiu contra os oficiais. Luís queria ajudar Dom Quixote, mas os criados não o deixavam. O padre e a dona da pousada gritavam; sua filha e Maritornes choravam; Doroteia estava atônita; Lucinda, paralisada; e Clara, desmaiada. O barbeiro batia em Sancho, Sancho no barbeiro, Luís deu um soco num dos criados, o juiz saiu em sua defesa, enquanto Fernando pisava num dos guardas. A pousada virou um turbilhão de gritos, choros, vozes, sustos, espadadas e sopapos. E, no meio desse caos, Dom Quixote esbravejou:

– Detende-vos, senhores, detende-vos todos e escutai, se quiserdes permanecer com vida!

Todos pararam para ouvi-lo, e ele proclamou:

– Como já vos disse, este castelo está enfeitiçado. E foi esse feitiço que espalhou a discórdia entre nós.

Os guardas não entenderam nada e queriam voltar à carga, mas o juiz e o padre conseguiram acalmá-los. Depois o pai de Clara pediu ajuda a Fernando para que resolvesse o caso do jovem Luís, e Fernando ficou de dizer aos criados do rapaz que o deixassem seguir com ele para a Andaluzia, onde seu irmão, o marquês, teria grande gosto em acolhê-lo. Os criados decidiram que três deles iriam consultar o pai de Luís, ficando um deles ali para não deixá-lo fugir.

Quando tudo parecia resolvido, um dos guardas se lembrou de que, entre os mandados de prisão que trazia, havia um contra Dom Quixote, por ter libertado aqueles condenados às galés. Então tirou o documento, agarrou o cavaleiro pelo pescoço e, sem soltá-lo, gritou:

— Leiam este mandado! Vejam se ele não ordena a prisão deste salteador de estradas!

O padre apanhou o papel e verificou que o guarda estava dizendo a verdade. Mas o cavaleiro, vendo-se tratado com tamanho desrespeito, reagiu e também agarrou o guarda pelo pescoço, e a briga teria recomeçado com tudo se não fosse por Fernando, que os apartou, apesar dos protestos dos outros guardas, os quais não paravam de gritar que lhes entregassem o salteador de estradas. Ao escutá-los, Dom Quixote disse com muita pachorra:

— Chamais de salteador de estradas quem liberta acorrentados e socorre miseráveis? Ah, gente infame! Quem foi o ignorante que assinou um mandado de prisão contra um cavaleiro como eu?

Capítulo 46
De como fizeram para enjaular Dom Quixote

O padre convenceu os guardas de que Dom Quixote era louco e que, portanto, não deviam levá-lo preso. Além disso, pagou ao barbeiro uma compensação pela perda da bacia e dos arreios. O dono da pousada também quis ser indenizado pelos odres e pelo vinho perdidos, e quem cuidou disso foi Fernando.

Enfim livre dessas disputas, Dom Quixote foi até a princesa Micomicona e lhe pediu que partissem o quanto antes para seu reino. Sancho aproveitou para dizer a seu senhor que a princesa não era princesa coisa nenhuma, pois ele a vira aos beijos com um dos presentes. Doroteia ficou vermelha de vergonha, pois era verdade que ela trocara uns beijinhos com Fernando. Mas Dom Quixote não acreditou no que seu escudeiro dizia; muito pelo contrário, ficou furioso com tais acusações e o escorraçou da sala. Quando Sancho saiu, Doroteia tratou de acalmar Dom Quixote, explicando-lhe que, provavelmente, o que Sancho tinha visto era mais uma obra de magia, como tudo naquele castelo. Então Dom Quixote perdoou seu escudeiro, que voltou arrependido.

– E agora, Sancho, você afinal acredita que todas as coisas deste castelo acontecem por obra de magia? – disse Dom Quixote.

– Acredito, sim. Tirando aquele mau bocado que passei com a manta – disse Sancho.

Todos quiseram saber que história era aquela da manta; o dono da pousada contou a brincadeira que tinham feito com Sancho, e todos riram com gosto. Então o padre teve uma ideia para levar Dom Quixote de volta à aldeia. Improvisaram estranhas fantasias para que o cavaleiro não os reconhecesse e, quando ele estava dormindo, o cercaram e amarraram pelos pés e pelas mãos. Dom Quixote acordou assustado, pensando que aqueles vultos eram fantasmas. Logo trouxeram uma jaula feita de paus e o trancaram dentro dela. A jaula foi então carregada nos ombros dos vários fantasmas, e o nosso barbeiro, também mascarado, declamou com voz retumbante:

– Ó, Cavaleiro da Triste Figura! Deves seguir nessa prisão para acabares mais rápido tua façanha contra o gigante. E a ti, mais nobre e obediente dos escudeiros, digo-te que muito em breve hão de cumprir-se as promessas do teu bom senhor. E também te asseguro que receberás todo teu salário.

Sancho reconheceu os mascarados, mas preferiu não dizer nada, na esperança de que aquela história de salário fosse verdade. Apenas se inclinou com muita reverência e beijou as mãos de Dom Quixote. Então os homens suspenderam a jaula e a colocaram sobre um carro de boi.

Capítulo 47
Dom Quixote enjaulado

Quando Dom Quixote se viu enjaulado, comentou com Sancho:

– Em nenhuma das histórias que li, que foram muitas, jamais vi um cavaleiro ser transportado com uma magia como esta. Eles sempre são levados pelos ares, envoltos numa nuvem ou num carro de fogo. Deve ser porque a cavalaria e a magia de hoje em dia não são mais como as de antigamente.

– Isso eu não sei, mas o que posso apostar é que essas figuras que andam por aí não são fantasmas – respondeu Sancho.

Fernando e Cardênio apressaram a partida, temendo que Sancho acabasse de desmascará-los. A dona da pousada, sua filha e Maritornes acompanharam o carro até a saída para se despedir do cavaleiro, fingindo chorar de tristeza, enquanto Dom Quixote as consolava. O padre e o barbeiro despediram-se de Fernando, do capitão cativo, de seu irmão e de todas as senhoras, especialmente de Doroteia e Lucinda. Ficaram de se escrever, pois todos queriam saber o que aconteceria com Dom Quixote, como seria o casamento e o batismo de Zoraide, e também que fim teriam o caso de Luís e o de Lucinda e Cardênio. Todos se abraçaram, e o dono da pousada, como não sabia ler, entregou ao padre outro maço de papéis que encontrara na maleta com a *Novela do curioso impertinente*, um texto intitulado *Novela de Rinconete e Cortadillo*. Por fim, a comitiva de Dom Quixote partiu, nesta ordem: abrindo o cortejo, o carro com a jaula, ladeado pelos guardas com suas espingardas e seguido por Sancho; logo atrás, o padre e o barbeiro, montados em suas mulas e com o rosto coberto. Dom Quixote seguia sentado na jaula, de mãos amarradas, imóvel e calado como uma estátua. Pouco depois de pegarem a estrada, o padre viu que atrás deles vinham sete homens a cavalo. Quando o grupo alcançou a comitiva, o sujeito que parecia ser o mais importante da turma perguntou aos guardas o que significava aquele homem enjaulado. Um deles respondeu:

– Nós também não sabemos o que significa. É melhor perguntar ao próprio.

Dom Quixote ouviu o diálogo e disse:

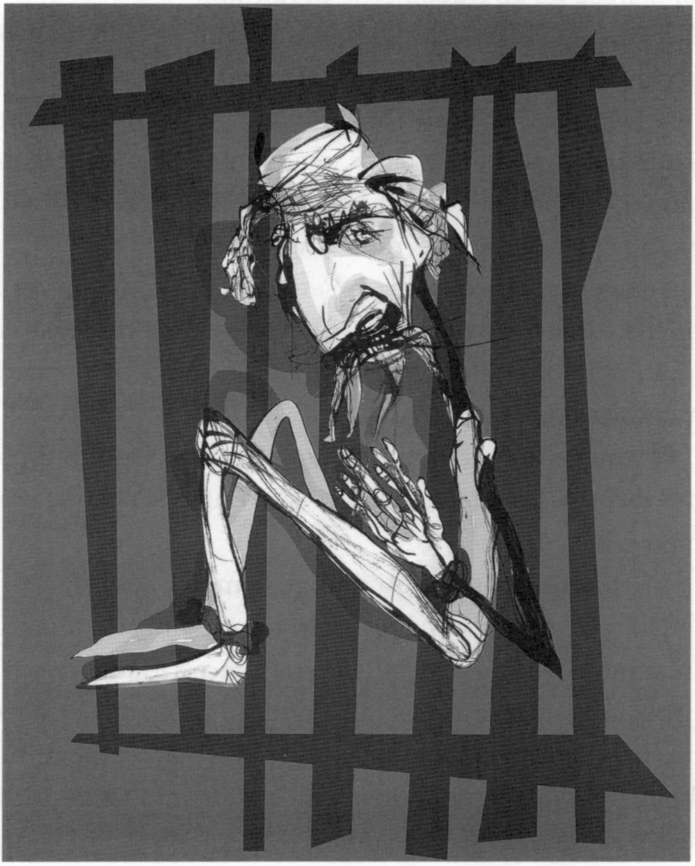

– Se o senhor é versado nas coisas da cavalaria andante, terei muito prazer em explicar a razão de eu ir assim. Se não, nem se dê ao trabalho de perguntar.

– Pois eu sei dessa matéria mais que de qualquer outra – respondeu o homem, que era um cônego de Toledo.

– Sendo assim, fique sabendo que vou enfeitiçado nesta jaula por inveja dos magos, meus inimigos. Sou cavaleiro andante, daqueles cujo nome será imortalizado para que sirva de exemplo nos séculos vindouros.

– É verdade o que diz o senhor Dom Quixote de La Mancha – interveio o padre. – Ele vai enfeitiçado nesse carro, não por suas culpas e seus pecados, mas por causa das malfeitorias dos magos.

O cônego e seus acompanhantes ficaram muito espantados de ouvi-los falar aquelas coisas. Então Sancho se aproximou e lhes disse:

– Senhores, gostem ou não gostem, eu aqui lhes digo que Dom Quixote vai nesse carro tão enfeitiçado quanto a minha mãe. Ele come, bebe, faz suas necessidades como os outros homens e como as fazia ontem, antes de ser enjaulado. Eu ouvi dizer que os enfeitiçados não comem, nem bebem, nem falam, nem dormem, e meu amo faz tudo isso e fala mais que todos nós juntos.

Então o padre pediu ao cônego que se adiantasse com ele, que lhe explicaria melhor o que estava acontecendo. Falou da loucura de Dom Quixote, da razão de o levarem enjaulado e andarem mascarados e do desejo que tinham de achar em sua terra um remédio para o mal do cavaleiro.

O cônego disse que sempre pensara que os livros de cavalaria eram perniciosos e que, embora tivesse começado a ler vários, não conseguira terminar nenhum. O padre achou que se tratava de um homem inteligente, que tinha razão no que dizia, e então também lhe falou da queima da biblioteca de Dom Quixote, e o cônego achou a história muito divertida. Continuaram conversando de livros e concluíram que só deveriam ser impressos aqueles que ensinam e dão prazer. E que os de cavalaria não pertenciam a essa classe.

Capítulo 48
Dom Quixote ainda continua enjaulado

O cônego, porém, confessou ao padre que já escrevera mais de cem páginas de um livro de cavalaria, que alguns de seus conhecidos leram e elogiaram, o que vinha a provar que muita gente gostava de ler disparates. A mesma coisa acontecia com as peças de teatro. O padre acrescentou que, em vez de ser espelho da vida humana, o teatro muitas vezes parecia espelho de disparates. Os dois continuaram falando até que o barbeiro se aproximou deles para sugerir uma pausa na marcha. O cônego quis parar com eles para prosseguir a conversa e saber mais das façanhas de Dom Quixote. Por isso mandou seus criados irem até a pousada buscar cevada para os cavalos e comida para todos. Enquanto isso, Sancho e seu senhor conversavam longe da vigilância:

– Senhor, preciso lhe dizer que aqueles dois que vão mascarados são o padre e o barbeiro de nossa aldeia. Eu acho que o levam desse jeito por inveja. Portanto, o senhor não está aí enfeitiçado, e sim enganado. E, para provar o que estou dizendo, o senhor só tem que me responder uma pergunta – disse-lhe Sancho.

– Pergunte o que você quiser, Sancho. Agora, quanto a serem aqueles dois o padre e o barbeiro, digo que podem até se parecer, mas não pense que são eles de verdade, pois é muito fácil para os magos assumirem a aparência que bem quiserem. E devem ter assumido a do padre e do barbeiro só para nos confundir.

– Mas será possível, meu Deus!? – respondeu Sancho. – Como pode continuar com essa tolice e não ver a verdade que estou dizendo? Mas eu vou provar que o senhor não está enfeitiçado. Para isso, só preciso que me responda uma pergunta.

– Então pergunte logo – disse Dom Quixote –, que eu já disse que vou responder.

– O que eu quero saber – replicou Sancho – e quero que me responda com a mais pura verdade, como se espera de todos aqueles que professam as armas, como um cavaleiro andante...

– Não vou mentir – interrompeu Dom Quixote. – Pergunte de uma vez por todas, Sancho, que você já começa a cansar a minha paciência.

– Pois o que eu lhe pergunto é se o senhor, depois que foi enjaulado, teve vontade de fazer água ou barro, como diz o outro.

— Não entendo que é isso de fazer água e fazer barro, Sancho. Faça o favor de falar mais claro.

— O que eu quero saber é se o senhor sentiu vontade de fazer o que ninguém pode fazer no seu lugar.

— Ah, já entendi! Muitas vezes senti, sim. Agora mesmo estou com uma dessas vontades, e das enormes, por isso seria muito bom que você me ajudasse neste aperto, pois já não estou muito limpo...

Capítulo 49
Dom Quixote desenjaulado

Sancho foi pedir ao padre que deixasse seu senhor sair um pouco da jaula, porque, senão, aquela prisão não cheiraria nada bem. O padre entendeu o que ele queria dizer, mas respondeu que temia que Dom Quixote fugisse. O cônego, então, sugeriu que só deixassem o cavaleiro sair se ele prometesse não se afastar. Dom Quixote, que estava escutando, se apressou a dar sua palavra. Depois que o desenjaularam e que Dom Quixote correu a se aliviar, sentaram-se todos na relva, esperando os criados do cônego voltarem com a comida.

— Custo a acreditar — disse o cônego a Dom Quixote — que a leitura de livros de cavalaria tenham estragado seu juízo a ponto de o senhor acreditar que vai enfeitiçado nesse carro. E que, além disso, acredite que de fato existiram todos esses cavaleiros que aparecem nos livros.

— Pelo jeito — respondeu Dom Quixote — o senhor pensa que os livros de cavalaria são falsos e mentirosos, e que eu faço muito mal em seguir a dura profissão da cavalaria andante.

— Isso mesmo — disse o cônego.

— Nesse caso — retrucou Dom Quixote —, o louco é o senhor. Dizer que os cavaleiros não existiram é como dizer que o sol não ilumina ou que o gelo não esfria.

— O que eu penso — respondeu o cônego — é que não há razão para um homem tão inteligente como o senhor acreditar que são verdadeiras tantas e tão estranhas loucuras como as que estão escritas nesses livros.

Capítulo 50
Da conversa que tiveram o cônego e Dom Quixote junto com outros acontecimentos

— Que absurdo! — respondeu Dom Quixote. — Os livros estão impressos com licença do rei e são lidos por adultos e crianças, por ricos e pobres, por sábios e ignorantes. Além do mais, eles informam quem são o pai e a mãe do cavaleiro, sua pátria, seus parentes, sua idade, seu lugar e as façanhas que ele faz, nos mínimos detalhes e dia após dia. Como pode, então, ser mentira o que eles contam? Tenha dó, meu senhor, e não diga mais blasfêmias. Eu sou cavaleiro andante e espero chegar a ser imperador para poder fazer bem aos meus amigos, especialmente ao pobre Sancho Pança, meu escudeiro, que é o melhor homem do mundo, e gostaria de dar-lhe o condado que há tempos lhe prometi, mesmo temendo que ele não tenha habilidade para governá-lo.

Sancho ouviu seu senhor e lhe disse:

– O senhor trate de trabalhar para me dar o condado que me prometeu, e eu juro que não me vai faltar habilidade para seu governo.

– O senhor do Estado deve administrar a justiça – disse o cônego –, e para tanto necessita de habilidade, bom senso e, acima de tudo, boas intenções.

– Não sei dessas filosofias, mas sei que, quando eu tiver o tal condado, vou saber governar: vou fazer o que bem entender e, fazendo o que bem entender, vou viver contente, e quem vive contente não erra – respondeu Sancho.

– Eu, de minha parte, seguirei o exemplo de Amadis de Gaula – replicou Dom Quixote –, que alçou seu escudeiro a conde de uma ilha. E Sancho Pança, que é o melhor escudeiro do mundo, também será por mim alçado a conde.

O cônego ficou espantado com os disparates que Dom Quixote dizia e pelo desejo de Sancho de ser governador. Chegaram os criados com a comida e, assim que todos começaram a comer, viram aparecer uma cabra. Atrás dela vinha um pastor chamando-a aos gritos. A cabra foi até onde estavam sentados, mas logo chegou o pastor e a segurou pelos chifres. O cônego o convidou para comer com eles, puseram-se a conversar, e o pastor, com o bicho sentado a seu lado, perguntou-lhes se queriam ouvir uma história. Todos prestaram muita atenção (menos Sancho, que se afastou para comer em paz). O cabreiro começou a contar desta maneira:

Capítulo 51
Sobre o que o pastor contou

– Não muito longe daqui, há uma aldeia onde vivia um rico e honrado lavrador que tinha uma linda filha. Muitos homens, tanto do lugar como forasteiros, pediam a mão dela em casamento, mas o pai não sabia a quem entregá-la. Um moço chamado Anselmo e eu, que me chamo Eugênio, éramos os favoritos e tínhamos as mesmas condições: os dois éramos do povoado, bem conhecidos da família, e ambos éramos ricos e inteligentes. O pai de Leandra, que assim se chamava a moça, resolveu deixar a escolha nas mãos da filha, para que ela visse com qual dos dois queria se casar. Mas justo nessa época voltou à aldeia um tal de Vicente de la Rosa, filho de um pobre camponês do lugar, que fora ser soldado na Itália. Cada dia ele aparecia vestido diferente, sempre muito enfeitado, e se sentava na praça a contar suas façanhas. Não havia batalha onde não tivesse estado e matara mais mouros do que há no Marrocos e na Tunísia. Ainda por cima, tocava violão e escrevia poemas. Leandra o viu da janela de sua casa e ficou encantada com seus trajes e suas canções. Antes que ele a procurasse, ela já estava perdidamente apaixonada. Até que um dia ela fugiu com o tal soldado. Toda a aldeia ficou pasma; eu fiquei gelado; Anselmo, perplexo; e o pai dela, muito triste. Os guardas procuraram por ela e só a encontraram três dias depois, sozinha numa gruta, quase nua e sem as joias nem o dinheiro que levara de casa. Foi conduzida à presença do pai e então confessou que o soldado lhe prometera casamento, mas, em vez disso, roubara tudo o que ela tinha. O pai a mandou para um convento não muito longe daqui. Anselmo e eu caímos na mais profunda tristeza, que a ausência de Leandra fazia aumentar dia após dia. Até que, por fim, deixamos a aldeia e viemos para este vale, onde nos dedicamos a pastorear cabras e ovelhas. Muitos dos pretendentes de Leandra nos imitaram e também vieram ao vale. É por isso que estes campos estão cheios de pastores e não há lugar onde não se escute repetir o nome de Leandra.

Capítulo 52
Das brigas que Dom Quixote teve antes de chegar à aldeia

Finda a história do pastor, Dom Quixote lhe disse:
– Se eu pudesse começar uma nova aventura, irmão pastor, iria ao convento, resgataria Leandra e poria a donzela em teus braços. Mas prometo ajudar-te assim que me livrar do feitiço que me lançaram.

O pastor olhou para ele e, vendo sua figura esquisita, perguntou ao barbeiro quem era aquele homem que se vestia e falava de jeito tão estranho.

– Quem pode ser – respondeu o barbeiro – senão o famoso Dom Quixote de La Mancha, amparo das donzelas, palmatória dos gigantes e vencedor de mil batalhas.

– Isso lembra – respondeu o pastor – as coisas que se leem nos livros de cavaleiros andantes. Portanto, ou o senhor está caçoando de mim, ou este homem tem a cabeça oca.

– Ah, patife! Tu que és oco, pois eu sou mais pleno e mais inteiro que a filha da mãe da mãe que te pariu – esbravejou Dom Quixote.

E em seguida apanhou um grande pão e deu com ele bem na cara do pastor. Este avançou contra Dom Quixote e o agarrou pelo pescoço, e teria esganado o cavaleiro se Sancho não corresse a segurar o pastor e o jogasse sobre a mesa improvisada na relva, quebrando pratos e esparramando comida. Dom Quixote então partiu para cima do pastor, enquanto o padre e o cônego rolavam de rir. Estavam em plena briga quando se ouviu uma trompa, num som tão triste que os fez parar e virar a cabeça.

Dom Quixote se levantou e viu que de um morro desciam muitos homens vestidos de branco. Aquele estava sendo um ano de grande seca, por isso saíam muitas procissões pedindo chuva, como aquela, em que os moradores de uma aldeia próxima se dirigiam a uma ermida que havia por ali. Dom Quixote logo imaginou que se tratava de uma nova aventura: pensou que a imagem que os penitentes levavam, coberta de luto, era uma senhora sequestrada. Imediatamente montou em Rocinante e gritou:

– Agora vereis quão importante é haver cavaleiros andantes no mundo, ao ver como liberto aquela senhora que vai cativa!

Então partiu a galope contra a procissão. O padre, o cônego e o barbeiro correram para detê-lo, mas não chegaram a tempo. Sancho, por seu lado, gritava que aquela era uma imagem de Nossa Senhora. Quando chegou defronte à procissão, Dom Quixote freou Rocinante e mandou os carregadores da imagem libertarem aquela bela senhora que eles levavam sequestrada. Estes logo viram que se tratava de um louco e riram daquele absurdo, o que enfureceu o cavaleiro e o fez sacar sua espada. Um dos carregadores investiu contra ele armado de um cajado e bateu no cavaleiro até derrubá-lo. Sancho gritava que o deixasse, que era apenas um pobre cavaleiro enfeitiçado que não fizera mal a ninguém. O homem, assustado ao ver que Dom Quixote não se mexia, saiu correndo. Então Sancho se jogou sobre o corpo de seu senhor e começou a chorar desconsoladamente, pensando que estivesse morto.

Com os lamentos de Sancho, Dom Quixote reviveu e lhe pediu que, por favor, o devolvesse ao carro enfeitiçado, porque não estava em condições de montar outra vez em Rocinante. Sancho propôs que voltassem à aldeia com os senhores que o acompanhavam e, uma vez lá, planejassem outra saída. Com essas palavras, o escudeiro convenceu seu senhor. Os outros se alegraram e ajudaram a pôr Dom Quixote no carro. A procissão se reorganizou e seguiu seu caminho; o pastor se despediu de todos; os guardas disseram que não iriam além, e o padre pagou o que lhes devia; o cônego pediu ao padre que o mantivesse informado do caso e também seguiu viagem. Ficaram o padre, o barbeiro, Dom Quixote, Sancho, seu burro e o bom Rocinante.

Entraram na aldeia num domingo ao meio-dia, com a praça cheia de gente. Todos cercaram o carro e saudaram Dom Quixote com alegria. Quando Dom Quixote chegou em casa, sua sobrinha e a governanta tornaram a amaldiçoar os livros de cavalaria. Sancho foi recebido pela mulher, desejosa de ver os presentes que seu marido lhe trouxera, mas o escudeiro disse que ela ainda teria de esperar para ganhar alguma coisa. A sobrinha e a governanta deitaram Dom Quixote na cama, e o padre disse à sobrinha que tivessem muito cuidado para não deixá-lo escapar de novo.

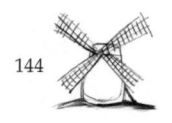

Até aqui chegou o autor desta história. Diz ele que cansou de procurar os manuscritos contando a terceira saída de Dom Quixote, mas que não conseguiu achá-los. Também disse saber que sua fama ficou registrada na memória de La Mancha e ainda relatou o achado de uns pergaminhos quase ilegíveis narrando muitas de suas façanhas e louvando a beleza de Dulcineia del Toboso, mas disse não saber se alguém conseguiria decifrá-los para relatar as novas aventuras.

SEGUNDA PARTE

Capítulo 1
Da visita que o padre e o barbeiro fizeram a Dom Quixote

Conta Cide Hamete Benengeli, na segunda parte desta história, que o padre e o barbeiro passaram um mês sem visitar Dom Quixote, para não lhe trazer nenhuma lembrança de suas aventuras. Durante esse tempo, no entanto, não deixaram de falar com a sobrinha e a criada do fidalgo, dando-lhes recomendações sobre como cuidar dele para que sarasse. As duas mulheres disseram que seu tio e senhor parecia estar recuperando o juízo, coisa que animou os amigos a comprovar a melhora pessoalmente.

Por fim o visitaram. Sentado em sua cama, Dom Quixote os recebeu muito bem e começou a conversar com bastante sensatez. Até que o padre resolveu fazer uma experiência para verificar se ele estava completamente curado: contou que os turcos tinham tomado o Mediterrâneo com sua poderosa frota e agora se temia que atacassem as costas espanholas. Sem titubear, Dom Quixote disse que o rei devia convocar todos os cavaleiros andantes que perambulavam pela Espanha, pois só eles seriam capazes de derrotar os turcos.

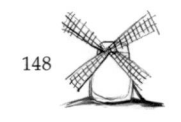

– Ai! – disse a sobrinha. – Pelo jeito, meu tio quer voltar a ser cavaleiro andante!

E Dom Quixote respondeu:

– Cavaleiro andante hei de morrer.

E então desandou a falar dos cavaleiros andantes, descrevendo-os como se os tivesse conhecido pessoalmente. O padre e o barbeiro, já desencantados da cura mas divertindo-se com aqueles disparates, resolveram provocar o fidalgo, pedindo-lhe que descrevesse a aparência deste ou daquele herói. Cada um que citavam, Dom Quixote dizia se era moreno ou ruivo, alto ou baixo. Estavam nisso, quando ouviram gritos da criada e da sobrinha e foram ver o que estava acontecendo.

Capítulo 2
Do diálogo que Dom Quixote e Sancho Pança tiveram a sós

A sobrinha e a criada estavam tentando barrar a entrada de Sancho, que fora visitar Dom Quixote, dizendo ao escudeiro que era por culpa dele que o fidalgo tinha saído por aí em busca de aventuras. Sancho, muito contrariado, explicou que era justamente o contrário, que Dom Quixote o tinha tirado de casa com a promessa de nomeá-lo governador de uma ilha.

O padre e o barbeiro estavam achando aquela discussão muito engraçada, mas Dom Quixote, temendo que Sancho falasse alguma coisa indevida, mandou chamá-lo. As mulheres tiveram de se conformar, e Sancho entrou justo quando o padre e o barbeiro se despediam. Na saída, os dois comentaram:

– Uma hora dessas nosso fidalgo vai sumir de novo – disse o padre.

– Disso eu não tenho a menor dúvida – respondeu o barbeiro. – Só não sei o que é mais surpreendente, se a loucura do cavaleiro ou a tolice do escudeiro, que ainda acredita na história da ilha.

Dom Quixote e Sancho trancaram-se no quarto para conversar:

– Fiquei muito triste, Sancho, ao ouvir você dizer que fui eu quem tirou você de casa, quando na verdade saímos juntos e juntos vivemos as mesmas aventuras. E eu ainda levo uma certa vantagem, pois você levou só algumas pauladas, mas eu recebi centenas. Agora me diga: o que você andou ouvindo por aí sobre nós? Que opinião têm de mim o povo, os fidalgos e os cavaleiros? Que pensam das minhas façanhas e da minha valentia?

– Só vou responder – devolveu Sancho – se o senhor prometer não se zangar comigo por causa do que eu contar.

– Pode falar sossegado, Sancho. Não vou me zangar – respondeu Dom Quixote.

– Bom, o povo anda dizendo que o senhor está totalmente doido e que eu sou um completo idiota. Os fidalgos comentam que essa história de o senhor ser cavaleiro é pura invenção sua. Os cavaleiros, que o senhor nunca poderia se chamar "Dom" qualquer coisa porque não passa de um fidalgo pobretão. Quanto à sua valentia, uns dizem que o senhor é "doido mas engraçado"; outros que é "valente mas desgraçado". E assim vão baixando a lenha.

– Pois olhe, Sancho, desde o princípio dos tempos a virtude sempre foi alvo de calúnia. As pessoas só sabem falar mal dos grandes homens; de uns porque são ambiciosos, de outros porque bebem demais ou porque são chorões.

– Só que eu ainda não terminei – disse Sancho.

– Como assim? Então há mais? – perguntou Dom Quixote.

– Se há! Se o senhor quiser, vou chamar uma pessoa que pode lhe contar tudinho. É o filho de Bartolomé Carrasco, que ontem mesmo chegou de Salamanca, onde estava estudando. Quando fui lhe dar as boas-vindas, ele me disse que já saiu um livro contando suas aventuras, chamado *O engenhoso fidalgo Dom Quixote de La Mancha*, no qual eu também apareço, com meu próprio nome de Sancho Pança, e também a senhora Dulcineia del Toboso. Além disso, diz ele que o tal livro fala de muitas coisas que nos aconteceram quando estávamos sozinhos, e isso foi o que mais me espantou, pois não consigo entender como é que o autor dessa história fez para saber delas.

– Decerto é algum sábio mago.

– Pelo nome deve ser mesmo, porque o filho de Carrasco diz que ele se chama "Cide Hamete Beringela".

– Esse nome é de mouro – respondeu Dom Quixote.

– Deve ser – respondeu Sancho –, pois ouvi falar que os mouros adoram berinjela.

— Não é por isso, Sancho, mas porque esse "Cide", em árabe, quer dizer "senhor".
— Ah, certo. Mas, se o senhor quiser, posso trazer o moço aqui para ele explicar melhor essa história.
— Eu adoraria, Sancho — disse Dom Quixote.
— Então vou procurar por ele — respondeu Sancho.

E saiu em busca do jovem Carrasco. Pouco depois, voltou trazendo o rapaz, e os três tiveram uma conversa muito engraçada, como se verá no próximo capítulo.

Capítulo 3
Da conversa entre Dom Quixote, Sancho Pança e o bacharel Sansão Carrasco

O bacharel devia ter uns vinte e quatro anos e era muito gozador. Assim que viu Dom Quixote, ajoelhou-se a seus pés e disse:
— Dê-me aqui suas mãos para que as beije, grande Dom Quixote, pois o senhor é um dos cavaleiros andantes mais famosos que já houve no mundo. Fez bem Cide Hamete Benengeli em escrever a história de suas grandes aventuras, e melhor ainda fez o curioso que as mandou traduzir do árabe para que todo o mundo as pudesse ler e se divertir com elas.

Dom Quixote pediu a Sansão que se levantasse e perguntou:
— Então é verdade que escreveram minha história?
— Claro que é, senhor — disse o bacharel. — E já foram impressos mais de doze mil livros, sem contar as traduções.

– Então me diga uma coisa, senhor bacharel: qual das minhas façanhas é a mais celebrada nessa história?

– As opiniões variam. Uns gostam mais da aventura dos moinhos de vento, que o senhor pensou serem gigantes; outros, da do pilão barulhento. Há quem prefira a dos dois exércitos que eram rebanhos de carneiros, e muitos a do morto que levavam para enterrar. Também estão os que dizem não haver aventura melhor que a da libertação dos prisioneiros ou a dos sequestradores beneditinos da princesa, seguida da batalha com o basco.

– Escute, senhor – disse Sancho –, também contam a aventura de Rocinante com as éguas?

– O sábio não deixou escapar nada. Ele conta tudo, tintim por tintim, até as cabriolas que o bom Sancho deu na manta.

– Na manta não dei cabriola nenhuma, e sim no ar, e muitas mais do que eu gostaria.

– Silêncio, Sancho – disse Dom Quixote –, não interrompa o bacharel. Por favor, senhor Carrasco, continue e me conte o que essa história diz de mim.

– E de mim – disse Sancho –, pois ouvi dizer que também sou um dos personagens principais.

– O que dizem de você – respondeu o bacharel – é que foi ingênuo demais em acreditar que governaria uma ilha conquistada pelo senhor Dom Quixote.

– Ainda é cedo para conclusões – disse Dom Quixote.

– Então trate de se apressar, senhor, pois desse jeito vou ficar velho de tanto esperar – disse Sancho.

– Tenha fé em Deus, Sancho – disse Dom Quixote –, que logo há de chegar a hora de você governar. Mas temo, senhor Carrasco, que o autor tenha embaralhado as aventuras de tal jeito que as pessoas se confundam.

– Muito pelo contrário, a história é clara como a água – respondeu Sansão –, e tem sido tão lida e comentada que quando alguém vê um pangaré magro logo diz: "Lá vai Rocinante". O que andam criticando, sim, são certos esquecimentos do autor, como, por exemplo, explicar que fim deu Sancho às cem moedas de ouro que acharam na Serra Morena, já que nunca mais se falou nelas e muitos gostariam de saber como as gastou.

Sancho respondeu:

– Eu, senhor Sansão, não estou aqui para prestar contas nem contar contos. Preciso ir para casa almoçar, pois minha mulher está me esperando. Volto logo mais, e aí posso explicar tudo o que o senhor e as pessoas quiserem saber.

E, sem esperar resposta, foi para casa.

Dom Quixote pediu ao bacharel que ficasse para almoçar com ele. Carrasco aceitou, e à mesa continuaram falando de cavalaria. Depois da sesta Sancho voltou, e retomaram a conversa.

Capítulo 4
Onde Sancho Pança responde às perguntas do bacharel Sansão Carrasco

Assim que viu Sancho de volta, o bacharel tornou a pedir que o escudeiro contasse o que havia feito com as cem moedas.

– Gastei o dinheiro com minha mulher e meus filhos. E devo muito a essas moedas a boa vontade da minha mulher, pois, se eu voltasse de mãos abanando, nem sei o que seria. Mas ninguém tem que se meter nesses assuntos. Se eu tivesse cobrado cada paulada que recebi, agora estaria rico.

– Sendo assim, vou avisar o autor da história – disse Sansão – para que, quando reeditarem o livro, ele não se esqueça de acrescentar o que Sancho acabou de dizer.

– E falta mais alguma coisa na história, senhor bacharel? – perguntou Dom Quixote.

– Deve faltar – respondeu ele –, mas nada de muito importante.

– E o senhor sabe – perguntou Dom Quixote – se o autor prometeu uma continuação?

– Prometeu, sim – respondeu Sansão –, mas diz que não a encontrou nem sabe quem a possui, e assim ninguém tem certeza se ela vai ser publicada ou não.

– Pois digo que é melhor esse senhor mouro ficar atento – disse Sancho –, pois eu e meu senhor estamos prestes a voltar às aventuras, e serão tantas que ele vai poder fazer não uma, mas cem continuações. Se o tal autor está pensando que nós aqui dormimos no ponto, vai dar com os burros na água. Na verdade, já devíamos ter saído faz tempo.

Justo quando Sancho acabou de dizer isso, escutaram uns relinchos de Rocinante. O cavaleiro interpretou-os como um bom sinal e decidiu que logo logo retomariam suas andanças. Ao comentar sua decisão com Carrasco, este aconselhou Dom Quixote a ir à festa de São Jorge, em Saragoça, cujos torneios atraíam muitos cavaleiros. Sancho disse que só voltaria a acompanhar seu senhor se ele se comprometesse a enfrentar as batalhas sozinho, ficando ele, o escudeiro, a cargo apenas da limpeza e do cuidado do patrão. Em seguida combinaram que a partida seria dali a oito dias. Dom Quixote pediu ao bacharel que não comentasse aquilo com ninguém, especialmente com o padre, o barbeiro, sua sobrinha e a criada, para que não atrapalhassem seus planos. Carrasco prometeu silêncio. Sancho, enquanto isso, foi acertar as coisas para a partida.

Capítulo 5
Da curiosa conversa que tiveram Sancho e sua mulher, Teresa Pança

Sancho chegou em casa tão contente, que sua mulher perguntou que bicho o tinha mordido.

– Estou alegre, Teresa, porque vou voltar a servir o meu senhor Dom Quixote, que está prestes a sair pela terceira vez em busca de aventuras. Vou com ele na esperança de encontrar outras cem moedas de ouro, por mais duro que seja ficar longe de você e das crianças. E além disso, mulher, pode apostar que logo você vai me ver governando uma ilha.

– Olhe, Sancho, se você virar mesmo governador, não se esqueça de mim nem dos seus filhos, que o Sanchito já está com quinze anos e está mais do que na hora de ele ir para a escola, e a Mari Sancha anda com tanta vontade de arranjar marido como você de arranjar um governo.

– Pode deixar, mulher, que quando eu chegar ao governo vou casar minha filha com alguém muito importante.

– Não faça isso, Sancho. Case a menina com alguém como ela, pois, se você lhe arranjar um marido conde, é capaz de ele maltratar a pobrezinha. Você trate de trazer dinheiro, que eu aqui acho um bom partido para ela. Aí mesmo está o Lope Tocho, que é nosso conhecido, gente como a gente e que já anda de olho comprido na menina.

– Escute, mulher – replicou Sancho –, por que você não quer que eu case a Sanchica com um conde? Você não sabe que as pessoas bem vestidas e com muitos criados são mais respeitadas?

– Bom, se já está revolvido...

– Está *resolvido*, mulher, e não "revolvido".

– Não me corrija. Digo que, se você meteu mesmo na cabeça ser governador, então leve o Sanchito para ele ir aprendendo a governar.

– Quando eu chegar ao governo, vou mandar chamar o menino e também vou mandar dinheiro para que ele não me apareça malvestido.

– Você mande o dinheiro, que eu vou deixar o Sanchito feito um brinco – disse Teresa.

– Então estamos conversados: nossa filha vai ser condessa – disse Sancho.

– Faça como quiser, pois a maldita sina das mulheres é fazer a vontade do marido, mesmo que ele seja uma besta – disse Teresa, e começou a chorar.

Sancho tentou consolá-la dizendo que demoraria o máximo possível para transformar a menina em condessa. Depois foi avisar Dom Quixote de que estava tudo pronto.

Capítulo 6
Do que Dom Quixote conversou com a sobrinha e a criada

Enquanto Sancho e a mulher conversavam, a sobrinha e a criada de Dom Quixote discutiam com o cavaleiro. A criada dizia ao patrão:

– Escute o que eu digo: se o senhor não tirar da cabeça essa ideia de sair em busca dessas mal chamadas aventuras, que eu chamo desgraças, vou ser obrigada a me queixar com Deus e com o rei.

– Não sei o que Deus poderá responder – disse Dom Quixote –, mas, se eu fosse rei, não daria ouvidos a suas bobagens.

– Mas me diga uma coisa, senhor: na corte de Sua Majestade não há cavaleiros? – perguntou a criada.

– Claro que sim – respondeu Dom Quixote.

– Então por que o senhor não vai servir na corte?

– Olhe, amiga, nem todos os cavaleiros podem ser cortesãos, assim como nem todos os cortesãos podem ser cavaleiros andantes. Os cortesãos viajam nos mapas, enquanto nós, cavaleiros andantes, faça frio ou faça sol, andamos pelo mundo com os próprios pés.

– Ai, meu tio! – disse a sobrinha. – Será que o senhor não vê que toda essa história de cavaleiros andantes é mentira?!

– Juro por Deus – disse Dom Quixote – que, se você não fosse minha sobrinha, receberia um grande castigo pela blasfêmia que acaba de dizer.

– Mas, tio, o senhor já está muito velho para andar por aí. Além do mais, embora seja fidalgo, o senhor é pobre, e um pobre nunca chega a cavaleiro – replicou a sobrinha.

– É verdade. Por isso a virtude é o único caminho para o cavaleiro pobre mostrar que é cavaleiro – concluiu Dom Quixote.

Nesse momento bateram à porta, e elas perguntaram quem era. Quando ouviu a voz de Sancho, a criada foi se esconder para não vê-lo, tamanha a raiva que tinha dele. A sobrinha abriu a porta, Dom Quixote recebeu seu escudeiro de braços abertos, e os dois se fecharam no quarto para conversar.

Capítulo 7
Do que Dom Quixote e seu escudeiro conversaram

Ao ver que Sancho se fechava com seu senhor, a criada saiu à procura de Sansão Carrasco. Quando o bacharel a viu chegar tão afobada, perguntou-lhe qual era o problema, ao que a criada respondeu:

– O problema é que meu amo quer sair de novo em busca de aventuras. Da primeira vez, ele voltou atravessado no lombo de um burro, moído de pancadas e sem falar coisa com coisa. Da segunda, voltou preso numa jaula, pensando que estava enfeitiçado. Chegou triste, magro e com os olhos fundos, e eu tive de gastar mais de seiscentos ovos para ele melhorar. Aí estão as minhas galinhas que não me deixam mentir.

– Eu sei que suas galinhas são muito bem-criadas e nunca mentiriam – respondeu o bacharel. – Mas agora volte para casa e prepare alguma coisa gostosa para o almoço, que eu já vou indo.

Assim que a criada partiu, o bacharel foi procurar o padre para tratar com ele de certas coisas que contaremos mais adiante. Enquanto isso, Dom Quixote e Sancho conversavam trancados no quarto do cavaleiro:

– Pronto – disse Sancho –, minha mulher já está confortada a me deixar ir com o senhor aonde quiser.

– É *conformada* que ela está, Sancho – disse Dom Quixote –, e não "confortada".

– Já pedi para o senhor não me corrigir quando entender o que eu quero dizer.

– Está certo, mas o que é que Teresa diz?

– Ela diz que quer menos palavras e mais fatos, ou seja, que o senhor me pague um salário.

– Olhe, Sancho – respondeu Dom Quixote –, eu pagaria com o maior prazer, mas nos livros que li não me lembro de ter visto nenhum cavaleiro pagar salário ao escudeiro. O que eu sei é que, quando davam sorte, o cavaleiro podia premiar seu serviçal com uma ilha ou coisa parecida. Portanto, você volte para casa e explique minha intenção para sua Teresa. Se ela e você estiverem de acordo, muito que bem;

se não, continuamos tão amigos como antes. Se você não quiser vir comigo, pode ficar, que não me faltarão escudeiros obedientes, prestativos e, acima de tudo, não tão desastrados nem tão tagarelas quanto você.

Quando Sancho ouviu essas palavras, ficou com a alma no chão. Nunca imaginou que seu senhor seria capaz de partir sem ele. Ainda estava pasmo e pensativo quando entraram Sansão, a sobrinha e a criada. Carrasco tornou a cumprimentar o cavaleiro com grande pompa e se ofereceu para ser seu escudeiro, caso fosse necessário.

– Eu não disse, Sancho, que não me faltariam escudeiros? Mas o senhor, caro bacharel, deve continuar seus estudos, assim eu tratarei de arranjar outro escudeiro, porque Sancho não se digna a vir comigo.

– Eu me digno, sim – respondeu Sancho com lágrimas nos olhos. – Não sou ingrato e, se pedi salário, foi só para contentar minha mulher.

Por fim, Dom Quixote e Sancho se abraçaram, e Carrasco pareceu muito satisfeito. Ficou combinado que a dupla partiria dali a três dias, e Sansão até se ofereceu para pedir emprestado a um amigo um novo capacete para o cavaleiro. A criada e a sobrinha, surpresas com a atitude do bacharel, rogaram mil pragas contra ele, sem saber que, na verdade, ele estava seguindo as instruções do padre e do barbeiro, com quem havia conversado sobre a partida de Dom Quixote.

Três dias depois, ao anoitecer, sem serem vistos por ninguém, exceto pelo bacharel, que até quis acompanhá-los por um bom trecho, Dom Quixote e Sancho Pança voltaram à estrada; o cavaleiro no seu bom Rocinante e o escudeiro em seu burro, com as sacolas bem abastecidas e levando algum dinheiro. Sansão os abraçou e pediu a Dom Quixote que o mantivesse informado de suas aventuras, depois deu meia-volta e tomou o rumo da aldeia, enquanto a dupla seguia o de El Toboso.

Capítulo 8
A caminho de El Toboso

"Bendito seja o poderoso Alá!", diz Hamete Benengeli no início deste capítulo, contente de ver Dom Quixote e Sancho de novo na estrada. E continua contando que, quando Sansão se afastou, Dom Quixote disse ao escudeiro que, antes de encararem qualquer aventura, queria passar por El Toboso para tomar a bênção de Dulcineia.

– Por mim, tudo bem – respondeu Sancho. – Embora eu ache difícil o senhor falar com ela e receber sua bênção. Só se for por cima das cercas do curral onde a vi quando levei sua carta.

– Como você pode dizer que viu a beleza ímpar de Dulcineia num curral? Ela devia estar é numa arcada ou no corredor de um grande palácio.

– Pode até ser, mas me pareceu um curral.

– Seja como for, vamos lá, Sancho, pois, quando eu a vir, o raio de sol de sua beleza há de iluminar meu entendimento e fortalecer meu coração.

Continuaram caminhando e conversando. De Dulcineia passaram à fama dos cavaleiros e dos santos, chegando à conclusão de que os santos tinham mais facilidade de ficar famosos que os cavaleiros. Sancho, então, propôs que eles se dedicassem à carreira da santidade em vez da cavalaria para conquistar a fama mais rápido. Mas Dom Quixote discordou de Sancho e disse que nem todo mundo tinha vocação para santo e que também era possível chegar ao céu como cavaleiro andante. Passaram a noite nesses debates, e no dia seguinte, quando o sol já se punha no horizonte, avistaram a grande cidade de El Toboso, para grande alegria de Dom Quixote e enorme tristeza de Sancho. O escudeiro não sabia onde ficava a casa de Dulcineia, pois, assim como seu senhor, nunca a vira. Portanto, um pelo desejo de vê-la e o outro por não tê-la visto, os dois estavam aflitos, e Sancho não conseguia imaginar o que faria quando o patrão o mandasse procurar sua amada. Por fim, já de noite, entraram na cidade.

Capítulo 9
Entrada em El Toboso

Na aldeia, todos dormiam. Apenas se ouvia aqui e ali um latido de cachorro ou o zurro de algum burro. Dom Quixote mandou Sancho guiá-lo até o palácio de Dulcineia, na esperança de encontrá-la acordada.

– Senhor – respondeu Sancho –, eu não a encontrei num palácio, e sim num casebre. Além do mais, isso são horas de bater à porta de uma mulher de respeito?

— Primeiro encontremos sua morada, depois direi o que faremos. Mas olhe, Sancho, aquele grande edifício ali ao fundo deve ser o palácio de Dulcineia.

Quando chegaram ao prédio que Dom Quixote apontara, viram uma grande torre e perceberam que não era um palácio, e sim a igreja matriz.

— Vai ver que o palácio fica num beco sem saída — disse Sancho.

— Não diga asneiras, Sancho. Onde já se viu um palácio num beco sem saída?

— Então é melhor o senhor nos guiar, já que deve ter visto a senhora Dulcineia tantas vezes, que sem dúvida sabe de cor onde ela mora.

— Já não disse mil vezes que nunca na vida vi Dulcineia e que estou apaixonado de ouvida, pela grande fama que ela tem? Você pelo menos a viu peneirando trigo, quando me trouxe a resposta daquela minha carta.

— Pois fique sabendo que também foi de ouvida a resposta que eu lhe trouxe, porque vi Dulcineia tantas vezes quanto o senhor.

— Sancho, Sancho, brincadeira tem hora. Só porque eu digo que nunca a vi, você não tem de dizer o mesmo.

E assim vararam a noite discutindo e zanzando pela cidade deserta. Quando já começava a clarear, viram que ia passando um lavrador puxando um par de mulas. Dom Quixote lhe perguntou se ele conhecia o palácio da princesa Dulcineia. O homem respondeu que não sabia, porque era forasteiro, mas acrescentou que nenhuma das mulheres que tinha visto no lugar lhe pareceu princesa e sugeriu que, em todo caso, consultassem o padre ou o sacristão, pois eles tinham a lista de todos os moradores de El Toboso.

Sancho, vendo que já ia amanhecendo e que as coisas iam se complicar de vez, convenceu seu senhor a esperar fora da aldeia, pois não ficava bem um grande cavaleiro como ele ser visto à luz do dia vagando perdido pelas ruas. Enquanto isso, ele, Sancho, voltaria para procurar Dulcineia com calma. Não muito longe, acharam um bosque onde Dom Quixote se escondeu, e Sancho tomou o rumo da aldeia para cumprir sua promessa. Mas as coisas que aconteceram em seguida bem merecem um capítulo à parte.

Capítulo 10
Onde se conta o que Sancho fez para enfeitiçar Dulcineia

A tal ponto chegaram as loucuras de Dom Quixote contadas neste capítulo, que o autor diz temer ser tomado por mentiroso. Mas, vencendo seu receio, conta que Sancho partiu em busca de Dulcineia e, assim que saiu do bosque, saltou do burro, sentou embaixo de uma árvore e começou a falar consigo mesmo:

– E agora, Sancho? Que é que você vai fazer? Onde vai achar uma princesa? Calma, que tudo na vida tem remédio, menos a morte. Meu patrão é um louco varrido, e eu também não fico atrás: sou mais tonto do que ele, pois o sigo e o sirvo, se é verdade o ditado que diz "dize-me com quem andas, e te direi quem és". A loucura o faz ver uma coisa em vez de outra, como quando viu os moinhos e imaginou que eram gigantes, ou os rebanhos de carneiros, que ele tomou por exércitos inimigos. Portanto não vai ser difícil convencê-lo de que uma camponesa, a primeira que eu achar, é Dulcineia. Pronto, é isso que eu vou fazer, e vou teimar até ele acreditar em mim. E aí vai pensar que um feiticeiro transformou a aparência de sua dama.

Sancho decidiu fazer hora até de tarde, para seu amo achar que tinha dado tempo de ele ir até El Toboso procurar o palácio de Dulcineia e voltar. E, justo quando ia se levantando, avistou ao longe três camponesas vindo pela estrada, montadas cada uma em seu burro. Sem perder tempo, voltou correndo para o bosque e disse a Dom Quixote que montasse rápido em Rocinante e o seguisse, porque Dulcineia vinha vindo. Quando chegaram à estrada, Dom Quixote esticou os olhos até onde pôde, mas, vendo apenas aquelas três camponesas, perguntou a Sancho onde estava Dulcineia.

– Como assim, onde? O senhor não está vendo ela vir na nossa direção, acompanhada por duas amigas, linda como o Sol?

– O que estou vendo, Sancho – disse Dom Quixote –, são três camponesas montadas em três burros.

– Deus me livre do diabo! – respondeu Sancho. – Será possível que três corcéis brancos lhe pareçam três burros?

– Pois eu digo que é tão verdade que são três burros como eu sou Dom Quixote e você, Sancho. Ou, pelo menos, é isso que eu vejo.

– Basta, senhor. Não diga uma coisa dessas e venha reverenciar sua princesa, que já está chegando.

Então Sancho se adiantou para recebê-las, apeou do burro, segurou pelas rédeas o animal de uma das moças, se ajoelhou e disse:

– Ó, rainha e princesa da formosura, ali está vosso cavaleiro, Dom Quixote de La Mancha, também conhecido como Cavaleiro da Triste Figura, e eu sou seu escudeiro Sancho Pança.

Dom Quixote se ajoelhou ao lado de Sancho, fitando com olhos arregalados aquela que Sancho chamava de rainha e princesa. Para ele, era apenas uma camponesa, e não das mais bonitas, com um carão redondo e achatado. As moças ficaram muito nervosas ao ver aqueles homens tão esquisitos ajoelhados no meio da estrada, e então uma delas disse:

– Arredem do caminho e nos deixem passar.

Ao que Sancho respondeu:

– Ó, princesa e senhora universal de El Toboso! Como não vos enterneceis ao ver ajoelhado a vossos pés o maior entre todos os cavaleiros andantes?

E a outra comentou:

– Olhem só como os senhores agora caçoam das camponesas. Sigam seu caminho e nos deixem em paz.

– Levante-se, Sancho – disse Dom Quixote –, pois o mago que me persegue pôs cataratas em meus olhos e transformou o lindíssimo rosto de minha amada no de uma camponesa. E suspeito que o meu próprio deve estar mudado aos olhos dela, para que lhe seja tão odioso como parece que é.

– Arredem de uma vez! – disse a terceira camponesa.

Sancho se afastou e as deixou seguir, muito contente com o sucesso de sua artimanha. As moças, assim que se viram livres, tocaram em disparada. Mas o burrico daquela que fizera o papel de Dulcineia, assustado, deu uns pinotes e a derrubou no chão. Quando Dom Quixote já ia chegando para socorrê-la, a camponesa montou de volta dando um salto pelas ancas do animal e sumiu estrada afora.

– Ah, Sancho, calcule como deve ser imenso o ódio que os magos têm de mim, pois, não contentes em privar-me da visão de minha dama na sua natural beleza, transformando-a numa figura horrorosa, também lhe tiraram seu doce aroma, porque o que senti agora há pouco foi um bafo de alho cru que quase me sufoca – disse Dom Quixote, enquanto Sancho fazia força para não explodir em gargalhadas.

Depois tomaram o caminho de Saragoça. Mas, antes de chegarem lá, viveram aventuras tão impressionantes e inusitadas que merecem ser escritas e lidas, como se verá no próximo capítulo.

Capítulo 11
Da estranha aventura com a carroça da Morte

Dom Quixote seguia muito triste e pensativo, por culpa dos magos do mal que lhe pregaram aquela peça. Sancho, tentando alegrá-lo, dizia que o importante era saber que Dulcineia, embora enfeitiçada, gozava de boa saúde, e que agora deviam pensar nas novas aventuras que tinham pela frente. Dito e feito: ao longe logo apareceu uma carroça com personagens estranhíssimos. Guiando as mulas vinha um demônio; sobre a carroça, a Morte com rosto humano; junto dela, um anjo de grandes asas, um imperador com coroa e, a seus pés, o deus Cupido. Dom Quixote se postou na frente da carroça e, com voz de trovão, disse:

– Carroceiro, diabo, ou seja lá quem fores! Dize quem és, aonde vais e quem são esses que vão contigo.

O Diabo freou os animais e respondeu:

– Senhor, somos atores e estamos representando a peça *As cortes da Morte*. Vamos de aldeia em aldeia e não temos tempo para trocar de roupa entre uma apresentação e outra.

– Ah, puxa. Quando vi essa carroça, pensei que fosse alguma aventura – respondeu Dom Quixote. – Vão com Deus e façam sua representação, pois, quando eu era moço, também era louco por teatro.

Nesse momento apareceu outro ator, vestido de bufão, saltitando e sacudindo muitos guizos. Fez tanto barulho que Rocinante, assustado, saiu corcoveando e derrubou Dom Quixote. Quando Sancho foi socorrer seu senhor, o bufão montou no burro do escudeiro e saiu com ele campo afora. Sancho achou que o ator estivesse roubando seu animal, e Dom Quixote disse que ia recuperá-lo. Mas o bufão, continuando com suas palhaçadas, logo saltou do burro, que voltou sozinho para junto de seu amo. Mesmo assim, Dom Quixote quis se vingar da afronta e cavalgou atrás da carroça, disposto a desafiar toda a trupe. Ao ouvir os gritos do cavaleiro e perceber que ele os seguia, os atores pararam a carroça. A Morte saltou, seguida do Imperador, do Diabo carroceiro e do Anjo, e todos se armaram de pedras. Vendo-os prontos para apedrejar seu senhor, Sancho tentou convencer Dom Quixote de que a briga não valia a pena, pois naquele grupo não havia nenhum cavaleiro. Seu senhor aceitou o argumento, desistiu da desforra, e a dupla retomou seu caminho. E assim a aventura da carroça da Morte teve um final feliz, graças ao bom conselho de Sancho Pança. Mas no dia seguinte viveram outra aventura, com muito mais suspense.

Capítulo 12
Da aventura entre Dom Quixote e o bravo Cavaleiro do Bosque

Na noite seguinte ao dia do encontro com a Morte, Dom Quixote e seu escudeiro pararam num pequeno bosque. Depois de comerem e conversarem um pouco, Sancho pegou no sono, e Dom Quixote começou a cochilar ao pé de um carvalho. Não tinha se passado muito tempo quando foi acordado por um barulho; levantou-se, olhou na direção de onde vinha o ruído e conseguiu distinguir no escuro o vulto de dois homens saltando de seus cavalos. Assim que apearam, se deitaram no chão. Dom Quixote, distinguindo o rangido de uma armadura, deduziu que um deles devia ser cavaleiro. Correu a sacudir Sancho e cochichou a seu ouvido:

– Acorde, Sancho, abra bem os olhos e você verá ali deitado um cavaleiro andante. Agora está afinando um alaúde e, pelo jeito, vai cantar.

– Deve ser um cavaleiro apaixonado – respondeu Sancho.

– Se não estivesse apaixonado, não seria cavaleiro andante – explicou Dom Quixote.

Então se ouviu uma voz, que não era das piores mas também não das melhores. Ao terminar a canção de amor, a voz disse:

– Ó, Cacildeia de Vandália, mais bela e ingrata entre todas as mulheres! Como podes deixar este cavaleiro morrer assim de amor? Não te basta a declaração de que tua beleza não tem igual, verdade por ele arrancada dos cavaleiros do norte, do sul e, enfim, de todos os cavaleiros de La Mancha?

– Isso não! – exclamou Dom Quixote. – Eu sou de La Mancha e nunca fiz nem poderia fazer semelhante declaração, tão desabonadora da beleza de minha dama. Esse cavaleiro está delirando. Mas prestemos atenção, pois quem sabe ele diga mais alguma coisa.

– Do jeito que a coisa vai – devolveu Sancho –, vamos é ficar um mês inteiro aqui escutando lamúrias.

Mas não foi assim. Quando o Cavaleiro do Bosque ouviu que cochichavam perto dele, se levantou e disse:

– Quem está aí? Que espécie de gente? Da legião dos alegres ou dos tristes?

– Dos tristes – respondeu Dom Quixote.

– Pois então vinde aqui – disse o do Bosque –, que será como achegar-se à mesmíssima tristeza.

Dom Quixote e Sancho foram até o lugar de onde vinha a voz. O Cavaleiro do Bosque convidou Dom Quixote para sentar a seu lado e disse que, mesmo no escuro, reconhecera nele um companheiro de armas. Em seguida perguntou se ele também estava apaixonado, ao que Dom Quixote respondeu que sim, claro. O do Bosque então comentou que, como bons cavaleiros, ambos sofriam pelo desprezo de suas damas.

– Eu nunca fui desprezado por minha dama – esclareceu Dom Quixote.

– Isso é verdade – completou Sancho –, porque minha senhora é mansa feito uma borreguinha.

– Esse é seu escudeiro? – perguntou o do Bosque.

– É, sim – respondeu Dom Quixote.

– Nunca vi um escudeiro ousar abrir a boca quando seu senhor está falando – replicou o outro. – Que o diga o meu, que nunca deu um pio na minha presença.

– Pois eu falo, sim, senhor – disse Sancho. – E posso falar na frente de quem eu quiser.

Então o escudeiro do Bosque tomou Sancho pelo braço e disse:

– Vamos aonde possamos falar de nossas escudeirices e deixemos esses dois senhores contarem as histórias de seus amores.

E assim os dois escudeiros tiveram uma conversa tão engraçada quanto foi séria a de seus patrões.

Capítulo 13
Onde se conta o que os escudeiros conversaram

O escudeiro do Bosque disse a Sancho:
– Ah, como é dura esta nossa vida escudeira! Ainda bem que nos anima a esperança do prêmio, como o governo de uma ilha ou de um condado.
– Meu patrão também me prometeu a mesma coisa – disse Sancho.

Em seguida falaram de suas próprias famílias e tornaram a falar de seus cavaleiros. Até que o escudeiro do Bosque apanhou um odre de bom vinho, e, depois de algumas rodadas de bebida e mais conversa, os dois pegaram no sono. E aí os deixa o autor para contar, no próximo capítulo, a conversa entre o Cavaleiro do Bosque e o da Triste Figura.

Capítulo 14
Onde se prossegue a aventura do Cavaleiro do Bosque

O Cavaleiro do Bosque disse a Dom Quixote:
– Sabei, senhor, que estou apaixonado pela formosíssima Cacildeia de Vandália. Ela me mandou percorrer a Espanha inteira e fazer todos os cavaleiros andantes declararem que ela é a mais linda mulher do universo. Já andei pela maior parte do país e venci muitos cavaleiros que ousaram me desmentir. Mas meu maior orgulho é de ter

vencido, em duríssima batalha, o famoso cavaleiro Dom Quixote de La Mancha e tê-lo ouvido confessar que a minha Cacildeia é mais bela que sua Dulcineia.

Dom Quixote se espantou muito ao escutar tamanha mentira, mas se conteve e, muito tranquilo, respondeu:

– Quanto a isso de que vencestes muitos cavaleiros, não digo nada, mas me parece muito estranho terdes vencido Dom Quixote. Talvez fosse algum outro parecido, embora poucos se pareçam com ele.

– Eu jamais o confundiria! – retrucou o do Bosque. – Tenho certeza de que lutei com Dom Quixote e o venci. É um homem alto, de rosto magro, cabelo grisalho, nariz curvo, bigodes grandes, pretos e caídos. Seu escudeiro chama-se Sancho Pança; seu cavalo, Rocinante; está apaixonado por Dulcineia del Toboso, antes conhecida como Aldonza Lorenzo; como a minha, que, por se chamar Cacilda e ser da Andaluzia, eu a chamo Cacildeia de Vandália. Se tudo isso não bastar para que acrediteis em mim, aqui está minha espada para fazer valer a verdade.

– Tende calma, cavaleiro, e prestai atenção. Dom Quixote é meu melhor amigo, e confirmo que vossa descrição dele é exata – disse Dom Quixote. – Mas, como há muitos magos entre seus inimigos, pode ser que um desses malvados tenha tomado a aparência dele só para se deixar derrotar. Como prova de que isso é possível, conto-vos que, dois dias atrás, os magos transformaram a bela Dulcineia numa camponesa muito feia. E, se tudo isso não bastar para que acrediteis em mim, sabei que aqui está o mesmíssimo Dom

Quixote, que confirmará com suas armas a verdade do que acaba de dizer.

Então se levantou e sacou a espada. Mas o Cavaleiro do Bosque disse:

— Não é certo dois cavaleiros lutarem no escuro, como ladrões. Esperemos amanhecer. E o prêmio desta batalha será o vencido aceitar a vontade do vencedor, fazendo o que ele mandar, desde que seja coisa decente.

Dom Quixote concordou, e os dois foram procurar seus escudeiros, que estavam no sétimo ronco. Cada cavaleiro acordou seu criado e o mandou aprontar o cavalo, pois assim que o sol raiasse os dois se enfrentariam numa dura e sangrenta batalha. Os escudeiros obedeceram em silêncio. Quando começou a clarear, Sancho, enxergando melhor as coisas, logo reparou no nariz do escudeiro do Bosque, tão enorme que quase fazia sombra no seu corpo inteiro. Sancho ficou muito assustado com aquele tremendo nariz e, chegando aonde estava Dom Quixote, pediu-lhe que desse uma olhada naquela coisa. O cavaleiro também se espantou com o narigão e achou que o escudeiro podia ser algum novo tipo de monstro. Compreendendo o medo de Sancho, ajudou-o a subir numa árvore para que pudesse assistir à batalha a salvo do perigo. Enquanto isso, o Cavaleiro do Bosque já partira em disparada para o ataque, mas, vendo Dom Quixote ocupado em ajudar seu escudeiro a subir na árvore, puxou as rédeas de seu cavalo. Justo nesse momento, Dom Quixote virou Rocinante e investiu contra o rival, com tanta força que o derrubou.

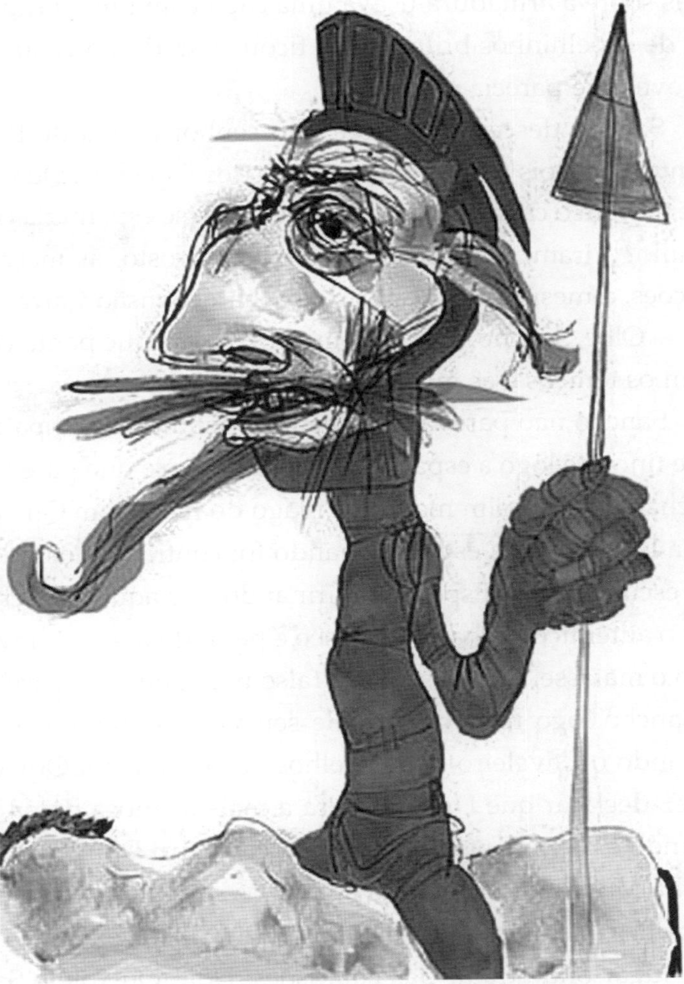

O Cavaleiro do Bosque – também chamado dos Espelhos, pois sobre a armadura usava uma capa com uma infinidade de espelhinhos brilhantes – ficou estirado no chão, tão imóvel que parecia morto.

Sancho desceu da árvore, seu senhor apeou de Rocinante, e os dois correram a acudir o dos Espelhos. Quando lhe tiraram o capacete, viram... quem não se espantaria com aquilo? Viram, diz a história, o mesmo rosto, as mesmas feições, a mesma fisionomia do bacharel Sansão Carrasco!

– Olhe, Sancho – disse Dom Quixote –, a que ponto chegam os feitiços e as magias.

Sancho não parava de se benzer, pedindo a seu patrão que fincasse logo a espada pela boca daquele que parecia o bacharel, pois assim mataria o mago do mal. Dom Quixote já ia levantando a espada, quando foi contido pelos gritos do escudeiro dos Espelhos, afirmando que aquele no chão era o autêntico bacharel Carrasco e pedindo que, por favor, não o matasse. Estava sem seu falso nariz, que tinha caído, e Sancho logo reconheceu nele seu vizinho Tomé Cecial. Quando o Cavaleiro dos Espelhos acordou, Dom Quixote o fez declarar que Dulcineia era a mais formosa dama do mundo e que ele nunca vencera o cavaleiro Dom Quixote de La Mancha. Em seguida as duplas se separaram: o dos Espelhos e seu escudeiro, de muito mau humor, em busca de um lugar onde tratar das contusões; Dom Quixote e Sancho, a caminho de Saragoça. E no próximo capítulo veremos o que é que realmente tramavam o Cavaleiro dos Espelhos e seu narigante escudeiro.

Capítulo 15
Onde se esclarece quem eram o Cavaleiro dos Espelhos e seu escudeiro

Dom Quixote partiu muito contente por ter vencido a batalha, enquanto o dos Espelhos se retirava com o ânimo oposto. Conta a história que, quando o bacharel Sansão Carrasco aconselhara Dom Quixote a retomar suas aventuras, já havia conversado com o padre e com o barbeiro. O plano dos três era deixar o fidalgo sair – pois viam que era impossível detê-lo – e, logo em seguida, Sansão cortar seu caminho fantasiado de cavaleiro andante, desafiá-lo a um combate e, ao derrotá-lo (coisa que davam como certa), mandá-lo voltar para sua aldeia e não sair de lá por dois anos, ordem que Dom Quixote certamente cumpriria para não atentar contra as leis da cavalaria.

Carrasco levara como escudeiro um vizinho de Sancho, Tomé Cecial, que colocara aquele nariz de papel machê para não ser reconhecido, e foram seguindo os passos dos outros dois até encontrá-los no bosque. O desfecho da batalha, porém, não foi o esperado. Depois da derrota do Cavaleiro do Bosque, Tomé Cecial resolveu voltar para casa; Sansão o deixou ir, mas jurou vingança contra Dom Quixote. E, enquanto o bacharel maquina sua desforra, a história volta a acompanhar o Cavaleiro da Triste Figura e seu escudeiro.

Capítulo 16
Do encontro de Dom Quixote com outro cavaleiro de La Mancha

Dom Quixote seguia radiante com sua vitória, dando por superadas todas as muitas surras recebidas, quando Sancho comentou com ele o monstruoso nariz que seu vizinho colocara no rosto para não ser reconhecido. Dom Quixote então perguntou a Sancho se ele realmente acreditava que o escudeiro era seu vizinho, e Sansão Carrasco, o Cavaleiro do Bosque. E, para provar que estava redondamente enganado e que aqueles eram dois magos disfarçados, lembrou o feitiço sofrido por Dulcineia, que aparecera transformada naquela feia camponesa. Mas, como Sancho sabia que aquela história de Dulcineia era invenção dele próprio, preferiu mudar de assunto.

Estavam nisso quando foram alcançados por um homem que ia pelo mesmo caminho, montado numa égua tordilha e vestindo um casaco verde. Dom Quixote o convidou a afrouxar a marcha para seguir ao lado deles. O homem aceitou e logo, sem conseguir disfarçar, mediu Dom Quixote dos pés à cabeça. Este, notando o estranhamento do viajante, contou que ia daquele jeito porque resolvera ressuscitar a cavalaria andante, sendo ele próprio um cavaleiro protetor dos fracos e necessitados. O homem do casaco verde logo deduziu que Dom Quixote acreditava que todas aquelas histórias contadas nos livros tinham acontecido de verdade, e concluiu que se tratava de um louco. Mas nem por isso deixou de se apresentar: seu nome era Diego de

Miranda, tinha mulher e filho, gostava de caçar e de pescar e era dono de uma razoável biblioteca, embora entre seus livros não houvesse nenhum de cavalaria. O homem comentou que andava muito preocupado com o filho, que queria ser poeta e não queria estudar teologia nem direito. Dom Quixote disse que não lhe parecia certo forçar um filho a estudar uma ciência de que não gostasse e, embora a poesia não desse dinheiro, muito honrava a quem possuía seu dom. Quem sabe lidar bem com ela, continuou, é capaz de convertê-la em ouro puro. O homem ficou muito admirado com os conselhos de Dom Quixote e começou a duvidar de que fosse tão louco assim.

Enquanto falavam dessas coisas, Sancho se afastara para pedir um pouco de leite a um grupo de pastores à beira da estrada. Nesse instante, Dom Quixote viu que no sentido oposto vinha um carro de mulas todo embandeirado com flâmulas reais e, vendo naquilo o anúncio de uma nova aventura, mandou Sancho lhe trazer o capacete. Ao ouvir que seu senhor o chamava, Sancho deixou os pastores e correu até onde estava o cavaleiro, que então viveu uma espantosa e desatinada aventura.

Capítulo 17
A aventura com os leões

Conta a história que, justo quando Dom Quixote chamou por Sancho, o escudeiro estava comprando queijos frescos dos pastores e, como percebeu que seu patrão estava com pressa, jogou todos dentro do capacete e foi ver o que ele queria. Chegando lá, Dom Quixote lhe pediu o capacete para enfrentar a nova aventura que se anunciava. O homem do casaco verde olhou em todas as direções e viu apenas aquele carro de mulas vindo pela estrada, com algumas bandeirolas indicando levar carga do rei. Explicou isso a Dom Quixote, mas ele não lhe deu ouvidos e tornou a pedir o capacete a Sancho, que não teve outro remédio senão o entregar com recheio e tudo. Dom Quixote encasquetou o capacete com decisão, e os queijos, espremidos, começaram a soltar soro. Ao sentir o líquido escorrer pelo rosto, Dom Quixote disse, muito assustado:

— Que será isto, Sancho?! Parece que meus miolos estão derretendo ou que estou suando em bicas! Mas posso garantir que não é de medo, por mais que esta aventura se anuncie terrível. Dê-me aqui alguma coisa para enxugar este suor que já me cega a vista.

Sancho lhe passou um lenço sem dizer nada. Dom Quixote se limpou, tirou o capacete e viu que estava cheio de umas papas brancas. Ao cheirar aquilo, percebeu o que era e esbravejou contra Sancho. O escudeiro, claro, disse que era mais uma maldade dos magos. Dom Quixote concordou que podia até ser, mas não se acovardou. Firmou a lança, mandou parar o carro e perguntou o que estavam levando dentro dele.

— O que trago aqui são dois bravos leões enjaulados — respondeu-lhe o carreiro. — São um presente do general de Orã para Sua Majestade, nosso rei.

– E são grandes esses leões? – perguntou Dom Quixote.
– Os maiores que já transportei. São macho e fêmea e estão muito famintos, pois hoje ainda não comeram. Por isso tenho de chegar o quanto antes aonde possa lhes dar de comer.

Dom Quixote disse, com um sorrisinho:

– Leõezinhos para mim? Abri as jaulas e soltai as feras, que agora vou mostrar aos magos que me mandam essas coisas quem é Dom Quixote de La Mancha!

De nada valeram as súplicas e os argumentos de Sancho e do homem de verde para que não cometesse semelhante loucura: Dom Quixote já estava ameaçando o tratador com a lança para que abrisse as jaulas de uma vez. Por fim, Sancho e o de verde saíram correndo para se esconder, e o tratador se preparou para abrir a primeira jaula, onde estava o leão macho. Dom Quixote decidiu enfrentá-lo a pé, temendo que Rocinante se assustasse. Então apeou do cavalo, soltou a lança, firmou o escudo, desembainhou a espada e caminhou lento e decidido até junto do carro. O tratador abriu as portas da jaula de par em par, e o leão, que era enorme, se espreguiçou, bocejou, pôs a cabeça para fora da jaula e lançou por toda parte um olhar de meter medo. Dom Quixote o observava atento, querendo que saltasse do carro de uma vez por todas. Mas o leão, depois de olhar a paisagem, deu meia-volta e tornou a se deitar dentro da jaula. Dom Quixote então ordenou ao tratador que o tocasse com uma vara para irritá-lo. Mas o tratador se negou a fazer essa loucura e convenceu o cavaleiro de que ele já era vitorioso, uma vez que o leão recuara do confronto e podia ser considerado perdedor por desistência. Dom Quixote aceitou tais argumentos e pediu que não deixasse de contar aos outros a façanha que acabara de presenciar, coisa que o homem prometeu fazer. Quando os três apareceram de volta, Dom Quixote mandou Sancho dar duas moedas de ouro ao tratador. Este, agradecido, contou a façanha com muito gosto e até um certo exagero, para maior glória do cavaleiro. Dom Quixote decidiu que, daí em diante, seria o "Cavaleiro dos Leões".

O carro seguiu seu caminho, e Dom Quixote, Sancho e o do casaco verde seguiram o deles. Dom Diego não sabia o que pensar: se Dom Quixote era um sensato amalucado ou um maluco com pitadas de sensatez. Achava que as coisas que ele dizia eram atinadas e muito bem ditas, mas as que fazia eram disparatadas e tolas. Mesmo assim, convidou Dom Quixote para se hospedar em sua casa, numa aldeia que não ficava longe dali. O cavaleiro aceitou o convite de bom grado, e apertaram o passo para não chegar muito tarde.

Capítulo 18
Na casa do Cavaleiro do Casaco Verde

Chegando à casa de Dom Diego de Miranda, foram recebidos pela mulher dele e pelo filho poeta, que muito estranharam a aparência de Dom Quixote. Dom Diego apresentou seu convidado, e Dona Cristina o recebeu com muita cortesia. Em seguida lhe ofereceram um quarto, onde ele pôde se lavar e tirar os restos de queijo. Enquanto isso, Dom Diego pediu ao filho Lorenzo que falasse com o cavaleiro e tentasse descobrir se ele era louco ou são. Quando Dom Quixote apareceu na sala, Lorenzo o recebeu e começaram a conversar de poesia. O moço estava achando muito sábio tudo o que Dom Quixote dizia, mas, quando a conversa entrou no assunto da cavalaria andante, começou a notar a loucura do convidado. Sentaram-se para almoçar, e o filho comentou com o pai que, na sua opinião, Dom Quixote era um louco com momentos de lucidez. Depois do almoço, a pedido do cavaleiro, Lorenzo recitou alguns poemas. Ao terminar, Dom Quixote derramou-se em elogios, coisa que muito envaideceu Lorenzo, mesmo sabendo que aquelas palavras de louvor vinham de um louco.

Dom Quixote passou quatro dias na casa de Dom Diego e, então, resolveu partir, porque não achava certo um cavaleiro andante ficar tanto tempo sem buscar aventuras. Ao se despedir, disse a Lorenzo:

– Gostaria muito de levá-lo comigo e ensiná-lo a ser um bom cavaleiro, mas você ainda é muito jovem. Escute apenas este meu pequeno conselho: se quiser conquistar grande fama de poeta, procure ouvir com humildade a opinião dos outros sobre seus escritos.

Pai e filho voltaram a se admirar da loucura do cavaleiro, misturada com sensatez, e de sua ideia fixa em buscar as desventuradas aventuras. Depois lhe ofereceram provisões para a viagem, e, com a licença de Dona Cristina, Dom Quixote e Sancho enfim partiram.

Capítulo 19
Onde se conta a aventura do pastor apaixonado

Pouco depois de deixarem a casa de Dom Diego, encontraram no caminho dois estudantes e dois camponeses que iam montados em quatro burros. Todos ficaram admirados com a aparência de Dom Quixote; ele se apresentou e lhes contou que era um cavaleiro andante, conhecido como Cavaleiro dos Leões. Os estudantes logo viram que Dom Quixote não batia muito bem, mas nem por isso deixaram de olhar para ele com admiração e respeito. Tanto assim que o convidaram para ir com eles a um casamento, o mais rico já celebrado em La Mancha. A festa seria num prado perto da casa da noiva, onde haveria muitas danças e sapateadores. Quitéria, a noiva, era a moça mais linda de toda a região, só que, na verdade, ela estava apaixonada por Basílio, um amigo de infância que também morria de amores por ela. O pai de Quitéria, porém, afastara Basílio de sua filha para casá-la com Camacho, que era muito mais rico.

— Minha mulher acha que cada um tem que casar com seu igual — comentou Sancho ao ouvir os estudantes. — Ela vive dizendo: "cada ovelha com sua parelha".

Continuaram conversando sobre o casamento, e os estudantes disseram que aquilo seria o fim de Basílio. Ao anoitecer, avistaram o arraial montado para a festa, que parecia iluminado pelas próprias estrelas. Ouvia-se música de flautas, tambores e outros instrumentos. Quando chegaram mais perto, viram que o que parecia estrelas eram mil lanterninhas enfeitando as árvores. Sentia-se a alegria saltitar pelo campo. Os músicos dançavam e cantavam, enquanto outros levantavam palanques de onde, no dia seguinte, as pessoas assistiriam a danças e representações. Os estudantes convidaram Dom Quixote para dormir no arraial, mas ele agradeceu e preferiu pernoitar num lugar afastado, alegando que os cavaleiros andantes têm o costume de dormir ao ar livre. Para grande decepção de Sancho, claro, que já andava com saudade da bela e confortável casa de Dom Diego.

Capítulo 20
O casamento de Camacho

Assim que amanheceu, Dom Quixote acordou Sancho. Ao sentir o cheiro de comida que já pairava no ar, o escudeiro ficou tão animado que desatou a dizer que Quitéria fazia muito bem em se casar com o mais rico dos pretendentes, que isso e que aquilo. Como não parava de falar, Dom Quixote o mandou fechar a matraca, mas Sancho lembrou ao patrão que, antes de saírem da casa, ele tinha prometido que o deixaria falar tudo o que quisesse. Dom Quixote disse não se lembrar desse acerto, mas, fosse como fosse, não era hora de tantas histórias, pois deviam voltar para o arraial. Quando chegaram lá, Sancho não podia acreditar na quantidade de coisas que estavam sendo preparadas: um boi assado no espeto, cozidos com carnes de todo tipo, lebres sem pele, galinhas depenadas penduradas nas árvores só esperando a vez para serem sepultadas nas panelas, vinhos generosos, pães branquíssimos e muralhas de queijos empilhados.

Pouco depois, alguns grupos começaram a dançar e a recitar versos. Dom Quixote observava tudo, enquanto Sancho, em estado de graça, namorava as panelas, cada vez mais feliz de que o casamento de Quitéria fosse com Camacho e não com Basílio.

Capítulo 21
Onde continua o casamento de Camacho

Afinal chegaram os noivos, acompanhados do padre e dos parentes, todos vestidos de festa. Tanto Sancho como Dom Quixote acharam a noiva realmente lindíssima. Quando as pessoas já iam se reunindo em volta do local da cerimônia, ouviu-se uma voz gritar:

– Alto lá, gente sem consideração!

Era Basílio. Todos ficaram mudos. O jovem foi se aproximando dos noivos, apoiado num cajado e sem afastar os olhos de Quitéria. Ao chegar perto deles, disse:

– Você sabe muito bem, Quitéria, que, enquanto eu viver, você não pode se casar com outro homem. Portanto, para não atrapalhar seus planos, agora mesmo vou acabar com a minha vida.

Sacou uma espada daquilo que parecia um cajado, colocou-a em pé no chão e se atirou de peito sobre ela. Ficou estirado, com as costas cobertas de sangue. Seus amigos correram para socorrê-lo, e com eles Dom Quixote, que o tomou nos braços. Quiseram tirar-lhe a espada, mas o padre disse que antes deveria ouvir sua confissão, pois, assim que a tirassem, Basílio morreria. Nesse instante, o moço voltou a si e murmurou:

– Quitéria, se você casar comigo agora, morrerei sentindo que meu gesto não foi em vão.

O padre disse que era melhor ele não pensar nessas coisas e pedir logo perdão a Deus por seus pecados, mas Basílio se negava a confessar enquanto Quitéria não o aceitasse como esposo. Então Dom Quixote, erguendo a voz, declarou que Basílio estava pedindo uma coisa muito justa e que, além disso, quando ele morresse, Quitéria ficaria viúva e poderia casar com Camacho. Este assistia a tudo perplexo, enquanto os amigos de Basílio tentavam convencer Quitéria a casar. Ela parecia disposta a ceder, mas continuava em silêncio. O padre disse que era preciso resolver rápido, porque a vida de Basílio estava por um fio. A bela Quitéria, sem dizer uma palavra, aproximou-se de Basílio e fez que sim com a cabeça. Basílio já estava perdendo os sentidos, e todos achavam que morreria de uma hora para outra. Então Quitéria segurou em sua mão e lhe disse que o aceitava como seu legítimo marido, e Basílio, com um fio de voz, que a tomava como esposa. Assim que o padre lhes deu a bênção, porém, Basílio se pôs de pé num salto e arrancou a espada atravessada em seu corpo.

Todo mundo se espantou, e alguns pensaram tratar-se de um milagre. Mas Basílio afirmou não ser nenhum milagre, e sim astúcia, pois ele tinha fincado a espada num canudo cheio de sangue que ajeitou embaixo do braço. As pessoas se sentiram enganadas, mas a noiva não parecia contrariada, e todos acharam que os recém-casados tinham combinado tudo aquilo de antemão. Os amigos de Camacho desembainharam as espadas, no que foram imitados pelos amigos de Basílio. Mas então surgiu Dom Quixote, montado em seu cavalo e com a lança em riste, dizendo bem alto para que todos o escutassem:

– Tenham calma, ninguém tome vingança. O amor é como a guerra, e, se na guerra vale o uso de estratégias para vencer o inimigo, nas lides amorosas valem os embustes para alcançar o fim desejado. Quitéria era de Basílio e Basílio de Quitéria por querer dos céus. Camacho é rico e poderá conseguir o que quiser. O que Deus une, o homem não separa, mas, se alguém aqui quiser tentá-lo, antes terá de passar pela ponta desta lança.

E a brandiu tão forte que intimidou a todos. Camacho deu ouvidos aos conselhos do padre e acabou se convencendo de que, se Quitéria estava apaixonada por Basílio, continuaria apaixonada mesmo depois de se casar com ele. Com isso se consolou e fez questão de que a festa continuasse, não dando maior importância à trapaça. Basílio e Quitéria, no entanto, preferiram se retirar, levando com eles seus amigos e Dom Quixote. Sancho os seguiu muito triste, lamentando afastar-se de toda aquela comida.

Capítulo 22
Onde se conta a grande aventura da gruta de Montesinos

O cavaleiro e seu escudeiro passaram três dias na casa dos recém-casados. Durante esse tempo, ficaram sabendo que a bela Quitéria não tinha conhecimento do plano de Basílio, mas alguns de seus amigos, sim. Depois Dom Quixote pediu a um dos estudantes que lhe arranjasse um guia para ir até gruta de Montesinos, da qual se contavam muitas maravilhas. O estudante informou que um primo dele poderia acompanhar o cavaleiro, pois, além de conhecer bem o caminho, era um grande leitor de livros de cavalaria. Pouco depois, o primo apareceu montado num burro, pronto para levar Dom Quixote.

Percorreram um bom trecho de estrada, até chegar a uma aldeia nas proximidades da gruta. Ali compraram uma corda bem comprida e, no dia seguinte, às duas da tarde, alcançaram o local da exploração. Depois de amarrarem a corda em Dom Quixote, o primo pediu ao cavaleiro que observasse tudo com muita atenção, pois ele pensava em incorporar o que lhe contasse a um manual de curiosidades que estava escrevendo. Dom Quixote se ajoelhou, fez uma oração e se dirigiu à entrada da gruta, pronto para descer. Antes, porém, teve de cortar a golpes de espada o mato que cobria a abertura, e então saíram tantos corvos e morcegos que o derrubaram no chão. Quando se levantou, o primo lhe deu corda, e teve início a descida. Dom Quixote gritava pedindo mais corda, e eles iam dando mais e mais, até que deixaram de escutá-lo e, em seguida, a corda acabou. Esperaram meia hora e começaram a puxá-la com muita facilidade e sem sentir nenhum peso, o que os fez imaginar que Dom Quixote ficara dentro da gruta. Nesse momento, Sancho começou a chorar desesperado, puxando a corda com muita pressa, até que voltaram a sentir o peso e, afinal, Dom Quixote apareceu.

Ao tirá-lo da gruta, perceberam que vinha desmaiado. Sancho e o primo o deitaram no chão e o desamarraram, mas nada de o cavaleiro acordar. Depois de ser sacudido um bom tanto, Dom Quixote voltou a si como se despertasse de um sonho, olhando em volta atônito, até que disse:

– Vocês acabam de me tirar da mais agradável visão e vida que nenhum humano jamais viu nem viveu.

Sancho e o primo lhe pediram que contasse o que encontrara lá embaixo, mas, antes de fazê-lo, Dom Quixote pediu algo para comer, pois tinha voltado com muita fome. O primo apanhou as provisões, e os três se sentaram para comer. Ao terminarem, Dom Quixote disse:

– Ninguém se levante, e prestem todos muita atenção.

Capítulo 23
Das incríveis coisas que Dom Quixote contou ao sair da gruta de Montesinos

Eram quatro horas da tarde quando Dom Quixote começou a contar o que vira dentro da gruta:

– Mais ou menos a vinte metros de profundidade, do lado direito, há um espaço por onde poderia passar uma carroça de mulas, iluminado por um pequeno raio de luz infiltrado por alguma fresta. Comecei a caminhar por ali, mas antes gritei que não me dessem mais corda. Vocês não devem ter escutado e continuaram mandando mais corda, que eu fui enrolando. Quando a corda parou de chegar, sentei sobre aquele rolo para pensar um pouco. De repente, peguei no sono e, sem saber como, acordei no mais lindo campo que já vi em toda a minha vida. Esfreguei os olhos e comprovei que não estava sonhando, e sim bem acordado. Logo avistei um palácio com muros de cristal, cujos grandes portões se abriram e por eles saiu um ancião com uma barba muito branca e comprida. Ele veio me abraçar e disse: "Há muito tempo que o esperamos, valoroso cavaleiro Dom Quixote de La Mancha; nós, que aqui estamos, queremos que o senhor revele ao mundo o que se encerra nesta profunda gruta. Eu sou Montesinos e lhe mostrarei as coisas que há aqui dentro". Então me levou até o palácio. Entramos num salão que tinha um sepulcro no centro, onde estava o corpo de um cavaleiro enfeitiçado pelo mago Merlim, que sabe de feitiços mais que o próprio diabo. Também vi passar uma procissão de donzelas, todas de luto e com turbantes brancos, fechada por uma senhora também vestida de preto. Montesinos me explicou que todos ali estavam enfeitiçados e esperavam que eu, de algum jeito, os desenfeitiçasse. Mas me digam: quanto tempo eu passei lá embaixo?

– Pouco mais de uma hora – respondeu Sancho.

– Não é possível, pois lá anoiteceu e amanheceu três vezes, portanto devem ter se passado três dias.

– Como lá tudo é magia e feitiço – disse Sancho –, talvez o que aqui nos parece uma hora lá sejam três dias.

– Deve ser isso mesmo – concordou Dom Quixote.

– E o senhor não comeu nada em todo esse tempo? – perguntou o primo.

– Não comi nada nem pensei em comer.

– E os enfeitiçados comem? – tornou a perguntar o primo.

– Não comem – respondeu Dom Quixote –, embora as unhas, as barbas e os cabelos deles cresçam.

– E dormem? – perguntou Sancho.

– Não. Pelo menos nos três dias em que estive com eles, nenhum deles pregou um olho, e eu também não.

– Aqui vem a calhar aquele provérbio: "Dize-me com quem andas, e eu te direi quem és". O senhor me desculpe, mas não acredito numa palavra do que acabou de contar – disse Sancho.

– Como não? – espantou-se o primo. – Você por acaso está insinuando que Dom Quixote mentiu?

– Eu não acho que ele esteja mentindo – respondeu Sancho. – Só acho que aquele Merlim que enfeitiçou todo mundo lá embaixo meteu na cabeça dele essas coisas que acabou de nos contar.

– Poderia ser assim, Sancho, mas não é – replicou Dom Quixote –, pois tudo o que contei aqui eu vi com meus próprios olhos. Além disso, também vi três camponesas que saltavam como cabras e, quando me aproximei, reconheci

Dulcineia e suas companheiras, aquelas mesmas que encontramos na saída de El Toboso. Perguntei a Montesinos se ele sabia quem eram, e ele respondeu que não, mas que deviam ser umas senhoras muito importantes que estavam enfeitiçadas, pois tinham chegado fazia pouco tempo, e eram muitas as damas enfeitiçadas que andavam por lá.

Quando Sancho ouviu esse último comentário de seu senhor, teve de conter o riso, pois sabia que o feitiço de Dulcineia era uma invenção dele mesmo. Mas não deixou de dizer:

– Antes de descer, o senhor parecia bom da cabeça, mas, depois que voltou lá de baixo, já contou os maiores disparates que alguém pode imaginar.

– Não dou importância para suas palavras, Sancho – retrucou Dom Quixote.

– Nem eu para as suas – devolveu Sancho. – Mas, me diga, como foi que o senhor reconheceu Dulcineia? Por acaso falou com ela?

– Eu a reconheci – respondeu Dom Quixote – porque estava usando a mesma roupa de quando a vimos. Falei com ela, mas não me respondeu e saiu correndo. Tentei segui-la, mas Montesinos me disse que era inútil e, além do mais, já chegara a hora de eu subir. E acrescentou que eu logo receberia sinais indicando como desenfeitiçar todos os que lá se encontravam. Estávamos nessas despedidas quando, de repente, uma das companheiras de Dulcineia apareceu ao meu lado e sussurrou: "Minha senhora manda um beijo e pede, por favor, que o senhor lhe empreste algum dinheiro, que ela promete devolver assim que puder". Fiquei surpreso com o pedido, perguntei a Montesinos se os enfeitiçados passavam essas necessidades, e ele respondeu que sim. Dei à moça as quatro moedas que tinha comigo, e ela, em vez de agradecer, deu uma cabriola, rodopiando bem alto pelo ar.

– Por Deus! – disse Sancho. – Pelo jeito, os magos amoleceram seus miolos, senhor.

– Você só diz isso, Sancho, porque não conhece os mistérios do mundo – respondeu Dom Quixote –, mas ainda vou lhe contar muitas outras coisas que me aconteceram lá embaixo, e aí você vai acreditar nas que acabei de revelar.

Capítulo 24
Onde se contam algumas coisas

O tradutor desta história diz que o árabe Cide Hamete Benengeli, seu primeiro autor, escreveu às margens da página não saber se o que Dom Quixote dizia sobre a gruta de Montesinos tinha acontecido de verdade ou era pura invenção. Depois continua contando que o primo declarou a Dom Quixote estar muito feliz por tê-lo conhecido e que, graças a ele, agora sabia o que se escondia naquela gruta. Estavam nisso quando viram um homem passar muito apressado, levando pelas rédeas um burro carregado de lanças. Dom Quixote lhe perguntou aonde ele estava indo, e o homem respondeu que não podia parar para explicar, mas que, se queriam mesmo saber a razão de sua pressa e o porquê de ele levar aquelas armas, podiam procurá-lo à noite na pousada que havia logo adiante, que lá lhes contaria coisas surpreendentes.

O homem seguiu em frente sem parar um segundo, e Dom Quixote, já picado pela curiosidade, deu ordem de tomarem o rumo da tal pousada. Pouco depois de partir, encontraram um rapaz que vinha cantando: "Vou pra guerra, vou pra guerra, mas só por necessidade". Dom Quixote, depois de confirmar que o jovem ia mesmo assentar praça, elogiou sua decisão, dizendo a ele que as armas lhe dariam, se não riquezas, muita honra. Em seguida o convidou para jantar com eles na pousada, e o moço aceitou de bom grado. Chegaram ao anoitecer, e Sancho ficou contente de ver que, pela primeira vez, Dom Quixote não confundia uma pousada com um castelo, como costumava fazer. O cavaleiro foi logo perguntando pelo homem das lanças; o dono da pousada disse que ele estava na estrebaria, e lá foram procurá-lo.

Capítulo 25
Os zurradores e a chegada do titereiro

Dom Quixote estava ansioso para escutar a história daquele homem com quem tinham cruzado no caminho, e este agora estava ansioso para contá-la:

– Tudo começou quando um vereador da minha aldeia perdeu seu burro. Dali a duas semanas, outro vereador amigo dele disse ter visto o animal no mato, mas que, quando o tentou apanhar, ele fugiu. Os dois foram até o lugar onde o bicho tinha aparecido, porém não o encontraram. Aí tiveram a ideia de ir cada um por um lado e zurrar para que o burro respondesse. E foi o que fizeram. Acontece que, quando um dos vereadores zurrava, o outro é que respondia. E assim, cada um pensando que a voz do colega era do burro, corriam procurando o zurro e acabavam se encontrando, os dois muito admirados com a perfeição do zurro do outro. Por fim, acharam a carcaça do animal, toda comida pelos lobos. De volta à aldeia, cada um deles comentou com os vizinhos como seu colega zurrava bem. Não demorou para a história se espalhar pelos povoados vizinhos, e depois disso, quando veem alguém do meu lugar, zurram para caçoar de nós. O povo da aldeia, farto dessa gozação, resolveu se defender, e já tivemos várias brigas. Foi por isso que fui comprar estas lanças, porque logo vamos ter uma grande batalha com um dos povoados vizinhos que mais nos azucrinam. São essas as coisas surpreendentes que eu tinha para lhes contar, e não sei outras.

Mal o homem acabou de falar, apareceu um sujeito com um tapa-olho pedindo hospedagem.

– Senhor Pedro! – exclamou o dono da pousada. – Que alegria! Seja bem-vindo!

– Trago as minhas marionetes e o macaco adivinho – disse Pedro.

– E o que é deles que não os vejo? – disse o dono.

– Já vêm vindo. Eu me adiantei para ver se havia lugar para mim.

– Para o senhor, eu desalojaria até um duque. Hoje a casa está cheia de gente que, sem dúvida, vai pagar para ver as marionetes e o macaco adivinho.

Pouco depois, chegou a carroça com as marionetes e o macaco. Primeiro tiraram o bicho e disseram que, por duas moedas, quem quisesse poderia lhe fazer uma pergunta, à qual ele daria uma resposta certeira. Sancho sugeriu a Dom Quixote que perguntasse se as coisas acontecidas na gruta de Montesinos eram verdade ou imaginação dele. Depois de escutar a pergunta, o macaco aproximou-se de seu amo, cochichou ao ouvido dele e, em seguida, Pedro declarou o que o macaco lhe dissera: algumas daquelas coisas eram verdadeiras e outras, imaginadas. Depois dessa pergunta e mais algumas dos presentes, o titereiro informou a sua plateia que o macaco estava cansado e só voltaria a responder no dia seguinte. Então todos foram aonde estava montado o palquinho das marionetes, e logo começou a peça. Mas as coisas vistas e ouvidas ali serão contadas no próximo capítulo.

Capítulo 26
Onde continua a aventura do titereiro

Soaram trombetas, e um rapazinho começou a recitar a história do imperador Carlos Magno e de sua filha Melisendra. Quando as marionetes entraram em cena e a peça teve início, Dom Quixote logo começou a fazer comentários em voz alta, dizendo como a história deveria continuar. Pior foi quando entraram os mouros: ao ouvir sinos repicando,

Dom Quixote disse que aquilo estava totalmente errado, porque os árabes não usavam sinos. Diante de mais essa interrupção, Pedro pediu ao cavaleiro que, por favor, deixasse de reparar nos detalhes. Mas, ao ver os mouros perseguirem os cristãos, Dom Quixote não resistiu: desembainhou a espada e começou a distribuir golpes contra os bonecos, derrubando uns, decapitando outros, e por pouco não degola o próprio Pedro. O bonequeiro tentava fazê-lo parar, mas era inútil. O rei mouro já estava ferido de morte e Carlos Magno, com a coroa quebrada; o público se assustou e o macaco adivinho fugiu. Até Sancho estava com medo, porque nunca tinha visto Dom Quixote tão fora de si. Finalmente, depois de destruir tudo, o cavaleiro sossegou. O bonequeiro lamentava a perda de tudo o que tinha, e Sancho, para consolá-lo, garantiu que Dom Quixote arcaria com o prejuízo. Primeiro o cavaleiro se negou a fazê-lo, alegando que ele não destruíra coisa nenhuma, mas logo se deu conta do que tinha feito, pediu desculpas e disse ter pensado que tudo aquilo que via no palquinho estava acontecendo de verdade, por isso saíra em defesa dos cristãos. Depois de se comprometer a pagar pelos estragos, ele e o bonequeiro negociaram o valor de cada personagem mutilado e ficaram em paz.

Antes do amanhecer, o primo e o moço que ia para a guerra se despediram de Dom Quixote. Pedro tinha saído mais cedo, porque não queria mais problemas com o cavaleiro. Sancho pagou a conta da hospedagem, e a dupla caiu de novo na estrada. O autor, feliz, deixará os heróis andarem, pois é andando que acontecem as aventuras.

Capítulo 27
Onde se revela quem era Pedro e tem fim a aventura dos zurradores

Conta Cide Hamete Benengeli que Pedro, o titereiro, era na verdade Ginês de Passamonte, o mais acorrentado dos presos que Dom Quixote libertara lá na primeira parte. Ginês comprara o macaco de uns viajantes e o ensinara a saltar em seu ombro e mexer a boca junto a sua orelha, como quem cochicha, ao receber determinado sinal do dono. Quando chegava a um lugar, Ginês tratava de se informar sobre as pessoas que encontraria ali e depois, quando alguém formulava uma pergunta ao macaco e este fazia de conta que cochichava, ele usava as informações levantadas e sua grande esperteza para dar em voz alta a suposta resposta do bicho adivinho. E foi essa mesma artimanha que ele usou com Dom Quixote, pois o reconheceu logo ao entrar na pousada e soube inventar uma resposta convincente.

Quanto a Dom Quixote e seu escudeiro, diz Cide Hamete que, antes de tomarem o caminho para Saragoça, seguiram até o rio Ebro. E que, alcançando o alto de uma colina, avistaram abaixo mais de duzentos homens armados. Desceram ao encontro do esquadrão e, já mais perto, viram bandeiras e estandartes, um deles ostentando a figura de um burro de cabeça erguida, com a boca aberta e a língua de fora como se estivesse zurrando. Dom Quixote deduziu que eram os moradores da aldeia dos zurradores, prontos para guerrear com um povoado vizinho, tal como o homem das lanças lhes contara na pousada. Dom Quixote pediu atenção a todos e, na qualidade de cavaleiro andante, pediu que tivessem calma e não levantassem as armas por uma besteira. Para apoiar os argumentos de seu senhor, Sancho contou que ele mesmo, quando era moço, também tinha o costume de zurrar e, sem pensar duas vezes, fez uma pequena demonstração. Soltou uma série de zurros tão potentes que ecoaram pelos vales. Um dos homens achou que Sancho também estava caçoando deles e lhe acertou uma tremenda paulada, derrubando-o do burro. Dom Quixote tomou a lança para defender seu escudeiro, mas foram tantos os que lhe barraram a passagem e começaram a atirar pedras, que o cavaleiro fugiu como pôde a todo galope. Em seguida, colocaram Sancho de volta sobre o burro e o deixaram ir atrás de seu patrão. O exército dos zurradores ficou ali até de noite; porém, como os inimigos não apareceram, a tropa voltou para casa muito contente, considerando-se vencedora da batalha por desistência.

Capítulo 28
Sobre a conversa que Dom Quixote e Sancho tiveram em seguida

Sancho afinal chegou aonde seu senhor estava e desceu do burro murmurando mil ais. Dom Quixote também apeou de Rocinante e foi ver se o escudeiro estava muito ferido. Depois de ver que não tinha um único arranhão, esbravejou:

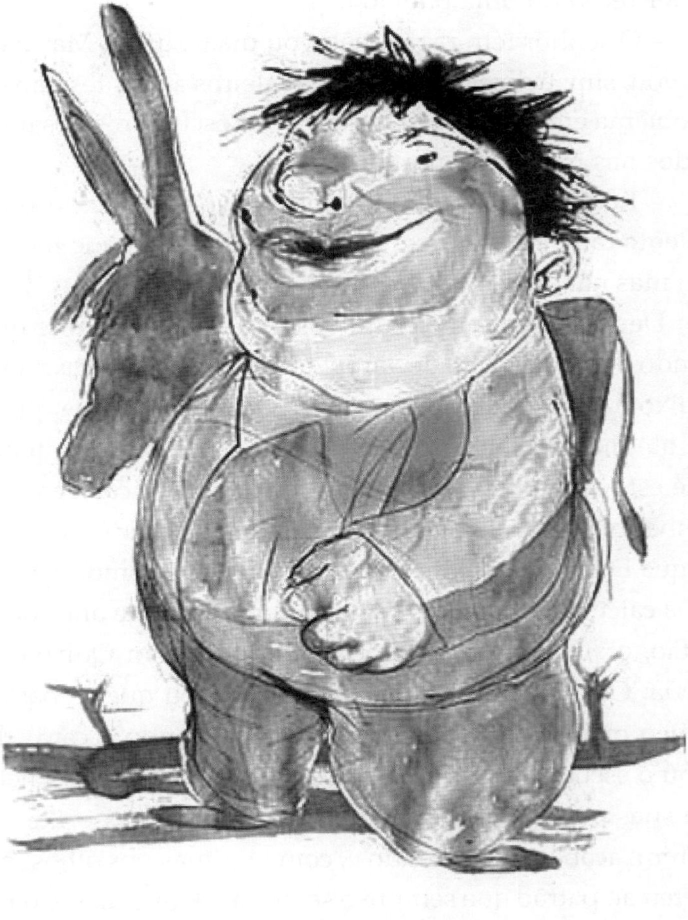

– Quem mandou você zurrar perto daquela gente?! Foi falar de corda em casa de enforcado! Dê graças a Deus por só ter recebido uma paulada.

– O senhor tem razão, não vou mais zurrar. Mas o que eu vou, sim, é dizer que certos cavaleiros andantes não têm problema em fugir e deixar seus bons escudeiros desamparados nas mãos dos inimigos.

– Retirada não é fuga, Sancho. Fique sabendo que o valente também deve ser prudente. Confesso que me retirei, mas não fugi.

Depois entraram em um bosque, e ali, sempre se queixando de dor, Sancho declarou que ia voltar para casa. Dom Quixote respondeu que, por ele, podia fazer o que quisesse, até mesmo cobrar o que considerava justo pelo tempo que estavam juntos, já que ele mesmo estava carregando o dinheiro. Sancho disse que faria a conta a partir do momento que Dom Quixote lhe prometera a ilha; e como, segundo seus cálculos, tinham se passado cerca de vinte anos desde então, eram vinte anos de trabalho que Dom Quixote lhe devia. O cavaleiro deu risada e respondeu que se passara pouco mais de dois meses. Depois, fechando a cara, chamou o escudeiro de asno e disse que, se não confiava nele e em suas promessas, era bom mesmo que voltasse. Sancho, porém, acabou amolecendo e, com lágrimas nos olhos, prometeu ao patrão que sempre o seguiria. Dom Quixote o perdoou, mas lhe pediu que fosse menos interesseiro e confiasse um pouco mais em suas promessas. Depois se deitaram para dormir e, quando amanheceu, seguiram rumo ao rio Ebro, onde aconteceu o que se contará no próximo capítulo.

Capítulo 29
A famosa aventura do barco enfeitiçado

Dois dias depois, chegaram ao Ebro. Na beira do rio, havia um pequeno barco sem remos amarrado a um tronco. Dom Quixote olhou em volta e, não vendo ninguém, desceu de Rocinante e mandou Sancho fazer o mesmo e amarrar os animais a uma árvore. Então lhe disse:

– Este barco é um convite para que eu vá socorrer algum cavaleiro em apuros. Nos livros de cavalaria, quando um cavaleiro precisa da ajuda de outro, os magos do bem sempre colocam uma nuvem ou um barco para transportar o segundo cavaleiro até onde está o primeiro. Num piscar de olhos, este barco vai nos levar aonde minha presença é necessária.

– Se é assim – respondeu Sancho –, obedeço, seguindo aquele ditado que diz: "Faz o que teu mestre mandar e sentarás com ele à mesa". Mesmo assim, vou avisando que esse barco não parece ser dos magos, e sim de pescadores.

Dom Quixote saltou dentro do barco, Sancho o seguiu, e soltaram as amarras. À deriva, foram se afastando da margem, e Sancho ficou com tanto medo que começou a chorar.

– Do que você tem medo, covarde? Por que está chorando, coração de manteiga? Olhe lá, já estamos perto de uma fortaleza ou um castelo, sem dúvida onde está preso o cavaleiro.

– Que é que o senhor está dizendo? – perguntou Sancho já mais calmo, vendo que o barco mal se afastara da margem. – Aquilo ali não é fortaleza nem castelo coisa nenhuma, e sim um moinho de água.

– Já cansei de explicar, Sancho, que, por obra de magia, todas as coisas se transformam e parecem ser o que não são. Por mais que aquilo pareça um moinho, não é.

O barco foi sendo levado direto para a roda d'água, e, quando já ia chegando perto, uma turma de trabalhadores saiu do prédio do moinho gritando:

– O que vocês pretendem, seus malucos?! Se afogar e ser triturados?

Dom Quixote ficou de pé no barco e começou a bravatear:

– Libertai agora mesmo a pessoa que mantendes presa no castelo, pois este que vos fala é Dom Quixote de La Mancha, também chamado Cavaleiro dos Leões, e vos arrependereis se não obedecerdes!

Então sacou a espada e começou a brandi-la no ar, enquanto Sancho, de joelhos, pedia aos céus que os livrassem daquele perigo. Vendo que o barco estava prestes a ser tragado pela roda d'água, os moleiros apanharam umas varas e se apressaram a deter a embarcação, mas só conseguiram virá-la, jogando Sancho e Dom Quixote na água. Como o cavaleiro foi direto para o fundo por causa do peso da armadura, os homens tiveram de se jogar no rio para salvá-lo. Quando este já estava sendo puxado fora da água, apareceram os pescadores donos do barco, justo a tempo de vê-lo ser destroçado, e, furiosos, exigiram que Dom Quixote pagasse o prejuízo. O cavaleiro disse que faria isso com o maior prazer, desde que soltassem a pessoa que estava presa no castelo. Os moleiros disseram que ele estava ruim da cabeça, pois lá só entrava quem levava o trigo para moer. Dom

Quixote, por fim, desistiu, concluindo que por trás daquela aventura devia haver dois magos, um do bem, que lhe ofereceu o barco, e outro do mal, que atrapalhou tudo. Então gritou na direção do prédio, pedindo desculpas à pessoa presa lá dentro por não libertá-la. Depois concordou em indenizar os pescadores pelo barco destruído, e Sancho, muito a contragosto, entregou-lhes o dinheiro.

Pescadores e moleiros olhavam para a estranha dupla cada vez mais pasmos com suas esquisitices. Finalmente saíram de sua perplexidade e voltaram ao trabalho, enquanto Dom Quixote e Sancho foram procurar seus animais. E assim acabou a famosa aventura do barco enfeitiçado.

Capítulo 30
Do que aconteceu a Dom Quixote com uma bela caçadora

Sem dizer uma palavra, montaram, um no cavalo e outro no burro, e se afastaram do rio. Dom Quixote ia pensando em seus amores; Sancho, em sua bendita ilha, que ele via cada vez mais difícil de ganhar, pois seu senhor só fazia disparates. Por isso decidiu deixá-lo o quanto antes e voltar para casa. Mas a sorte de repente virou. No dia seguinte, ao saírem de um bosque, Dom Quixote avistou um grupo de pessoas. Mais de perto, viu que eram caçadores e que entre eles havia uma senhora muito bem vestida. Então mandou seu escudeiro apresentá-lo; Sancho foi até onde estava a tal dama e, quando apresentou seu senhor, teve uma grande surpresa: ela respondeu que já tinha notícias do Cavaleiro da Triste Figura. Também disse saber que suas histórias corriam em livro e que era apaixonado por Dulcineia del Toboso. E, como se não bastasse, acrescentou que estava muito feliz por encontrá-lo. Sancho voltou correndo para contar a Dom Quixote a ótima recepção que tivera, enquanto a senhora, que era uma duquesa, foi contar ao marido quem ela acabara de encontrar. O casal tinha lido a primeira parte das aventuras de Dom Quixote de La Mancha e ficou muito satisfeito de poder conhecê-lo pessoalmente. Dom Quixote apressou-se a ir aonde os duques estavam, mas, na hora de descer de Rocinante, ele se atrapalhou e levou um tombo, ficando pendurado pelo pé. O duque mandou seus criados ajudarem o cavaleiro; quando este finalmente se aproximou, mancando, o duque o recebeu com um abraço e o convidou para o castelo que tinha ali perto, onde costumava receber os andantes. Como bons leitores, tanto o duque quanto a duquesa sabiam das aventuras de Dom Quixote e das tiradas de Sancho. Logo todos partiram para o dito castelo, e a duquesa pediu a Sancho que fosse ao lado dela, pois queria ouvi-lo falar.

Capítulo 31
Que trata de grandes coisas

O duque foi na frente para explicar aos criados como deveriam receber Dom Quixote. Assim, quando a comitiva chegou, os criados saíram para dar as boas-vindas ao grande cavaleiro andante, aclamando-o e aspergindo perfume. Sancho pediu a uma criada já idosa que tomasse conta do burro. Ela respondeu que não estava lá para fazer essas coisas, e os dois se pegaram numa discussão que chegou aos insultos. Ao escutá-los, os duques disseram a Sancho que não precisava se preocupar com o burro, pois ele seria bem tratado. Em seguida conduziram os hóspedes a uma sala onde eram aguardados por outras criadas, que pediram para Dom Quixote que tirasse a roupa, pois elas lhe dariam outra limpa. Mas o cavaleiro, muito recatado, negou-se a ficar nu diante das mulheres; pediu que entregassem a roupa a Sancho, que ele se trocaria logo mais. E foi o que fez quando ficou a sós com o escudeiro no quarto que lhes deram.

Dom Quixote aproveitou para repreender Sancho pela discussão que tivera com aquela velha criada, e Sancho prometeu ficar de boca fechada e morder a língua antes de falar. Quando voltaram à sala, as criadas receberam o cavaleiro com novas reverências e lhe entregaram uma bacia para lavar as mãos. Depois apareceram doze pajens e um mestre de cerimônias que os conduziram à sala de jantar, onde eram aguardados pelos duques. Além do casal, também estava presente seu capelão particular. O duque fez questão de que Dom Quixote ocupasse a cabeceira. Já à mesa, a duquesa perguntou ao cavaleiro que notícias tinha de Dulcineia e se nos últimos dias lhe mandara algum gigante. Dom Quixote então respondeu:

– Senhora, já venci muitos gigantes e os mandei render homenagem a Dulcineia. Mas onde a poderiam encontrar, se ela está enfeitiçada e transformada na mais feia camponesa que se possa imaginar?

– Pois eu – disse Sancho – vi nela a pessoa mais linda do mundo, ou pelo menos a mais ágil e rápida, pois saltou como um gato sobre seu burro.

– Você viu Dulcineia enfeitiçada? – perguntou o duque.

– Claro! Fui eu quem primeiro viu que ela estava enfeitiçada – respondeu Sancho.

O capelão, ao ouvir essa conversa de gigantes e feitiços, deu-se conta de que o visitante devia ser Dom Quixote de La Mancha, cuja história o duque lera e relera, contrariando seu conselho de abandonar livro tão disparatado. Então repreendeu o duque, dizendo que não ficava bem uma pessoa de sua posição incentivar um pobre homem como aquele a continuar fazendo tolices. E em seguida disse a Dom Quixote:

– Quanto ao senhor, quem lhe meteu na cabeça que é cavaleiro andante e venceu gigantes? Volte para casa, homem, crie seus filhos, se os tiver, e vá cuidar do seu trabalho. Deixe de vagar pelo mundo fazendo papel de ridículo. De onde o senhor tirou que há na Espanha cavaleiros andantes, e gigantes, e Dulcineias enfeitiçadas, e todas essas tolices que o senhor diz?

Dom Quixote ouviu com muita atenção as palavras do religioso e, quando este terminou, sem guardar respeito aos duques, se levantou muito zangado e disse...

Mas sua resposta, claro, merece outro capítulo.

Capítulo 32
Da resposta de Dom Quixote e da lavagem de sua barba

– O lugar onde me encontro e a batina que o senhor veste amarram as mãos da minha justa cólera. Só peço que me diga: que tolices são essas que levam o senhor a me condenar, insultar e mandar que eu vá cuidar dos meus filhos, sem nem sequer saber se os tenho? Cavaleiro sou e cavaleiro hei de morrer, com a graça de Deus. Há quem siga o caminho da religião; eu sigo o duro caminhar da cavalaria andante. Minhas intenções são sempre boas, só de fazer bem a todos e mal a ninguém. Se quem pensa e age assim merece ser chamado de tolo, que o digam o duque e a duquesa aqui presentes – pronunciou Dom Quixote tremendo de raiva da cabeça aos pés.

– Muito bem, senhor! – disse Sancho. – Não precisa dizer mais nada, pois já falou tudo. Ainda mais para alguém que tem a coragem de negar que existiu e existe a cavalaria andante.

– Por acaso você é aquele Sancho Pança – perguntou o capelão – a quem seu patrão prometeu uma ilha?

– Sou eu mesmo – respondeu Sancho –, e a mereço tanto quanto qualquer um. Eu sou um daqueles de quem fala o provérbio: "Chega-te aos bons e serás um deles"; e também: "Não com quem nasces, e sim com quem pasces"; e o outro: "Quem a boa árvore se chega, boa sombra o cobre". Eu me cheguei a este bom senhor, e há muitos meses que ando na sua companhia e ainda hei de ser como ele. Tenho certeza de que não lhe faltarão impérios onde mandar, nem a mim ilhas que governar.

— Não mesmo — disse o duque —, pois eu justamente tenho uma ilha sobrando não muito longe daqui e, em nome do senhor Dom Quixote, agora mesmo nomeio você governador.

— Ajoelhe-se, Sancho — disse então Dom Quixote —, e beije os pés de Sua Excelência, em agradecimento à dádiva que você acaba de receber.

Sancho fez como seu senhor lhe mandava. Ao ver a cena, o capelão abandonou a mesa muito contrariado, dizendo aos duques que não voltariam a vê-lo enquanto Dom Quixote e Sancho estivessem naquela casa. E foi embora. O duque achou muita graça na irritação do padre, depois pediu desculpas a Dom Quixote e lhe disse que não valia a pena se ofender com as palavras de um religioso.

Terminado o jantar, quatro criadas entraram carregando uma bacia, sabão e toalhas e começaram a lavar a barba de Dom Quixote, que não reagiu, pensando tratar-se de uma cerimônia própria do lugar. As criadas ensaboaram todo seu rosto e saíram, dizendo que iam buscar mais água. Dom Quixote ficou ali, de olhos fechados e com a barba coberta de espuma, e todos tiveram de fazer muita força para não rir. O casal nada sabia dessa brincadeira, e, quando as criadas voltaram com a água e acabaram de lavar a barba do convidado, o duque lhes mandou lavar a dele também, para que o cavaleiro não desconfiasse de nada. Sancho perguntou se os escudeiros não tinham direito ao lava-barbas, e então a duquesa chamou um criado para que o levasse e fizesse tudo o que ele pedisse.

Estavam à mesa Dom Quixote e os duques, falando de Dulcineia, quando Sancho voltou a entrar, indignado porque queriam lavá-lo com água suja. A duquesa morria de rir das coisas que ele dizia, mas, quando Dom Quixote saiu em defesa do escudeiro, ela o apoiou e disse aos criados que Sancho era um homem limpo e não tinha necessidade de se lavar. Os criados pararam de persegui-lo e saíram. Então Sancho se ajoelhou aos pés da duquesa e lhe suplicou que o armasse cavaleiro para servi-la; ela respondeu que logo seu marido iria nomeá-lo governador da ilha. Quando Dom Quixote foi fazer a sesta, a duquesa pediu a Sancho que ficasse para conversar com ela e suas criadas. Embora Sancho tivesse o hábito de tirar uma pestana de algumas horas depois do almoço, deixou de dormir para acompanhá-la.

Capítulo 33
Da conversa que a duquesa teve com Sancho

A duquesa levou Sancho até a sala onde estavam suas criadas e, depois de se sentarem, disse ao escudeiro:

– Agora que estamos a sós, gostaria de que o senhor governador esclarecesse uma dúvida que me ficou ao ler a história de Dom Quixote: como se atreveu a mentir para seu amo, dizendo que tinha visto Dulcineia del Toboso e entregado a carta que ele lhe mandara?

Sancho se levantou da cadeira e, pé ante pé, com o dedo sobre os lábios, examinou os cantos e as cortinas para se certificar de que ninguém os ouvia, além da duquesa e das criadas. Só então respondeu:

– O que eu penso do senhor Dom Quixote é que é um doido varrido. Às vezes ele diz coisas muito sábias, mas às vezes faz grandes bobagens. É por isso que eu me atrevo a inventar coisas, como foi a resposta da carta ou o feitiço de Dulcineia, que ainda não saiu em livro.

– Mas, se o senhor acha que Dom Quixote é louco, como continua ao lado dele? – disse a duquesa.

– Essa é minha sina, não posso escapar dela – respondeu Sancho. – Somos da mesma aldeia, comi do seu pão, gosto muito dele, é agradecido e, acima de tudo, sou fiel. Por essas e outras, só a morte pode nos separar. Se Vossa Altiveza não quiser me dar a ilha por achar que eu também sou doido, faça como preferir, que Deus há de me valer.

– Como o senhor já deve saber, um cavaleiro sempre cumpre com a palavra, mesmo que isso lhe custe a vida – respondeu-lhe a duquesa. – O duque, embora não seja dos andantes, nem por isso deixa de ser cavaleiro, e portanto cumprirá a promessa de nomeá-lo governador. Quando o senhor menos esperar, estará em sua ilha à frente de seu governo. Mas, voltando ao feitiço de Dulcineia, eu sei de boa fonte que aquela que aos olhos de Dom Quixote pareceu uma camponesa era realmente sua dama. Dulcineia está de fato enfeitiçada, e portanto o bom Sancho, julgando-se o enganador, foi enganado. Nós aqui também temos alguns magos a nosso favor que nos contam as coisas que acontecem mundo afora. Pode acreditar, Sancho, que muito em breve veremos Dulcineia como ela realmente é, e então o senhor será desenganado do engano em que vive.

– Pode ser, pode ser – disse Sancho. – Capaz até que eu acredite em tudo o que meu patrão disse ter visto na gruta de Montesinos. Mas, senhora, não pense que menti por maldade. Foi só para Dom Quixote não se zangar comigo.

– Espere, Sancho, que história é essa da gruta de Montesinos?

Sancho então contou tintim por tintim o que já dissemos sobre essa aventura. Depois de ouvi-lo, a duquesa afirmou:

– Sem dúvida, aquela que Dom Quixote viu na gruta de Montesinos é Dulcineia, e também a que vocês viram na saída de El Toboso. Pelo visto, os magos andam à solta.

– Deve ser – disse Sancho. – E eu pensando que aquela era uma camponesa. Mas, se ela era mesmo Dulcineia, a culpa não é minha. O que importa é que eu tenho boa fama, pois, como meu senhor já disse, mais vale o bom nome que muitas riquezas. Portanto, podem me dar logo esse governo, que vocês vão ver maravilhas, pois quem foi bom escudeiro será bom governador.

– Certo, Sancho. Agora vá descansar. Logo mais acertaremos a questão do governo – respondeu a duquesa.

Sancho beijou as mãos dela e, antes de se retirar, tornou a pedir que cuidassem bem de seu burro, que era sua menina dos olhos. A duquesa foi contar ao duque o que acabara de conversar com Sancho, e os dois então começaram a maquinar uma peça para pregar em Dom Quixote, alguma coisa que pudesse ficar famosa, no estilo dos livros de cavalaria. De fato, a encenação armada pelos duques viria a ser uma das maiores aventuras que esta história contém.

Capítulo 34
Demônios e magos no bosque

Passados seis dias, os duques convidaram Dom Quixote e Sancho para uma caçada. Chegaram a um bosque, e a caçada começou com grande estrépito, gritos e latidos. A duquesa apeou do cavalo em um lugar onde sabia que passavam muitos animais, e o duque e Dom Quixote fizeram o mesmo. Sancho, porém, preferiu continuar montado em seu burro. Logo viram chegar pela trilha um enorme javali espumando pela boca. Dom Quixote, armado de escudo e espada, posicionou-se para recebê-lo, e o mesmo fizeram a duquesa e o duque empunhando seus dardos. Sancho desceu do burro e tentou subir numa árvore, mas um galho se quebrou e, na queda, ele enganchou a roupa, ficando dependurado no ar. Começou a gritar com medo de que o bicho o pegasse, mas o javali já estava atravessado por muitos dardos. O primeiro a se aproximar de Sancho foi seu burro. Em seguida chegou Dom Quixote, que o soltou.

Ao anoitecer, ouviram-se trombetas e clarins, rufar de tambores e uma grande gritaria. Todos ficaram gelados de medo. Logo apareceu um demônio tocando uma corneta.

– Quem és, aonde vais e que gente é essa que atravessa o bosque? – perguntou o duque.

Ao que o demônio respondeu, com uma voz horrível:

– Eu sou o Diabo e estou à procura de Dom Quixote de La Mancha. Essa gente que vem vindo são seis tropas de magos trazendo Dulcineia. E junto vem o francês Montesinos, para explicar a Dom Quixote o que ele tem de fazer para desenfeitiçar sua dama.

– Se fosses mesmo o diabo, já saberias que este aqui na tua frente é Dom Quixote de La Mancha.

– Por Deus, essa me passou! É que ando com tantas coisas na cabeça...

– Pelo jeito – disse Sancho – esse demônio deve ser bom cristão, senão não diria "por Deus". Até no inferno se deve achar boa gente.

Então o diabo encarou Dom Quixote e lhe disse:

– Ó, Cavaleiro dos Leões! Venho a pedido do infeliz e valente Montesinos para mandar-te esperar por ele, que logo virá trazendo Dulcineia del Toboso e te dará as instruções para desenfeitiçá-la.

Depois de dizer isso, tocou a corneta e sumiu. A noite escureceu por completo, e o bosque se encheu de luzes. Começaram a se ouvir horríveis estrondos e gritos de guerra. Até que apareceu um carro de boi rangendo suas rodas, puxado por quatro animais cobertos de preto e com uma tocha acesa presa em cada chifre. Sobre o carro, sentado num assento muito alto, vinha um velho de barba mais branca que a neve, tão comprida que passava de sua cintura. O carro era guiado por um par de demônios, tão horrendos que Sancho fechou os olhos para não os ver. Então o velho se levantou e disse que era o mago Lirgandeu. O carro seguiu seu caminho, e atrás dele apareceu um outro, daquele mesmo jeito e também trazendo um velho, e atrás desse mais outro. Todos se apresentaram como magos e seguiram seu caminho. Até que começou a se escutar uma música, e Sancho imaginou que não poderia vir nada de mau, pois era acompanhado de música. Mas o que veio no carro seguinte só se verá no próximo capítulo.

Capítulo 35
Onde Merlim explica como desenfeitiçar Dulcineia

Ao compasso da música, apareceu uma carroça puxada por seis mulas cobertas de branco, e, montado em cada uma delas, um homem segurando uma tocha. A carroça era enorme, muito maior do que os carros de boi, e carregava um trono com uma moça vestida de prata, o rosto resguardado com um véu transparente. Ao lado dela vinha um vulto coberto até os pés, com a cabeça oculta sob um véu preto. Quando a carroça chegou diante de Dom Quixote, a música parou, o vulto tirou o véu preto, e apareceu a cara da morte. Dom Quixote e Sancho estremeceram. A morte apresentou-se como o mago Merlim e disse que, para desenfeitiçar Dulcineia, Sancho teria de dar três mil e trezentos açoites no próprio traseiro.

— Que é que meu traseiro tem que ver com os feitiços?! — disse Sancho. — Se o senhor Merlim não achar outro jeito de

desenfeitiçar a senhora Dulcineia, ela vai para o túmulo enfeitiçada.
— Se você não fizer isso, eu mesmo vou fazer! — esbravejou Dom Quixote. — Agora mesmo amarro você a uma árvore e lhe dou não três mil e trezentos açoites, mas seis mil e seiscentos!
— Isso de nada valeria — disse Merlim. — Para terem efeito, os açoites têm de ser dados pelo próprio Sancho, por vontade própria e na hora em que ele quiser.
— Mas o que será que eu tenho a ver com a senhora Dulcineia? — retrucou Sancho. — Se alguém aqui devia se açoitar é o senhor, que o tempo todo a chama de "minha vida", "minha alma". Mas eu? Nem louco!
Quando Sancho acabou de falar, a moça vestida de prata se levantou e tirou o véu, exibindo um rosto que todos acharam lindo. Então, com uma voz que não parecia de mulher, disse:
— Ó, mau escudeiro, coração de mármore! Olha nos meus olhos e os verás chorar. Tenho dezenove anos, mas minha juventude murcha sob a feia carcaça de uma camponesa. Se agora apareço na minha natural beleza, é só porque Merlim quis te enternecer com a visão dela. Para um pouco de comer, que é a única coisa que sabes fazer, e liberta-me. Se não quiseres fazê-lo por mim, faze-o por esse cavaleiro que está a teu lado, com a alma atravessada na garganta.
Dom Quixote levou as mãos à garganta e comentou com o duque:
— Por Deus, senhor, que Dulcineia acaba de dizer a verdade, pois tenho mesmo a alma atravessada aqui.

– Então, Sancho. O que você diz? – perguntou a duquesa.

– Digo, senhora – respondeu Sancho –, o mesmo que já disse: açoites, nunca.

– Amigo Sancho – disse o duque –, se você não se açoitar, não receberá ilha nenhuma. Onde já se viu um governador que não se importa com as lágrimas de uma pobre donzela nem com os mandamentos de um grande mago?

– Poderiam me dar dois dias para pensar, senhor? – respondeu Sancho.

– De jeito nenhum! – disse Merlim. – A resposta tem de ser dada aqui e agora. Do contrário, Dulcineia voltará para a gruta de Montesinos e a seu estado de camponesa.

– Vamos, meu filho – disse a duquesa –, diga sim. Faça isso por Dom Quixote.

Então Sancho disse a Merlim:

– Escute, senhor Merlim, aquele primeiro diabo que apareceu aqui disse para o meu senhor que Montesinos o mandava esperar, que ele mesmo viria explicar como desenfeitiçar Dulcineia. Só que, até agora, nem sinal dele.

Então Merlim respondeu:

– O Diabo, amigo Sancho, é um ignorante e um tremendo idiota. Eu o mandei procurar Dom Quixote e lhe dar um recado, não de Montesinos, mas meu mesmo. Montesinos continua lá na gruta dele esperando ser desenfeitiçado. Se ele te deve alguma coisa, fala, que eu o trarei agora mesmo. E chega de conversa, e dize sim de uma vez por todas.

– Pois eu digo que concordo – devolveu Sancho – em me dar os três mil e trezentos açoites, desde que seja quando eu quiser, sem que ninguém me diga o dia nem a hora. Prometo que vou tentar pagar a dívida o quanto antes, para que o mundo possa ver a beleza da senhora Dulcineia, que é realmente muito bonita, coisa que eu não sabia. Outra condição é que eu não seja obrigado a sangrar com os açoites e que, se alguns deles forem leves, também entrem na conta. O senhor Merlim é que deverá contá-los e determinar quantos faltam ou sobram.

– A sobra não precisa de aviso – respondeu Merlim –, pois, quando atingires o número exato, Dulcineia será imediatamente desenfeitiçada e irá te procurar para agradecer.

– Então, feito – disse Sancho. – Aceito a penitência, mas com as condições combinadas.

Assim que Sancho deu seu consentimento, a música voltou a tocar, e Dom Quixote o abraçou, dando-lhe mil beijos na testa e no rosto. Os duques também pareciam muito alegres, e a carroça começou a andar. Ao passar diante de Sancho, a bela Dulcineia lhe fez uma grande reverência. Já estava amanhecendo, e os duques, contentes com a caçada e por conseguir o que queriam, voltaram para o castelo, decididos a continuar com a brincadeira.

Capítulo 36
Onde se conta a estranha aventura da condessa Trifraldi

O duque tinha um mordomo muito invencioneiro. Foi ele quem fez o papel de Merlim, armou toda a encenação e convenceu um pajem a se passar por Dulcineia. Depois, com o apoio de seus senhores, bolou outra encenação engraçadíssima.

A duquesa perguntou a Sancho como andava a conta dos açoites, e ele respondeu que já estava em cinco, se bem que, na verdade, mais do que açoites tinham sido uns tapinhas. A duquesa achou que assim era fraco demais, e Sancho argumentou que sua carne era delicada, mas, se ela fazia mesmo questão, tentaria se bater com alguma coisa mais dura. Depois contou que tinha escrito para Teresa Pança, sua mulher, e a duquesa quis ler a carta. Nela Sancho dizia à mulher que já podia se considerar uma primeira-dama e que ele estava lhe mandando uma roupa de caçador que tinha ganhado da duquesa, que reformada podia dar um ótimo vestido para a filha. Também lhe contava a história dos açoites que teria de dar em si mesmo para desenfeitiçar Dulcineia, e acrescentava que ia levar o burro com ele quando partisse para o governo da ilha, onde pretendia ganhar muito dinheiro. A duquesa julgou que Sancho estava se revelando um pouco ambicioso, mas achou a carta muito engraçada e foi mostrá-la ao duque.

Foram até o jardim onde estavam os outros. Depois de almoçarem ao ar livre, começaram a escutar uns tambores. Todos ficaram na expectativa, até que apareceram dois homens vestidos de preto. Também vinha com eles um personagem de corpo gigantesco, com o rosto coberto com um véu preto, de onde saía uma barba branca e compridíssima.

Foi chegando ao ritmo dos tambores, suspendeu o véu e, fitando o duque, começou a dizer:

– Altíssimo e poderoso senhor, meu nome é Trifraldim, o da barba branca. Sou escudeiro da condessa Trifraldi, também conhecida como Dona Dolorida. Minha senhora quer saber se por acaso se encontra em vosso castelo o valoroso e jamais vencido cavaleiro Dom Quixote de La Mancha. Ela veio procurá-lo, a pé e em jejum, desde o reino de Candaia, e espera vossa permissão para entrar nesta fortaleza.

– Bom escudeiro Trifraldim, o da barba branca – respondeu o duque –, já faz alguns dias soubemos da desgraça acontecida à condessa, que os magos chamam "Dona Dolorida". Vai e dize a ela que entre, pois aqui de fato se encontra o valente cavaleiro Dom Quixote de La Mancha, do qual bem pode esperar grande ajuda. E, se eu puder fazer alguma coisa por ela, farei, pois também sou cavaleiro.

Trifraldim dobrou um joelho até tocar o chão, depois se levantou e se retirou do jardim ao ritmo dos tambores. Então o duque disse a Dom Quixote:

– Há apenas seis dias que o senhor se encontra no nosso castelo, e os desamparados já vêm buscá-lo para pedir sua ajuda.

– Agora eu queria, senhor duque – respondeu Dom Quixote –, que estivesse aqui presente aquele bendito capelão que outro dia mostrou tanto ódio pelos cavaleiros andantes. Ele poderia ver com os próprios olhos quão necessários somos no mundo. Não é aos padres que os mais aflitos vão pedir socorro, e sim aos cavaleiros andantes.

Capítulo 37
Onde continua a aventura de Dona Dolorida

O duque e a duquesa estavam muito satisfeitos de ver que Dom Quixote ia reagindo conforme o esperado, quando ouviram Sancho dizer:

– Só espero que essa dona não bote a perder o meu governo, pois ouvi um boticário dizer que, onde as donas se metem, nunca acontece nada de bom. Todas as criadas são impertinentes, mas se ainda por cima são velhas e doloridas feito essa tal condessa Três Fraldas, é de esperar o pior.

– Cale a boca, Sancho. Se essa criada velha, ou dona, veio de tão longe só para me buscar, não deve ser daquelas de que falava o boticário. Além disso, essa é condessa, e as condessas, quando são criadas, servem a rainhas ou imperatrizes e têm outras criadas em suas casas.

Ouvindo tais comentários, falou Dona Rodríguez, a criada velha da duquesa, aquela que Sancho mandara tomar conta de seu burro:

– Minha senhora, a duquesa, tem a seu serviço criadas que poderiam muito bem ser condessas. Os escudeiros sempre foram nossos inimigos; nas horas em que eles não rezam, que são muitas, eles se dedicam a falar mal de nós.

Nesse momento voltaram a rufar os tambores, e todos deduziram que anunciavam a chegada de Dona Dolorida. A duquesa perguntou ao duque se eles deviam ir recebê-la, já que se tratava de uma condessa.

– Pelo que ela tem de condessa – disse Sancho, antes de o duque responder –, deveriam ir, sim. Mas pelo que ela tem de criada, não deviam nem levantar da cadeira.

– Quem mandou você se meter, Sancho? – disse Dom Quixote.

– Como quem, meu senhor? Eu me meto porque posso me meter, como escudeiro que aprendeu a cortesia na sua escola, pois o senhor é o cavaleiro mais bem-criado que já conheci. E também porque ouvi o senhor dizer que é melhor errar por mais do que por menos. E, a bom entendedor, meia palavra basta.

– Sancho tem razão – disse o duque. – Veremos o porte da condessa e por ele mediremos a cortesia que lhe devemos.

Então entraram os tambores. E esta aventura, que é uma das mais importantes deste livro, continua no próximo capítulo.

Capítulo 38
Onde a condessa Trifraldi conta suas malandanças

Com os músicos entraram doze criadas divididas em duas fileiras, todas com véus pretos sobre o rosto. Atrás delas vinha a condessa Trifraldi de mãos dadas com o escudeiro Trifraldim. As fraldas de sua saia acabavam em três pontas, que eram levadas por três pajens. Dom Quixote e os demais se levantaram; a condessa se aproximou dos duques e se ajoelhou para se apresentar. O duque a fez levantar e lhe ofereceu uma cadeira ao lado da duquesa. Dom Quixote observava em silêncio, enquanto Sancho morria de curiosidade para ver o rosto da condessa e de suas criadas. Pouco depois, a mulher disse:

– Gostaria de saber se aqui se encontra o cavaleiro Dom Quixote de La Manchíssima e seu escudeiríssimo Pança.

– O Pança – disse Sancho – está bem aqui, e o Dom Quixotíssimo também. Portanto, dolorosíssima doníssima, pode dizer o que a senhora quiseríssimo, que todos estamos dispostos a ser seus servíssimos.

– Eu sou Dom Quixote de La Mancha. Dizei vossos males sem rodeios, que vos escuto.

Então a condessa Trifraldi disse:

– Do famoso reino de Candaia foi rainha Magúncia, viúva do rei Arquipela, de cuja união nasceu a infanta Antonomásia, herdeira do trono. Essa infanta cresceu sob minha tutela, porque eu era a mais antiga criada de sua mãe. E assim a menina Antonomásia chegou com extrema beleza à idade de catorze anos. Dessa beleza se apaixonou um sem-número de príncipes, entre os quais um cavaleiro muito particular, que era poeta e dançarino. Mas, para chegar à princesa, o bandido primeiro me cortejou e roubou meu coração. Foi assim que eu abri caminho para Cravijo, que era esse o nome do cavaleiro, e muitas vezes ele pôde entrar em nosso quarto e enganar Antonomásia. Até que a barriga da menina começou a crescer, e então os três tivemos de armar um plano para casá-los antes que todos percebessem. Sabendo que os reis nunca dariam a mão de Antonomásia a

Cravijo, por ser ele um reles cavaleiro, fizemos um testemunho de casamento de palavra, conforme o antigo costume. Cravijo mostrou o documento ao vigário e pediu que lhes desse a bênção, e assim ele tomou Antonomásia por esposa.

Nesse momento, Sancho disse:

– Apresse um pouco sua prosa, senhora Trifraldi, que já é tarde e estou morrendo de curiosidade para saber o fim dessa história.

– Sossega, que assim farei – respondeu a condessa.

Capítulo 39
Onde a condessa Trifraldi continua sua história

– Quando o padre os declarou marido e mulher – continuou a condessa –, a rainha Magúncia ficou tão triste que dali a três dias tivemos de enterrá-la.

– Então ela deve ter morrido – disse Sancho.

– Mas é claro! – respondeu o escudeiro Trifraldim. – Em Candaia não temos o hábito de enterrar as pessoas vivas.

– Pois então, pouco depois que a enterramos morta e a cobrimos com terra – continuou a condessa –, apareceu montado num cavalo de madeira o gigante Malambruno, primo-irmão da rainha, que, além de muito cruel, era feiticeiro. Para vingar a morte da prima e castigar o atrevimento de Cravijo, enfeitiçou o casal sobre a própria sepultura de Magúncia: Antonomásia foi transformada numa macaca de bronze; o cavaleiro, num horroroso crocodilo de metal, e ao pé deles uma placa dizendo que nenhum dos dois voltaria a sua forma natural enquanto o cavaleiro de La Mancha não se batesse em duelo com o gigante Malambruno. Depois ele ainda quis cortar minha cabeça com a espada, mas tanto supliquei que poupasse minha vida, que ele desistiu. Finalmente, mandou chamar todas as criadas do castelo, que são estas que estão comigo, e declarou que queria nos dar uma morte longa e cruel. Então começamos a sentir os poros se abrirem e pinicarem como mil agulhas. Quando levamos as mãos ao rosto, percebemos isto que agora vereis.

Nesse momento, a Dolorida e sua dúzia de criadas afastaram o véu e mostraram o rosto: todos estavam barbados. Os presentes ficaram pasmos, e a Trifraldi continuou:

– Foi este o castigo que recebemos daquele maldoso Malambruno. Pensai que destino desgraçado o de uma criada com barba! Ó, minhas companheiras, maldita a hora que nossos pais nos trouxeram ao mundo!

E pareceu desmaiar.

Capítulo 40
Mais coisas que têm que ver com esta aventura

Conta a história que, ao ver a condessa desmaiar, Sancho disse:

– Juro que nunca vi nem ouvi uma aventura como essa. Malambruno não tinha outro jeito de castigar essas pobres pecadoras?

– E, se o senhor Dom Quixote não nos ajudar – respondeu uma das criadas –, barbadas desceremos à sepultura.

– Pois prometo cortar as minhas se não resolver esse assunto – declarou Dom Quixote. – Dizei-me, senhora, que devo fazer.

A Dolorida respondeu:

– Malambruno me disse que, quando vos encontrasse, ele mandaria um cavalo de madeira que voa pelos ares para que pudésseis chegar mais rápido ao reino de Candaia. Parece que esse cavalo foi construído pelo mago Merlim faz muito tempo.

– E quantos cabem nesse cavalo? – perguntou Sancho.

– Duas pessoas, uma na sela e outra na garupa, que são o cavaleiro e o escudeiro, quando não é uma donzela resgatada – respondeu a condessa.

– Eu gostaria de saber, senhora Dolorida – disse então Sancho –, qual o nome desse cavalo.

– Seu nome é Cravilenho, o Alígero, porque é de lenho e tem uma cravija na testa.

– E como o dirige quem monta nele? – tornou a perguntar Sancho.

– Com a cravija, que o cavaleiro deve empurrar para o lado aonde quer ir.

– Eu mal consigo montar meu burro – respondeu Sancho – e agora querem que eu cavalgue numa garupa dura como tábua. Não penso em castigar meu traseiro para tirar as barbas de ninguém. Cada qual que se barbeie como puder, que eu não vou acompanhar meu senhor numa viagem tão longa. Além do mais, não sou importante nessa aventura.

– És sim – respondeu a Trifraldi. – Tão importante que, sem tua presença, nada terá efeito.

– Sancho fará o que eu mandar – afirmou Dom Quixote.

Então a Dolorida declamou:

– Ó, gigante Malambruno, envia-nos logo o Cravilenho, para que finde nossa desgraça!

O lamento da condessa Trifraldi arrancou lágrimas de todos os presentes, até do próprio Sancho, que jurou, no segredo de seu coração, acompanhar seu senhor até o fim do mundo.

Capítulo 41
O fim da aventura de Cravilenho

À noite apareceram quatro selvagens com o corpo coberto de folhas, trazendo sobre os ombros um grande cavalo de madeira. Depois de depositá-lo no chão, perguntaram se algum dos presentes se atrevia a montá-lo. Explicaram que só podia ser cavalgado por alguém de olhos vendados e que, quando o cavalo relinchasse, era sinal de que a viagem tinha terminado. Em seguida se retiraram por onde tinham vindo. Por fim, depois de muitos protestos de Sancho, vendaram seus olhos, e cavaleiro e escudeiro montaram em Cravilenho. Dom Quixote apalpou a testa do cavalo à procura da cravija para dirigi-lo, e, assim que encostou nela, todos em volta começaram a gritar que tomassem cuidado porque já estavam voando muito alto. Ao ouvir as vozes, Sancho disse a seu amo:

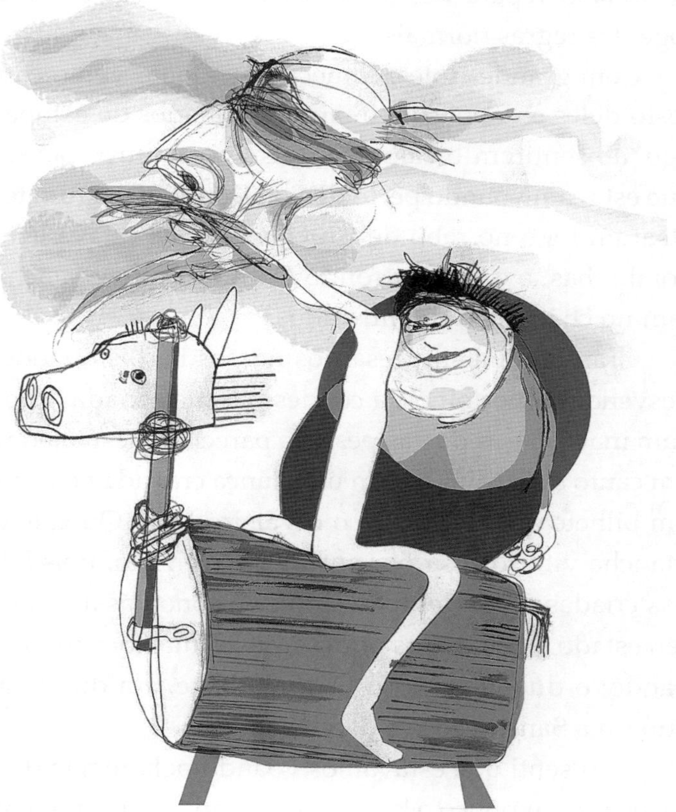

— Senhor, como se explica que, voando tão alto como dizem que estamos, continuemos ouvindo as vozes como se todos estivessem bem aqui ao lado?

— Não repare nessas minúcias, Sancho, que este voo foge das regras normais.

Com grandes foles, começaram a jogar vento contra o rosto deles e depois queimaram punhados de estopa para que, ao sentirem o calor, os dois aventureiros pensassem que estavam voando perto do Sol. Depois de algum tempo, atearam fogo no rabo de Cravilenho, que estava cheio de bombinhas, e com o estrondo Dom Quixote e Sancho caíram no chão meio chamuscados.

Grande foi a surpresa dos nossos heróis quando lhes desvendaram os olhos: a condessa e suas criadas não estavam mais ali e as outras pessoas pareciam desmaiadas. Em um canto do jardim, viram uma lança cravada no chão com um bilhete que declarava o cavaleiro Dom Quixote de La Mancha vitorioso só por encarar a aventura, pois a barba das criadas tinha desaparecido e Antonomásia recuperara seu estado normal. Aos poucos, os desmaiados foram acordando; o duque abraçou Dom Quixote, e a duquesa perguntou a Sancho acerca da viagem.

— Eu senti que estávamos voando pela região do fogo; suspendi um pouco o lenço que me tapava os olhos e vi que a Terra era do tamanho de um grão de mostarda, e os homens que andavam sobre ela do tamanho de avelãs – respondeu Sancho.

— Sendo assim, um único homem cobriria a Terra inteira – respondeu a duquesa.

— Isso eu já não sei — replicou Sancho. — Mas a senhora tenha em conta que voávamos por obra de magia, portanto eu podia ver a Terra e todos os homens que por ela andavam.

— Eu não espiei — disse Dom Quixote —, mas as coisas que Sancho está dizendo ou são mentira ou sonho.

— Nem mentira nem sonho — respondeu Sancho.

Então Dom Quixote se aproximou de Sancho e cochichou a seu ouvido:

— Escute, Sancho: assim como você quer que todos acreditem nas coisas que viu no céu, eu quero que você acredite nas que vi na gruta de Montesinos. E tenho dito.

Capítulo 42
Dos conselhos que Dom Quixote deu a Sancho Pança antes de ele partir para o governo da ilha

Os duques ficaram tão satisfeitos com o resultado da aventura da condessa, que quiseram continuar com as encenações. Um dia, o duque mandou Sancho se preparar para ser governador, pois seus ilhéus já estavam esperando por ele. E combinaram que, no dia seguinte, partiria para a ilha. Quando Dom Quixote soube da notícia, chamou seu escudeiro à parte para lhe dar alguns conselhos:

— Primeiro, nunca se esqueça de obedecer a Deus; se você obedecer a Ele, será sábio, e, se for sábio, não errará. Segundo, conheça muito bem a si mesmo para não inchar feito um sapo. Seja humilde e, quando receber a visita de algum parente, nunca o destrate, ao contrário, receba-o bem e dê-lhe toda a atenção. Se for sua mulher, ensine-a a não ser grosseira; se por acaso você enviuvar, coisa que pode muito bem acontecer, e por causa do cargo que ocupa tiver um segundo casamento mais favorável que o primeiro, não se aproveite dele para enriquecer. Seja justo com o pobre e com o rico. Quando tiver de julgar um inimigo, deixe de lado o ódio para descobrir a verdade. Aja sempre com a razão, não com a paixão. Se uma mulher bonita for pedir justiça, afaste os olhos de suas lágrimas e pense apenas no que ela pede, sem deixar a razão ser levada por sua beleza. Não maltrate com palavras aqueles que você castigar com atos. Seguindo essas regras, Sancho, sua fama será eterna. Tudo o que eu disse até aqui são conselhos para o bem da alma; escute agora os que servem para o bem do corpo.

Capítulo 43
Da segunda leva de conselhos que Dom Quixote deu a Sancho Pança

Sancho escutava os conselhos com muita atenção, tentando decorá-los. Dom Quixote continuou:

– No que toca ao governo de sua pessoa, a primeira coisa que eu peço é que você seja limpo e corte as unhas. Ande sempre bem vestido e com o cinto ajustado; doe sua roupa aos criados, mas também aos pobres. Não coma alho nem cebola. Fale lenta e pausadamente, mas não de modo que pareça escutar a si mesmo. Coma pouco, de boca fechada, e não beba muito nem arrote. E pare de dizer tantos ditados.

— Isso eu não sei se vou conseguir — respondeu Sancho —, porque tenho aqui na cachola mais ditados que um livro, e eles me vêm à boca aos montes, brigando uns com os outros para sair. Mas de agora em diante vou tentar dizer só aqueles que estiverem à altura do meu cargo, pois, em casa de ferreiro, espeto de pau, e Deus ajuda quem cedo madruga, e nem por muito madrugar se amanhece mais cedo.

— Olhe aí, Sancho! Parece que estou falando com a parede! Acabei de mandar você poupar o mundo dos seus ditados, e já despejou uma batelada deles. Não acho errado citar um ditado aqui e ali, desde que tenha alguma coisa que ver com o que se está dizendo, mas disparár-los a torto e a direito deixa a conversa muito arrastada. Mas continuemos. Quando você montar a cavalo, não jogue o corpo para trás nem ande com as pernas afastadas da barriga do animal. Também não vá com o corpo tão mole que pareça que está montando um burro. Não durma demais nem seja preguiçoso. Por enquanto, é isso que eu tenho a dizer, Sancho.

— Agradeço todos seus bons conselhos — respondeu Sancho —, mas que serventia eles vão ter se eu não consegui guardar nenhum? Ou melhor, lembro que tenho que cortar as unhas, e mais não sei quê sobre casar pela segunda vez. Mas do resto, nada. É melhor o senhor me passar tudo isso por escrito; mesmo eu não sabendo ler, depois posso pedir para alguém ler para mim.

— Ah, Deus! — respondeu Dom Quixote. — É muito ruim um governador não saber ler nem escrever. Isso indica que ou o sujeito é de uma família muito humilde, ou foi tão traquinas que não quis saber de estudar. Você precisaria, pelo menos, aprender a assinar seu nome.

– Isso eu sei fazer, sim, desenhando umas letras deste tamanho, que dizem que é meu nome – respondeu Sancho. – Mas acho melhor eu dizer que estou com a mão direita paralisada e mandar um outro assinar por mim.

– Bom, deixe para lá. Se você governar mal, a culpa será sua e a vergonha, minha.

– Senhor, vou tentar fazer tudo direito, pois quero ir ao céu e não ao inferno.

– Você tem bom caráter, Sancho. Peça a Deus que o ilumine e tente não errar. E agora vamos almoçar, que estão esperando por nós.

Capítulo 44
De como Sancho foi levado à ilha e da estranha aventura que, enquanto isso, aconteceu a Dom Quixote

Depois do almoço, Dom Quixote entregou a Sancho a lista de seus conselhos, que logo caíram nas mãos do duque. Este foi mostrá-la à duquesa, e os dois tornaram a se espantar com a loucura e a sabedoria de Dom Quixote. Depois mandaram Sancho para a aldeia que seria sua ilha. O incumbido de levá-lo foi o mordomo que tinha atuado como condessa Trifraldi; assim que Sancho o viu, comentou com Dom Quixote:

– Olhe, senhor, o rosto desse mordomo é igualzinho ao da Dolorida.

Dom Quixote observou o mordomo com atenção e disse:

– Que o rosto do mordomo seja tal qual o da Dolorida não quer dizer que o mordomo seja a Dolorida, o que seria uma enorme contradição. No entanto, é bom rogarmos a Deus que nos livre dos magos do mal.

– Escute só, a voz dele também é igualzinha à da Trifraldi – retrucou Sancho. – Mas não vou dizer mais nada, só vou prestar atenção para ver se descubro algum outro sinal.

– Boa ideia, Sancho – disse Dom Quixote. – E trate de me manter informado de tudo o que você descobrir e o que acontecer no governo.

Sancho afinal saiu, montado num cavalo e acompanhado de muita gente, com o burro caminhando atrás dele, todo enfeitado. Mas deixemos o governador seguir em paz e vejamos o que aconteceu com seu senhor naquela noite.

Com a partida do escudeiro, Dom Quixote sentiu-se muito sozinho. A duquesa disse-lhe que suas criadas o serviriam em tudo o que precisasse, mas o cavaleiro explicou que não era por falta de serviçal que estava triste e pediu que não lhe mandasse ninguém para ajudá-lo. A duquesa atendeu ao pedido, e Dom Quixote agradeceu. Depois do jantar, o cavaleiro pediu licença para se recolher a seus aposentos, sozinho como tinha rogado, para não trair sua dama nem por pensamento. Ao tirar os sapatos, desfiou uma meia de cima a baixo, coisa que o chateou demais, pois lhe mostrou sua pobreza em meio a tanta riqueza. Nesse momento, teria dado tudo por uma linha para remendar; mas, felizmente, Sancho tinha deixado um par de botas, que ele poderia usar no dia seguinte para disfarçar o buraco. Assim, muito triste, tanto pela falta de Sancho como pelo acidente da meia, apagou as velas e deitou-se. Contudo não conseguia dormir por causa do calor. Quando foi abrir a janela, ouviu que havia gente lá embaixo, no jardim. Ficou de ouvido atento e escutou o seguinte:

– Não me peças que eu cante, ó Emerência, pois desde que esse forasteiro entrou no castelo já não sei mais cantar, apenas chorar. E em vão será meu canto se ele dorme.

– Eu o escutei abrir a janela, sem dúvida deve estar acordado. Canta, Altisidora, em tom baixo e suave. Se a duquesa acordar, diremos que viemos ao jardim fugindo do calor.

– Não é isso que me preocupa, Emerência, e sim que pensem mal de mim quando eu revelar meus sentimentos. Mas que seja como for.

Então se ouviu uma harpa. Dom Quixote ficou pasmo e, lembrando as mil cenas parecidas que lera em seus livros, imaginou que alguma donzela se apaixonara por ele e não tinha coragem de se declarar. Fingiu espirrar para que as mulheres no jardim soubessem que ele estava à janela. Então Altisidora cantou uma longa ária de amor. Quando ela terminou, o cavaleiro deu um suspiro e disse para si mesmo:

– Todas as donzelas se apaixonam por mim, só por me ver! Mas, por mais que elas chorem ou cantem, eu pertenço a Dulcineia.

E fechou a janela. Com um peso no coração, como se tivesse acontecido uma desgraça, deitou na cama. E aí o deixamos por ora, pois já nos chama o famoso governador Sancho Pança.

Capítulo 45
*De como Sancho Pança tomou posse de sua ilha
e começou a governar*

Sancho chegou a um lugarejo onde viviam não mais que mil pessoas. Disseram que seu nome era Ilha Baratária. Os moradores saíram para recebê-lo, repicaram os sinos e, fazendo ridículas cerimônias, entregaram-lhe as chaves da aldeia e o nomearam governador. Em seguida o levaram até seu trono, todos achando aquele gorducho baixinho muito engraçado. Então o mordomo do duque lhe disse:

– É costume nesta ilha, senhor Pança, que quem vem governá-la responda a uma pergunta, para que a partir de sua resposta o povo possa avaliar o tino de seu novo governador e, assim, alegrar-se ou entristecer-se com sua chegada.

– Pode perguntar, senhor mordomo, que eu vou responder o melhor que puder.

Então entraram dois homens, um camponês e um alfaiate. O alfaiate disse que tinha emprestado dez moedas de ouro para o outro, mas este teimava que já as devolvera e que ele é que não se lembrava. Quando Sancho perguntou ao camponês o que ele tinha a dizer, o homem tornou a afirmar que já devolvera as moedas emprestadas. Antes de jurá-lo, porém, pediu que o alfaiate segurasse seu cajado. Ao ouvir o camponês jurar, o alfaiate convenceu-se de que ele estava dizendo a verdade, e o outro apanhou o cajado de volta. Sancho pensou por um instante, pediu o cajado ao camponês e, em seguida, o entregou ao alfaiate, dizendo-lhe que a dívida estava paga. O alfaiate, porém, disse que o cajado não valia dez moedas de ouro. Sancho então mandou que partissem o cajado, e de dentro dele saíram as dez moedas. O novo governador explicou que por isso o camponês pôde jurar ter devolvido as moedas, porque havia entregado o cajado ao alfaiate. Todos ficaram admirados com a facilidade de Sancho para resolver o caso.

Depois entraram um homem e uma mulher. A mulher acusava o homem de ter abusado dela, mas o homem negava. Sancho mandou o homem entregar à mulher um saco de moedas que tinha guardado, e ela partiu muito contente. Então Sancho mandou o homem ir atrás dela e pegar de volta seu saco de moedas. Logo os dois apareceram de novo, o homem pelejando para arrancar o dinheiro das mãos da mulher. Sancho então mandou que o devolvesse, concluindo que a acusação era falsa, pois a mulher acabara de provar que sabia se defender muito bem.

Todos se admiraram novamente com o discernimento de Sancho. Mas agora vamos deixá-lo um pouco, para voltar para junto de seu senhor, que ficara perturbado com a música de Altisidora.

Capítulo 46
Uma aventura com gatos

Dom Quixote foi dormir. Mas a lembrança da serenata de Altisidora (e também das meias rasgadas) não o deixava pegar no sono. De manhã, vestiu-se e foi para a sala, onde os duques já pareciam esperar por ele. No caminho topou com Altisidora, que estava com sua amiga e, ao vê-lo, fingiu desmaiar. Dom Quixote disse à amiga que sabia a causa do mal-estar da donzela e lhe pediu que deixasse um alaúde no quarto dele, que à noite ele trataria de cortar o mal pela raiz. Quando Dom Quixote se afastou, as moças foram correndo contar à duquesa a história, e ela logo arquitetou uma nova peça para pregar no cavaleiro.

À noite, Dom Quixote achou o alaúde em seu quarto, tal como havia pedido. Abriu a janela e ouviu que já havia gente no jardim. Afinou o instrumento o melhor que pôde e entoou uma canção que ele mesmo compusera durante o dia, na qual aconselhava as donzelas a se manterem sempre ocupadas, pois assim aplacariam a ansiedade do amor. Os duques, Altisidora e todos os demais estavam escutando a canção quando, de repente, alguém jogou um grande saco cheio de gatos na janela do cavaleiro. Dom Quixote ficou pasmo. Dois ou três gatos conseguiram entrar no quarto. Dom Quixote pensava serem demônios e tentava atingi-los com golpes de espada. Um gato pulou no rosto dele e ficou ali agarrado com unhas e dentes, enquanto Dom Quixote gritava de dor. Os duques correram até o quarto do cavaleiro, mas ele não queria que o ajudassem, dizendo que tinha de lutar sozinho contra aquele demônio. Finalmente, o duque conseguiu arrancar o gato do rosto de Dom Quixote e jogou o bicho pela janela. O cavaleiro ficou muito chateado por não o terem deixado terminar a batalha sozinho. Altisidora foi fazer um curativo em seu rosto arranhado e, enquanto o enfaixava, lhe disse:

– Tudo isso acontece por culpa da dureza de teu coração. Peço a Deus que Sancho não se açoite, para que Dulcineia continue enfeitiçada. Pelo menos enquanto eu viver, pois te adoro.

Dom Quixote deu um profundo suspiro. Os duques o deixaram descansar e saíram preocupados, achando que a brincadeira tinha ido longe demais. Dom Quixote passou cinco dias de cama, durante os quais lhe aconteceu outra aventura mais divertida que a anterior, mas que o autor não quer contar agora, pois prefere contar como andava o governo de Sancho enquanto isso.

Capítulo 47
Sancho Pança e seu governo

Contam que Sancho foi sentado à cabeceira de uma mesa de banquete, bem ao lado de um médico. Colocaram um belo prato de comida na frente dele, mas, assim que Sancho deu a primeira garfada, o médico deu um toque com uma varinha, e o retiraram. Em seguida colocaram um segundo prato, e, antes mesmo que Sancho pudesse prová-lo, o médico voltou a bater a varinha e tornaram a retirá-lo. Sancho não entendia o que estava acontecendo, e o doutor da varinha lhe explicou:

— Eu sou o médico dos governadores desta ilha. Zelo por sua saúde mais que pela minha, e o mais importante do meu trabalho é deixar Sua Excelência comer somente o alimento que não lhe faça mal. Se mandei tirar o prato de fruta, foi porque me pareceu que tinha muita umidade, e o outro, porque estava quente demais.

— Aquele prato de perdizes assadas ali não vai me fazer mal nenhum — disse Sancho.

— Enquanto eu estiver vivo, Sua Excelência nunca vai provar nenhuma perdiz!

— Ora, deixe eu comer alguma coisa, ou vou morrer de fome. Se o senhor continuar me negando comida, não vai melhorar a minha saúde, e sim acabar com ela.

Como o médico continuou proibindo tudo, Sancho perdeu a paciência e o expulsou da sala. Justo nesse momento, recebeu uma carta urgente do duque, avisando que a ilha estava para ser atacada, e também que nela havia quatro assassinos disfarçados, prontos para matá-lo.

Depois de escutar o que a carta dizia, quando afinal se preparava para comer, Sancho tornou a ser interrompido, desta vez com a chegada de um lavrador que queria consultá-lo sobre certo assunto. Muito a contragosto, o governador mandou o homem entrar. Este lhe contou que ficara viúvo, com dois filhos, e que um deles estava prestes a se casar com uma moça muito feia, mas, sendo ela de uma família bem rica, ele precisava de dinheiro para o dote, e queria saber se o governador não podia lhe dar algum. Sancho ficou furioso com o pedido e o escorraçou.

Mas deixemos a ira de Sancho e voltemos a Dom Quixote, que abandonamos lá coberto de feridas gatescas. Em um dos cinco dias que elas demoraram para sarar, aconteceu o que Cide Hamete promete contar no próximo capítulo.

Capítulo 48
Do que aconteceu a Dom Quixote com Dona Rodríguez

Numa dessas noites de convalescença gatesca, Dom Quixote ouviu a porta de seu quarto ranger e imaginou que fosse a apaixonada Altisidora que vinha assediá-lo. Mas, quando a porta acabou de se abrir, apareceu uma velha criada. Ao vê-la, o cavaleiro achou que era uma bruxa ou maga que vinha lhe fazer algum malefício e se benzeu repetidas vezes. Ela, por seu turno, ao deparar com o rosto machucado e enfaixado de Dom Quixote, levou um tremendo susto e deixou cair a vela que carregava. O cavaleiro repetia esconjuros chamando-a de fantasma, até que ela esclareceu que não era nenhum fantasma, e sim Dona Rodríguez, a criada velha da duquesa, e estava ali para pedir ajuda a ele, como bom cavaleiro andante que era. Finalmente, Dom Quixote convenceu-se de que a senhora vinha de boa-fé e se dispôs a escutá-la. Ela contou que era viúva e tinha uma filha, uma moça lindíssima, que se apaixonara por um lavrador muito rico, morador de uma das aldeias nos domínios do duque. O moço abusara dela prometendo casamento e depois não cumprira com a palavra. Segundo Dona Rodríguez, o duque sabia de tudo, mas não fazia nada, porque devia muito dinheiro ao pai do rapaz, que era contra o casamento. Por isso ela fora pedir ajuda a Dom Quixote, para que ele resolvesse o problema. A criada também lhe disse que sua filha era muito mais bonita e saudável que Altisidora e que a própria duquesa. Dom Quixote ficou muito curioso e quis saber o que havia de errado com a duquesa, e Dona Rodríguez contou que, se sua patroa parecia bonita, era só porque o médico tinha aberto duas chagas nas pernas dela, por onde purgava toda a sua ruindade em forma de pus. No instante em que o cavaleiro acabou de ouvir essa revelação, que muito o impressionou, a porta do quarto se abriu e Dona Rodríguez foi cercada por vários vultos, que lhe deram uma sova. Antes de sair por onde tinham entrado, os fantasmas ainda apanharam Dom Quixote e o cobriram de beliscões. Dona Rodríguez saiu do quarto aos prantos. Dom Quixote ficou sozinho – beliscado, confuso e pensativo. E assim o deixamos, desejoso de saber quem foram seus atacantes, coisa que se revelará no momento oportuno. Mas agora Sancho nos chama de sua ilha.

Capítulo 49
Do que aconteceu com Sancho em sua ilha

Sancho reclamou tanto de que não o deixavam comer, que à noite o médico lhe deu permissão para jantar à vontade. Depois o governador foi fazer a ronda pelas ruas de sua ilha, na companhia do mordomo e de várias outras pessoas. Logo encontraram dois homens brigando, mas que pararam ao ver o governador se aproximar com sua comitiva. Explicaram que a causa da discussão era o dinheiro ganho por um deles numa casa de jogo. Sancho determinou de que maneira eles deveriam dividir o ganho e resolveu que proibiria o funcionamento dessas casas. Depois apareceu um guarda com um detido, e Sancho mandou levarem o rapaz para dormir na cadeia. Este respondeu que ninguém podia obrigá-lo a dormir, mesmo que o metessem na cadeia; Sancho riu daquela resposta e mandou libertá-lo, mas lhe recomendou que nunca voltasse a zombar da justiça. Assim que o abusado partiu, outros dois guardas trouxeram uma mulher vestida de homem. A moça contou que se travestira para poder sair e olhar o mundo, pois seu pai a mantinha o dia inteiro presa em casa, e explicou que aquelas roupas eram emprestadas do irmão. Dali a pouco, o próprio foi trazido por outros guardas e pôde confirmar a história da irmã. Sancho mandou os guardas levarem os dois de volta à casa dos pais e aconselhou a garota a ficar em casa, pois a mulher que quer ver também quer ser vista. Um dos homens que acompanhavam Sancho se apaixonou por ela, que era muito bonita, enquanto Sancho achou que o irmão dela daria um bom partido para sua filha, Sanchica. E assim terminou a ronda dessa noite, e dali a dois dias também o governo, como veremos mais adiante.

Capítulo 50
Onde se revela quem beliscou Dom Quixote

Conta Cide Hamete que, quando Dona Rodríguez se dirigiu ao quarto de Dom Quixote, foi seguida por outra criada. Esta, ao vê-la entrar nos aposentos do cavaleiro, correu a avisar a duquesa, que chamou Altisidora e foi escutar a conversa atrás da porta. Ao ouvir que a criada estava contando ao cavaleiro sobre as chagas em suas pernas, a duquesa irrompeu no quarto com Altisidora, e as duas bateram em Dona Rodríguez, beliscaram Dom Quixote e foram embora. A duquesa contou tudo ao duque, que achou muita graça no episódio; depois mandou o pajem que fizera o papel de Dulcineia levar a carta de Sancho para Teresa, sua mulher, e acrescentou um colar de corais como presente de sua parte, com intenção de preparar uma nova brincadeira.

Chegando à aldeia de Sancho, o pajem encontrou um grupo de mulheres lavando roupa num riacho. Uma delas era Sanchica, e, quando o criado perguntou se alguém conhecia Teresa Pança, Sanchica se apresentou e o levou até sua casa. Ao ver Teresa, o pajem ajoelhou-se, cumprimentou-a com muito respeito e entregou-lhe o colar de corais e a carta do governador. Teresa e a filha ficaram pasmas. Como as duas não sabiam ler, pediram para o pajem ler para elas. A duquesa também enviara um bilhete no qual contava como Sancho havia chegado ao governo e pedia que, por favor, Teresa mandasse para ela, a duquesa, algumas castanhas de carvalho. Teresa saiu muito contente para recolher as castanhas, com o colar no pescoço e os bilhetes na mão, e no caminho cruzou com o padre e com o bacharel Sansão Carrasco. Os dois leram as cartas e entreolharam-se perplexos. O bacharel perguntou a Teresa quem tinha trazido aquilo, e Teresa os levou até sua casa para apresentar o pajem. Lá fizeram um monte de perguntas ao rapaz, sem conseguir acreditar em tudo aquilo. O pajem jurava de pés juntos que ele era emissário dos senhores duques, que os próprios tinham nomeado Sancho governador, e que Sancho, aliás, estava se saindo um ótimo governador. Sanchica queria ir com o criado para ver o pai, mas Teresa achou que deviam viajar numa carruagem, e não na garupa do cavalo. O bacharel ofereceu-se para escrever as respostas, mas Teresa não quis que Carrasco se metesse em seus assuntos, pois sabia que ele era um gozador. Preferiu procurar um coroinha, a quem pediu que lhe escrevesse uma carta para o marido e outra para a duquesa. Mas as coisas que ela ditou serão conhecidas mais adiante.

Capítulo 51
Dos progressos no governo de Sancho Pança

O doutor controlava cada vez mais a alimentação de Sancho, e o governador estava morrendo de fome. Um dia levaram para ele o seguinte problema: sobre um rio havia uma ponte e, no final dela, uma forca. O dono da ponte baixara uma lei determinando que, se alguém quisesse passar por ela, devia dizer aonde ia e para quê. Se dissesse a verdade, poderia passar, mas, se mentisse, seria enforcado. Todo o mundo que passava por lá dizia a verdade, até que um dia apareceu um sujeito que disse querer atravessar a ponte para ser enforcado. Os juízes não souberam o que fazer com ele: se eles deixassem o homem passar livremente, o que ele dizia seria mentira, e conforme a lei deveria ser enforcado; se o enforcassem, o que ele dizia passaria a ser verdade, e portanto deveria viver. O conselho do governador foi deixarem o homem passar, pois, quando não se sabe o que fazer, é sempre melhor fazer o bem do que o mal, tal como lhe ensinara seu senhor Dom Quixote. Todos ficaram satisfeitos com a resposta de Sancho, e o mordomo mandou deixá-lo comer à vontade nessa noite. Depois do jantar, chegou uma carta de Dom Quixote, e Sancho pediu que a lessem. Dom Quixote lhe dizia que já estava sabendo do sucesso de seu governo e lhe dava outra lista de conselhos. Contava que a duquesa havia mandado sua carta e um presente para Teresa, e que estavam esperando a resposta. Depois comentava que passara alguns dias indisposto por causa de um gateamento, mas que já estava melhor, pois, se havia magos do mal que faziam de tudo para prejudicá-lo, também havia os do bem, que o defendiam. Afirmava que logo deixaria aquela vida ociosa, pois não tinha nascido para isso, e terminava comentando que fora procurado para resolver uma questão que certamente o faria cair em desgraça com os duques, mas que nem por isso deixaria de cumprir com sua obrigação como cavaleiro.

Sancho trancou-se em um salão com o secretário para ditar a resposta. Sua carta dizia que o trabalho ali era tanto que não tinha tempo nem de coçar a cabeça ou cortar as unhas. Contava que estava passando muita fome, mais até do que quando andavam juntos pelos caminhos. Também comentava sobre a carta do duque avisando-o dos espiões que tentariam matá-lo, mas, na verdade, quem ia matá-lo era o médico, que não o deixava comer. Dizia estar contente de a duquesa ter mandado a carta para sua mulher, mas preocupado com os problemas que ele pudesse ter com os duques, a quem tanto deviam. Depois de mandar saudações e agradecimentos à duquesa, perguntava ao cavaleiro que história era aquela de "gateamento", que não tinha entendido muito bem.

O secretário despachou a carta para Dom Quixote, enquanto os zombadores de Sancho maquinavam um jeito de despachá-lo do governo. Isso apesar de ele continuar dando ordens muito acertadas, tanto que muitas delas são usadas até hoje naquela aldeia, conhecidas como "As constituições do grande governador Sancho Pança".

Capítulo 52
Onde continua a aventura de Dona Rodríguez

Um dia que Dom Quixote estava sentado à mesa com os duques, entraram pela porta do salão duas mulheres vestidas de luto. Uma delas se atirou aos pés do cavaleiro e começou a chorar. Os duques pensaram tratar-se de uma nova brincadeira de seus criados. Dom Quixote a fez levantar e disse que tirasse o véu que cobria seu rosto. Ela o tirou, e todos se surpreenderam ao ver que era Dona Rodríguez, e a outra mulher, a filha dela. A velha criada pediu ao cavaleiro que, por favor, cuidasse do assunto de sua filha antes de partir para novas aventuras. Então Dom Quixote pediu licença ao duque para ir procurar o moço, já que pensava desafiá-lo, e até matá-lo, caso se negasse a cumprir a promessa de casamento. O duque aceitou o desafio em nome do moço, porque era um de seus vassalos, e determinou o lugar, o dia e as armas que usariam no combate.

Pouco depois entrou o pajem, que vinha da casa dos Pança com as cartas de Teresa. A duquesa leu a que era endereçada a ela, em que a mulher agradecia os presentes e o governo de seu marido, falava sobre a vontade que tinha de ir à corte e também lhe pedia que dissesse a seu marido para mandar um pouco de dinheiro. Todos gostaram muito de ouvir a carta de Teresa, e a duquesa pediu licença a Dom Quixote para ler a que ia endereçada a Sancho. O cavaleiro permitiu que a abrissem. Viram então que Teresa mandara escrever o quanto estava feliz com o governo e dizia que o padre, o barbeiro, o bacharel e até o sacristão não podiam acreditar que ele fosse governador e repetiam que tudo devia ser magia ou engano. No final, acrescentava que Carrasco iria até lá para acabar com a loucura dos dois. Depois a duquesa mandou o pajem contar a visita à casa dos

Pança nos mínimos detalhes. O pajem fez o que ordenavam e, em seguida, entregou-lhe as castanhas e um queijo que Teresa lhe mandava. Mas por ora deixaremos a duquesa e iremos ver que fim teve o governo do grande Sancho Pança, flor de todos os governadores de La Mancha.

Capítulo 53
Do fim que teve o governo de Sancho Pança

Na sétima noite de governo, estando já deitado, exausto e disposto a dormir, Sancho escutou um barulho tão grande de sinos e gritos que teve a impressão de que a ilha ia afundar. Levantou-se para ver o que estava acontecendo e topou com mais de vinte pessoas vindo pelos corredores com tochas e espadas.

– Às armas, às armas, senhor governador! Estamos sendo atacados por uma infinidade de inimigos e não teremos como vencer se Sua Excelência não mostrar toda a sua coragem e astúcia!

– Vocês querem que eu pegue em armas? Quem entende dessas coisas é meu senhor, Dom Quixote.

– Ora, Excelência, que fraqueza é essa? Vista sua armadura e venha nos comandar.

Quando Sancho por fim aceitou, imediatamente lhe amarraram dois grandes escudos, um na frente e outro atrás, deixando-o entalado numa armadura absurda e pesada. Vendo-se imobilizado, Sancho pediu que o carregassem nos braços, mas em vez disso o mandavam caminhar; ao tentar mexer as pernas, caiu no chão, e todos começaram a pisoteá-lo. Os gozadores gritavam e batiam ferros, fazendo de conta que lutavam. Ficaram nisso um bom tempo, até anunciarem a vitória. Finda a suposta batalha, Sancho pediu que o levantassem e, depois de desamarrarem os escudos de seu corpo, foi procurar o burro, em silêncio. Em seguida informou a todos que ia voltar para sua antiga liberdade, que ele não tinha nascido para ser governador. O médico pediu-lhe que, por favor, não fosse embora, que ia deixá-lo comer tudo o que quisesse, mas Sancho replicou que era uma decisão sem volta. Quando lhe disseram que os governadores deviam prestar contas antes de deixar o cargo, ele respondeu que as prestaria ao duque. Então o deixaram partir montado em seu burro, não sem antes lhe oferecer companhia, que Sancho recusou. Apenas pediu um pouco de cevada para o burro e pão e queijo para ele. Depois o abraçaram, ele também os abraçou, chorando, e os deixou muito impressionados com sua firmeza.

Capítulo 54
Do encontro com Ricote

Como o rapaz que prometera casar com a filha de Dona Rodríguez havia fugido, os duques resolveram pôr em seu lugar um criado chamado Tosilos e disseram a Dom Quixote que seu rival se apresentaria para o duelo dali a quatro dias. Mas deixemos um pouco Dom Quixote e vamos acompanhar

Sancho, que, meio alegre, meio triste, vinha em busca de seu patrão. No caminho cruzou com seis estrangeiros, que ao encontrá-lo começaram a cantar. Sancho não entendia a língua deles, mas reconheceu a palavra "esmola" no meio da cantoria. Isso bastou para entender o que queriam dele, e então lhes deu um pouco de pão e de queijo. Um dos estrangeiros, que desde o primeiro momento o observava com muita atenção, falou com ele, e não em língua estrangeira:

– Por Deus! Será possível que eu tenha aqui na minha frente o meu querido vizinho e amigo Sancho Pança?

Sancho ficou surpreso ao ouvi-lo, e o homem acrescentou:

– Que é que há, Sancho? Você já se esqueceu de seu vizinho Ricote, o mourisco?

Sancho olhou bem para o sujeito, reconheceu o vizinho e lhe deu um abraço. Sentaram-se todos para comer, e Ricote contou que, quando o rei baixara o decreto de expulsão dos mouros, ele decidira partir da Espanha sozinho, deixando para trás a mulher e a filha, que eram cristãs, para que cuidassem com calma da venda de suas coisas. Percorreu vários países em busca de um local seguro para fixar a família e acabou escolhendo um lugarejo na Alemanha. Agora se juntara àqueles peregrinos que iam à Espanha todos os anos, pois disfarçado de estrangeiro não corria o risco de ser reconhecido. Assim pensava em voltar à aldeia, onde deixara enterrado um tesouro, e buscar a mulher e a filha, que não sabia se ainda estavam lá. Sancho então contou o que sabia: quando a situação dos mouros piorou, o cunhado de Ricote levara as duas para terras árabes.

Mesmo assim, Ricote queria voltar para desenterrar seu tesouro e ofereceu uma parte a Sancho, se o acompanhasse para ajudá-lo. Sancho agradeceu, mas não quis seguir com ele. Disse que acabava de renunciar ao governo de uma ilha, onde poderia ter ficado muito rico (coisa em que Ricote, claro, não acreditou). Pouco depois se despediram, porque Sancho queria chegar ao castelo e reencontrar Dom Quixote nessa mesma noite.

Capítulo 55
Do que aconteceu a Sancho nessa mesma noite

A noite apanhou Sancho no meio do caminho. O escudeiro saiu da estrada em busca de um chão mais confortável onde deitar para esperar a manhã, então de repente o burro e ele caíram em um buraco muito fundo. Ficou feliz ao ver que não tinha se machucado; mas logo percebeu que não seria nada fácil sair dali e começou a se preocupar. Quando amanheceu, Sancho ajudou o burro a se levantar e lhe deu o último pedaço de pão. Nesse momento descobriu uma brecha, entrou por ela e viu que se abria uma grande gruta, com um raio de sol ao fundo. Voltou em busca do burro e deu um jeito de fazê-lo passar pela brecha.

– Por Deus! Esta aventura seria melhor para meu senhor Dom Quixote. Para ele, esta escuridão seria como um lindo jardim florido – pensava Sancho.

Continuou caminhando até que começou a perceber uma leve claridade. Mas agora o autor deixa Sancho e volta aonde tinha deixado Dom Quixote, que, muito contente, via se aproximar o dia do duelo com o enganador da filha de Dona Rodríguez.

Acontece que, uma manhã em que foi se exercitar no campo, o cavaleiro quase caiu com Rocinante dentro de um grande buraco no chão. Mas freou a tempo de ouvir uns gritos que vinham de dentro:

– Há algum cristão que me escute?

Dom Quixote achou que era a voz de Sancho e respondeu:

– Quem está aí embaixo?

– Quem pode ser, senão Sancho Pança, governador da ilha Baratária e escudeiro do famoso cavaleiro Dom Quixote de La Mancha?

Dom Quixote imaginou que Sancho tinha morrido e que ele estava falando com a alma do escudeiro. Então disse:

– Se fores alma penada, dize como posso te ajudar, pois minha profissão é socorrer os necessitados, deste e do outro mundo.

– Quem fala desse jeito só pode ser meu senhor Dom Quixote – responderam lá de baixo.

– Claro que sou Dom Quixote. Mas dize de uma vez quem és tu.

– Juro, senhor Dom Quixote, que sou seu escudeiro Sancho Pança, e que por enquanto não morri.

Nesse momento o asno zurrou, o que acabou de convencer Dom Quixote de que quem estava lá embaixo era mesmo Sancho, e foi procurar ajuda no castelo. Finalmente, a muito custo, conseguiram tirar Sancho e o burro, puxando-os com cordas. Quando chegaram ao castelo, os duques estavam esperando por eles. Sancho então lhes prestou contas de tudo o que tinha feito no governo da ilha: esclarecera dúvidas e resolvera pendências, sempre morto de fome por culpa do médico da corte. Portanto, de agora em diante, voltava ao serviço de seu senhor Dom Quixote.

O duque abraçou Sancho e disse lamentar muito que ele deixasse o governo tão rápido. A duquesa também o abraçou e mandou seus criados tratarem bem dele, já que voltara tão magro e machucado.

Capítulo 56
Da descomunal e nunca vista batalha entre Dom Quixote de La Mancha e o lacaio Tosilos

Conta a história que, chegado o dia do duelo, o duque instruiu seu lacaio Tosilos sobre como vencer Dom Quixote sem feri-lo. A notícia daquele confronto nunca visto atraiu multidões. O primeiro a entrar no campo de batalha foi o mestre de cerimônias, depois vieram as criadas, entre as quais estavam Dona Rodríguez e sua filha. Por fim, entraram os dois combatentes. A condição do duelo era que, se Dom Quixote ganhasse, seu rival teria de se casar com a filha de Dona Rodríguez; se o rapaz vencesse, ficaria livre para fazer o que quisesse. Estando os dois a postos, soaram tambores e trombetas. Dom Quixote ficou esperando o sinal preciso para investir. Tosilos, porém, estava metido em outros pensamentos.

Parece que, ao ver a filha de Dona Rodríguez, o moço achou que era a mulher mais linda que conhecera em toda a sua vida e, quando deram o sinal para o início do combate, estava tão absorto pensando na beleza dela, que nem escutou o toque da trombeta. Dom Quixote, ao contrário, partiu a toda contra seu inimigo. Ao vê-lo cavalgar com tudo em sua direção, porém, Tosilos não deu um passo; ao contrário, perguntou aos gritos para o mestre de cerimônias:

– Senhor, esta batalha é para casar ou não casar com aquela dama?

– É, sim.

– Pois então digo que me dou por vencido e que quero me casar com ela.

Sem saber o que fazer, o mestre de cerimônias foi consultar o duque. Dom Quixote, ao ver que seu inimigo não o atacava, interrompeu o galope no meio da pista. O duque ficou furioso com o lacaio, e Tosilos foi falar com Dona Rodríguez:

– Senhora, eu quero me casar com sua filha. Esta briga é desnecessária.

Dom Quixote o ouviu e disse:

– Então casem, e Deus os abençoe.

O duque, que também se aproximara, perguntou a Tosilos:

– Você quer mesmo se casar com essa moça?

– Sim, senhor – respondeu Tosilos.

Mas, quando Tosilos tirou o elmo e Dona Rodríguez e sua filha viram o rosto dele, disseram que tinham sido enganadas, que aquele não era o noivo fujão, e sim o lacaio do duque. Dom Quixote disse que, sem dúvida, os magos que o perseguiam tinham transformado o rosto do noivo no do lacaio e aconselhou a moça a casar assim mesmo. O duque achou a interpretação de Dom Quixote muito engraçada, o que o fez até esquecer a raiva que tinha de Tosilos. Então decidiu que, para desvendar o enigma, deviam manter Tosilos preso durante quinze dias e ver se seu rosto voltava a ser o do noivo. Sancho acrescentou que era bem capaz de o feitiço durar a vida inteira. Mas a filha de Dona Rodríguez aceitou se casar mesmo assim, pois, fosse como fosse, estava contente por tudo acabar em casamento. O duque voltou para o castelo com sua comitiva e prendeu Tosilos. A multidão ficou desapontada por não ver batalha nenhuma.

Capítulo 57
A despedida do castelo

Dom Quixote pediu licença aos duques para deixar seus domínios, pois achava que já estava mais do que na hora de sair em busca de novas aventuras. Os duques a deram com grande tristeza, e, no dia da partida, todos foram se despedir da dupla de heróis. Antes, sem o conhecimento de Dom Quixote, o mordomo que fizera o papel da condessa Trifraldi tinha dado duzentas moedas de ouro a Sancho, para as despesas da viagem. Quando já estavam saindo, Altisidora cantou uma canção para o cavaleiro, recriminando-o por sua falta de amor. A duquesa adorou essa última brincadeira da donzela atrevida, e Dom Quixote disse a todos que não era por sua culpa que a moça tinha se apaixonado por ele. A duquesa então pediu-lhe que partisse logo, para evitar que mais moças se apaixonassem. E assim, depois de fazer uma reverência aos duques e aos demais presentes, Dom Quixote girou as rédeas de Rocinante e, seguido por Sancho sobre seu burro, deixou a casa de campo dos duques e seguiu rumo a Saragoça.

Capítulo 58
Que trata de diversas coisas que lhes aconteceram no caminho

Quando Dom Quixote se viu novamente em campo aberto, livre e longe do assédio de Altisidora, sentiu-se mais tranquilo. Estava comentando com Sancho as vantagens da liberdade quando avistaram uma turma de lavradores comendo na relva, junto a vários vultos cobertos por lençóis. Os dois aproximaram-se e, depois de cumprimentar os homens, Dom Quixote perguntou-lhes o que eram aqueles vultos. Os lavradores disseram que eram imagens de santos que eles estavam levando para uma representação religiosa. Então, a pedido do cavaleiro, tiraram os lençóis para que ele pudesse vê-las. Dom Quixote reconheceu e explicou as qualidades e façanhas de cada um dos santos, deixando Sancho maravilhado com sua sabedoria. Quando retomaram o caminho, Sancho confessou a Dom Quixote que não entendia o que Altisidora tinha visto nele para se apaixonar. E, enquanto o cavaleiro lhe explicava que havia dois tipos de beleza, a do corpo e a da alma, notaram que entre umas árvores havia duas moças lindíssimas vestidas de pastoras. Começaram a conversar, e elas lhes contaram que muita gente importante e rica de uma aldeia próxima tinha criado nesse bosque uma sociedade de pastores poetas. Em seguida convidaram o cavaleiro para ficar. Quando ele se apresentou, as moças o reconheceram, porque haviam lido o livro que contava suas aventuras. Outras pessoas com roupa de pastor foram se aproximando e, ao serem informadas que aqueles dois eram Dom Quixote e Sancho Pança, ficaram muito contentes e insistiram para que ambos permanecessem ali com eles. Dom Quixote recusou o convite, mas como prova de gratidão prometeu sustentar e defender por dois dias que aquele par de falsas pastoras eram as mais lindas donzelas do mundo, excetuando Dulcineia, claro. Falou tão bonito, que Sancho disse não acreditar que alguém no mundo pudesse pensar que seu amo fosse louco. Aborrecido com o comentário, Dom Quixote disse que não cabia ao escudeiro questionar a razão ou a loucura do senhor, e que tratasse de firmar a sela de Rocinante para ele poder executar seu oferecimento. Postou-se então no meio de uma estrada que passava ali perto, montado em seu cavalo e com a lança em riste, e começou a falar ao vento, dizendo que, se alguém discordava de que aquelas donzelas do bosque eram as mais lindas do mundo (afora Dulcineia), que viesse desafiá-lo em duelo. Repetiu seu desafio duas vezes, e duas vezes não teve resposta alguma. Então surgiu na estrada um grupo de homens cavalgando com muita pressa. Quando viram Dom Quixote, gritaram:

– Saia do caminho, homem do diabo, se não quiser virar picadinho embaixo dos touros que vêm vindo!

– Não há touro que possa comigo – respondeu Dom Quixote –, nem os mais bravos do mundo!

Logo apareceu uma manada de touros que passou por cima de Dom Quixote, e também de Sancho, que não saíra de perto do patrão. Os dois ficaram muito machucados, estirados no chão com o cavalo e o burro. Mesmo assim, Dom Quixote continuava gritando para aqueles covardes não fugirem. Coisa que ninguém fez, claro. Então senhor e escudeiro voltaram a montar em seus respectivos animais e, sem se despedirem dos falsos pastores, seguiram seu caminho bastante envergonhados.

Capítulo 59
Onde se conta o que aconteceu na pousada

Pouco depois, encontraram um lugar sombreado à beira de um riacho e se detiveram para descansar. Dom Quixote pediu a Sancho que aproveitasse a parada para se açoitar, conforme a promessa para quebrar o feitiço de Dulcineia, e sugeriu que usasse as rédeas de Rocinante. Sancho disse que mais tarde o faria.

Ao retomar a marcha, logo chegaram a uma pousada, ou pelo menos foi o que pareceu a Dom Quixote, e não um castelo. Na hora do jantar, o dono lhes disse que podiam pedir o prato que quisessem. A cada pedido que Sancho fazia, porém, o homem dizia que aquilo tinha acabado. Por fim, disse que a única coisa que havia eram uns pés de boi ensopados, mas que estavam uma delícia, e Sancho, morto de fome, aceitou de bom grado. O dono voltou com a comida e, enquanto jantavam, ouviram a seguinte conversa no quarto ao lado:

— Jerônimo, enquanto esperamos o jantar, vamos ler mais um capítulo da segunda parte de *Dom Quixote de La Mancha*.

Assim que ouviu seu nome, Dom Quixote ficou de orelha em pé.

— Para que você quer ler esses disparates? Qualquer pessoa que tenha lido a primeira parte da história não pode ter vontade de ler essa segunda.

— Tem razão. E o que mais me desagrada nessa continuação é que seu autor pinta um Dom Quixote desapaixonado por Dulcineia.

Ao ouvir isso, o cavaleiro gritou cheio de ira:

— Quem tiver dito que Dom Quixote de La Mancha esqueceu ou pode esquecer Dulcineia terá de se haver comigo, e eu lhe mostrarei com as armas que nada está mais longe da verdade.

— Quem é que nos responde? — escutou-se do outro quarto.

— Quem poderia ser — devolveu Sancho —, senão o mesmíssimo Dom Quixote de La Mancha?

Mal Sancho acabou de dizer isso, entraram no quarto dois homens. Um deles abraçou Dom Quixote e disse:

– Sem dúvida, o senhor é o verdadeiro Dom Quixote de La Mancha.

Então mostrou ao cavaleiro o livro que supostamente contava a continuação de suas aventuras. Depois de folheá-lo um pouco, Dom Quixote disse que ele continha uma porção de erros. Por exemplo, o nome da mulher de Sancho, ali chamada de Mari Gutiérrez, quando na verdade era Teresa Pança. Sancho quis saber como ele era apresentado nesse livro, e os dois leitores lhe disseram que como um grande comilão, nem um pouco engraçado e, ainda por cima, bêbado. Dom Quixote então lhes falou de suas novas andanças, do feitiço de Dulcineia e do que o mago Merlim mandara fazer para desenfeitiçá-la. Os leitores o escutavam encantados com o jeito de ele contar as histórias, e não sabiam se o tomavam por louco ou por são. Sancho, por seu turno, disse que o Dom Quixote e o Sancho que apareciam no livro deviam ser outros dois, já que ele não era nem comilão nem bêbado, e era engraçado até quando não queria. Os leitores concordaram com ele, já que o autor daquele livro falso não era Cide Hamete Benengeli, o primeiro a escrever sobre Dom Quixote e Sancho.

Quando Dom Quixote contou que tinha a intenção de ir aos torneios de Saragoça, os dois leitores lhe informaram que, no novo livro, o outro fazia a mesma coisa. Ao saber disso, Dom Quixote resolveu mudar seu destino e jurou que não poria os pés naquela cidade, só para provar ao mundo a falsidade dessa segunda história. Os leitores apoiaram a decisão e o aconselharam a ir a Barcelona, onde também havia torneios. Dom Quixote gostou da ideia, e os dois leitores ficaram definitivamente convencidos de que acabavam de conhecer os autênticos Dom Quixote e Sancho Pança.

O cavaleiro madrugou e bateu na parede do quarto para se despedir de seus vizinhos. Sancho pagou pela hospedagem e aconselhou o dono a não oferecer aos hóspedes pratos que não tivesse. Ou, melhor ainda, que tratasse de tê-los.

Capítulo 60
Do que aconteceu com Dom Quixote no caminho

Em quase seis dias de estrada rumo a Barcelona, não lhes aconteceu nada digno de ser contado. Até que uma noite, depois de entrar em um bosque para descansar, Dom Quixote voltou a teimar para que Sancho se desse os benditos açoites. Ressabiado, Sancho se afastou um pouco e, ao passar embaixo de uma árvore, sentiu uma coisa estranha tocando-lhe a cabeça. Apalpou tentando descobrir o que era aquilo e, apavorado, chamou seu patrão aos gritos, dizendo que aquelas árvores tinham pés e mãos. Dom Quixote se aproximou e, também às apalpadelas, percebeu que havia vários corpos pendurados naquelas árvores. Disse então a Sancho que não precisava ter medo, que eram apenas bandoleiros e foragidos enforcados pela justiça. E que, portanto, não deviam estar longe de Barcelona.

Ao amanhecer, acordaram cercados por quarenta salteadores, que lhes roubaram as sacolas dos mantimentos.

Quando estavam prestes a depenar o próprio Sancho (e descobrir as moedas que ganhara do mordomo), o chefe do bando apareceu e ordenou que o deixassem. Ao ver a expressão aflita de Dom Quixote, o sujeito lhe disse que não precisava se preocupar, pois não tinham caído nas mãos de um assassino, e sim de Roque Guinart, que era mais compassivo que cruel. O cavaleiro respondeu que não era essa a causa de seu pesar, e sim ter sido apanhado desprevenido, pois, se o tivesse achado sobre seu cavalo, com sua lança e seu escudo, eles iam ver quem era Dom Quixote de La Mancha. Ao ouvir semelhante bravata, Roque logo percebeu que aquele sujeito tinha mais de louco que de valente, e se lembrou de já ter ouvido falar do tal Dom Quixote, embora não acreditasse se tratar de um personagem real. Estavam nisso quando apareceu um rapaz a todo galope; mais de perto se viu que, na verdade, era uma moça vestida de homem. Tratava-se da filha de um amigo de Roque que vinha falar com ele, pois estava em apuros: ela acabara de balear o namorado, ao descobrir que ele ia se casar com outra. Cláudia Jerônima, era esse o nome dela, não sabia se o tiro tinha sido fatal. Vinha pedir a Roque que a ajudasse a fugir para a França, onde tinha parentes. Antes, porém, Roque quis ir ver se o rapaz estava vivo ou morto. Dom Quixote disse que ele faria o moço cumprir a promessa de casar com Cláudia, mas Roque nem o escutou e partiu com ela.

Quando chegaram ao lugar onde o rapaz havia sido baleado, não acharam seu corpo, mas apenas uma mancha de sangue. Seguiram em frente até que encontraram Vicente, o namorado, nos braços de seus criados, vivo mas já quase sem forças. Cláudia aproximou-se dele, pegou em sua mão e o recriminou por querer casar com outra. Vicente, porém, jurou que isso não era verdade, que alguém contara essa mentira para que ela, louca de ciúme, o matasse. Como prova, pediu-lhe que apertasse sua mão e o aceitasse como marido. Em seguida morreu, deixando Cláudia desconsolada, e até Roque, que não era disso, chorou. A moça então anunciou que ia entrar para um convento, para não sair nunca mais, e não quis que o bandoleiro a escoltasse. Depois de se despedir de Cláudia Jerônima, Roque voltou para junto de seus homens. Lá chegando, obrigou-os a devolver os pertences de Dom Quixote e de Sancho e, em compensação, mandou trazer tudo o que tinham roubado nos últimos assaltos e o dividiu entre o bando, em partes iguais.

Dali a pouco apareceu um dos sentinelas anunciando a aproximação de gente pela estrada. Roque mandou apanhar os viajantes, e pouco depois seus homens voltaram trazendo vários cavaleiros e uma carruagem de mulheres com seis criados. Então perguntou a cada um quem era, aonde ia e quanto dinheiro carregava. Feito isso, não roubou o que levavam, apenas pediu que entregassem uma parte do dinheiro para reparti-lo entre seus homens e em seguida lhes deu um salvo-conduto de seu próprio punho. Caso encontrassem com outros salteadores, bastaria que mostrassem o papel para que os deixassem passar. Depois despachou uma mensagem para um amigo que morava em Barcelona avisando que estava com Dom Quixote de

La Mancha, aquele cavaleiro andante de quem se contavam tantas coisas, e que logo mais ele e seu escudeiro Sancho Pança chegariam à cidade.

Capítulo 61
A entrada de Dom Quixote em Barcelona

Dom Quixote passou três dias na companhia do bandoleiro, que o escoltou até Barcelona. Chegaram às suas praias na véspera de São João, já de noite, e ali se despediram de Roque. Quando amanheceu, Dom Quixote e Sancho Pança viram o mar pela primeira vez. Pareceu-lhes enorme, muito maior que as lagoas que conheciam. Logo começaram a ouvir toques de trombetas e salvas de canhões, vindos de grandes navios ancorados em frente à praia, e em seguida apareceu um grupo de cavaleiros que deu cerimoniosas boas-vindas a Dom Quixote. Eram os amigos de Roque Guinart, que fizeram questão de conduzir a dupla de heróis até a cidade. Lá chegando, dois malandros levantaram o rabo do burro e de Rocinante e enfiaram ali embaixo uns galhos cheios de espinhos. Os animais começaram a pular de dor e acabaram derrubando seus donos. Os amigos de Roque tentaram castigar os atrevidos, mas não conseguiram, porque os dois logo se misturaram à multidão das ruas. Dom Quixote e Sancho voltaram a montar, depois de tirarem o espinhoso enfeite das cavalgaduras, e em meio a aplausos e música chegaram à casa de seu guia, que era um cavaleiro muito rico.

Capítulo 62
A aventura da cabeça mágica

Assim que Dom Quixote entrou na casa de Dom Antonio Moreno (era esse o nome do cavaleiro), este começou a maquinar um jeito de fazer o hóspede dar vazão a suas loucuras. Sancho estava muito contente de se encontrar numa casa tão rica, que certamente mataria sua saudade do casamento de Camacho, da mansão de Dom Diego de Miranda e do castelo dos duques. Dom Antonio levou Dom Quixote até uma sala onde guardava a escultura de uma cabeça, disse-lhe que fora feita por um dos maiores magos do mundo e que tinha o poder de responder a tudo que lhe perguntavam ao ouvido. Porém, como era sexta-feira, dia em que a cabeça ficava muda, teriam de esperar até o dia seguinte para ouvi-la falar.

À tarde levaram Dom Quixote para passear pela cidade, com um cartaz pregado nas costas dele, onde se lia: "Sou Dom Quixote de La Mancha". Dom Quixote, surpreso de ver que as pessoas o cumprimentavam pelo nome, comentou com Dom Antonio:

– É mesmo grande a virtude da cavalaria andante, capaz de espalhar a fama de quem a professa. Repare o senhor que até os rapazinhos desta cidade me reconhecem, sem nunca terem me visto.

Então um deles gritou:

– Vá pro inferno, Dom Quixote de La Mancha! Como é que você não morreu de tanto apanhar? Você não passa de um doido varrido que contagia todo mundo em volta. Vá cuidar de sua casa, de sua mulher e seus filhos, e largue dessas besteiras que lhe amolecem os miolos!

Dom Antonio pôs o intrometido para correr, mas eram tantos os que seguiam Dom Quixote, que Dom Antonio, disfarçadamente, acabou tirando o cartaz das costas do cavaleiro.

Quando a noite chegou, voltaram para casa. A mulher de Dom Antonio estava com umas amigas, que fizeram Dom Quixote dançar até deixá-lo exausto. No dia seguinte, Dom Antonio quis mostrar os poderes da cabeça mágica. Reuniu Dom Quixote, Sancho, a mulher e suas amigas, e foram todos até a sala onde estava a escultura. Uma das mulheres perguntou o que precisava fazer para ficar muito bonita, e a cabeça respondeu que bastava ela ser honesta. Assim foi respondendo às perguntas de todos os presentes, até que chegou a vez de Dom Quixote, que quis saber se as coisas que lhe aconteceram na gruta de Montesinos eram verdade e se os açoites de Sancho serviriam para desenfeitiçar Dulcineia. Sobre a gruta de Montesinos, a cabeça respondeu que havia muito o que dizer; quanto ao feitiço de Dulcineia, ele seria quebrado quando chegasse a hora.

Sancho perguntou se voltaria a governar, se reveria a mulher e os filhos e se algum dia deixaria de ser escudeiro. A cabeça respondeu que ele governaria em sua casa, que só reveria mulher e filhos se voltasse para sua aldeia e que, para deixar de ser escudeiro, bastava pedir dispensa a seu senhor. Dom Quixote ficou muito satisfeito com as respostas, ao contrário de Sancho, que achou tudo muito óbvio.

A verdade é que Dom Antonio tinha mandado fazer aquela cabeça à imitação de uma que vira em Madri. A cabeça e seu pedestal eram ocos, bem como a mesa onde a escultura se apoiava. A boca e as orelhas eram ligadas por tubos ao aposento inferior, onde se escondia o respondedor das perguntas, que nessa ocasião fora o sobrinho de Dom Antonio.

No dia seguinte, Dom Quixote foi dar uma volta pela cidade, a pé, e caminhando por uma rua viu um cartaz que dizia: "Imprimem-se livros". Curioso, entrou na tipografia e se pôs a conversar com o dono sobre as obras que ali se imprimiam. Entre outros livros, estavam produzindo ali a segunda parte de *O engenhoso fidalgo Dom Quixote de La Mancha*. O cavaleiro, que já conhecia o livro, disse achar que já o tivessem queimado, pois só contava falsidades, e foi embora muito aborrecido. Nesse mesmo dia, Dom Antonio o convidou para visitar os navios ancorados em frente à praia. O que aconteceu neles, porém, só se dirá no próximo capítulo.

Capítulo 63
Nos navios

Quando subiram no navio, que era uma galé de guerra, o capitão (outro amigo de Dom Antonio) saudou Dom Quixote com grande pompa, enquanto os remadores agarravam Sancho e o passavam de braço em braço, até dar uma volta completa no barco. Dom Quixote sacou sua espada, achando que aquilo fosse uma cerimônia de batismo e que tentariam fazer o mesmo com ele, mas o deixaram em paz. Em seguida, todos ocuparam seus lugares e zarparam. Dali a pouco avistaram um barco pirata que, ao ver a galé, tentou fugir. Começou uma perseguição, e, quando já iam encostando no fugitivo, dando ordem de se renderem, foram respondidos com tiros de espingarda, que mataram dois soldados. Imediatamente, os homens da galé abordaram o barco e renderam sua tripulação, que era turca. Quando perguntaram quem era o capitão, apareceu um moço muito bonito. Voltaram para a praia, onde eram aguardados pela multidão que assistira à batalha, em meio à qual estava o mesmíssimo vice-rei em pessoa. Logo se viu que o capitão aprisionado era uma moça vestida de homem, e por isso lhe permitiram contar sua história antes de ser enforcada. E a moça contou o seguinte:

– Embora minha fé seja cristã, fui forçada a abandonar a Espanha por ser de família moura. Deixei minha aldeia com meus tios, pois meu pai, ao saber do primeiro decreto de expulsão, saiu antes em busca de algum reino estrangeiro que nos acolhesse. Na viagem conheci Gaspar Gregório, um rapaz muito bonito por quem me apaixonei, e ele por mim, tanto que ele quis me acompanhar no meu desterro. Finalmente chegamos todos a Argel. Uma vez lá, fui convocada pelo rei, que me perguntou se tinha joias ou dinheiro. Respondi que meu pai deixara um tesouro enterrado na Espanha. Então alguém disse ao rei que comigo tinha vindo o jovem mais bonito que se podia imaginar, e logo vi que se referiam a Gaspar. Quando o rei me perguntou por ele, eu, temendo ser verdade que muitos homens ali preferiam os rapazes, falei que meu companheiro de viagem, na verdade, era uma moça que viera disfarçada. Fui procurar Gaspar e, depois de explicar o perigo que ele correria apresentando-se como homem, pedi que se vestisse de mulher, e voltamos juntos ao palácio real. O rei acreditou que Gaspar era de fato uma bela moça e achou que daria um ótimo presente para seu soberano, razão pela qual o mandou viver sob o cuidado de umas senhoras mouras. Quanto a mim, ele me mandou de volta à Espanha para procurar o tesouro de minha família, e vim escoltada por esses dois turcos que atiraram contra seus soldados. Esta é, senhores, minha desventurada história.

O vice-rei, emocionado, poupou a vida da moça. Entre a multidão havia um velho peregrino que não tirava os olhos de cima dela e, assim que ela acabou de falar, atirou-se a seus pés e lhe disse:

– Ó Ana Félix, minha filha! Sou seu pai, Ricote, que voltou para procurar você.

Ricote contou ao vice-rei que deixara a Espanha em busca de um lugar onde pudesse estabelecer a família. Depois de encontrar um refúgio na Alemanha, voltara vestido de peregrino, para procurar a filha e também desenterrar o tesouro que tinha deixado em sua casa. Sancho disse que conhecia Ricote e a filha e confirmou a história como verdadeira.

Os presentes logo começaram a discutir um plano para resgatar Gaspar Gregório, e Ricote prometeu como recompensa parte de seu tesouro, que ele já desenterrara. Um renegado espanhol que viera no barco com Ana Félix se ofereceu para voltar a Argel em busca do rapaz, pois ele conhecia bem a região e sabia onde desembarcar em segurança. O vice-rei e o capitão relutaram, mas Ana Félix e seu pai confiaram nele. Depois Dom Antonio levou Ricote e a filha para sua casa, e o vice-rei, que ficara encantado com a beleza de Ana Félix, pediu que os tratasse muito bem.

Capítulo 64
Que narra a mais triste aventura de Dom Quixote

Dom Quixote ofereceu-se para resgatar Gaspar Gregório, e Dom Antonio garantiu-lhe que, se o renegado não desse conta do caso, ele, Dom Quixote, seria mandado em seu lugar. Dois dias depois, o renegado zarpou rumo a Argel com uma tripulação muito valente.

Uma manhã em que Dom Quixote estava passeando pela praia, viu aproximar-se um cavaleiro com uma lua brilhante pintada no escudo. Quando chegou perto de Dom Quixote, o cavaleiro lhe disse:

— Insigne e nunca bastantemente louvado Dom Quixote de La Mancha, sou o Cavaleiro da Branca Lua e devo lutar contigo para dar-te a conhecer que minha dama é incomparavelmente mais formosa que tua Dulcineia. Se eu vencer, quero que regresses a tua aldeia e passes um ano lá sem pegar em armas. Se tu venceres, serão tuas as minhas armas e o meu cavalo, e grande o aumento de tua fama.

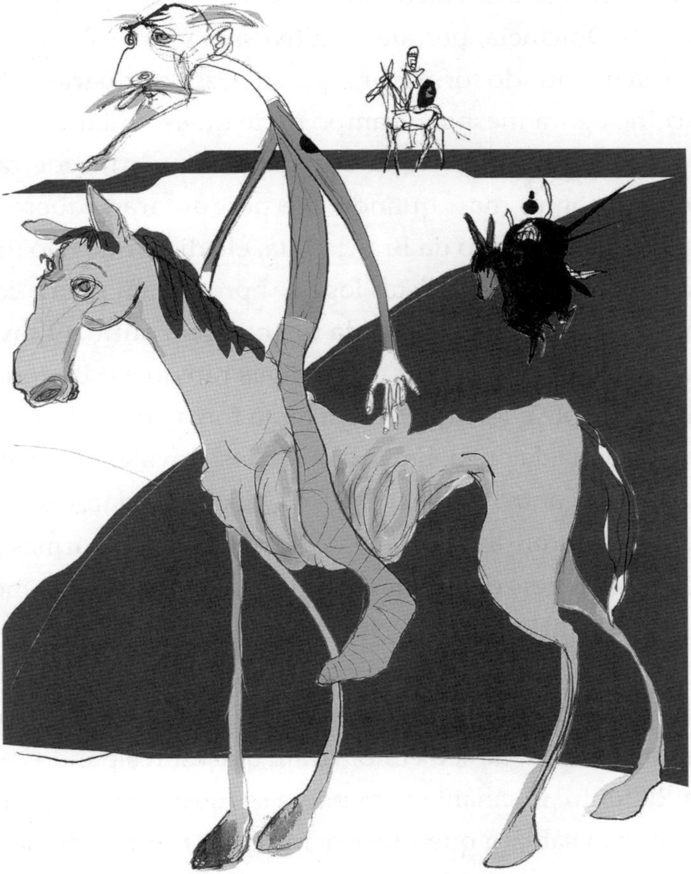

Dom Quixote ficou perplexo e respondeu, muito sério:
– Cavaleiro da Branca Lua, cujas façanhas até agora não haviam chegado aos meus ouvidos, eu te farei jurar que nunca viste Dulcineia, porque, se a tivesses visto, saberias que não há no mundo formosura que se possa comparar à dela. Escolhe agora mesmo o campo onde queres lutar.

Todos pensaram tratar-se de mais uma brincadeira de Dom Antonio, mas, quando lhe perguntaram quem era aquele tal Cavaleiro da Branca Lua, ele disse que não tinha a menor ideia. Os duelistas logo se aprontaram para o combate e partiram em cavalgada um contra o outro. O cavalo do Cavaleiro da Branca Lua era mais rápido e esbarrou em Dom Quixote e Rocinante com tanta força que derrubou os dois na areia da praia. Então o misterioso cavaleiro, apontando a lança contra o rosto de Dom Quixote, declarou-se vitorioso e lembrou-lhe a promessa de não pegar em armas por um ano. Depois de tomar a palavra do vencido, deu meia-volta e se dirigiu para a cidade a meio-galope.

Dom Antonio o seguiu para tentar descobrir quem ele era. Enquanto isso, outros acudiram Dom Quixote e, ao levantar a viseira de seu elmo, viram que estava pálido como um defunto. Rocinante nem podia se mexer. Sancho, muito triste, não sabia o que dizer nem o que fazer; tudo aquilo lhe parecia um pesadelo ou uma grande maldade dos magos. Dali a pouco alguém mandou buscar uma cadeira para carregarem o cavaleiro derrotado até a casa de Dom Antonio, e todos ficaram curiosos para saber quem era o da Branca Lua, que deixara Dom Quixote naquele estado.

Capítulo 65
Onde se conta quem era o da Branca Lua

Dom Antonio seguiu o Cavaleiro da Branca Lua até que o viu entrar numa pensão. Entrou atrás dele, e o cavaleiro, percebendo que o homem não parava de segui-lo, disse:

– Imagino que o senhor queira saber quem sou eu. Pois vou lhe dizer: sou o bacharel Sansão Carrasco, venho da mesma aldeia de Dom Quixote, cuja loucura deixou todos os seus conhecidos muito preocupados. Tramei essa encenação só para fazê-lo voltar para casa. E não foi a primeira tentativa. Faz coisa de três meses, já o desafiei como cavaleiro andante, apresentando-me como o Cavaleiro dos Espelhos, pensando em lutar com ele, vencê-lo e mandá-lo de volta à aldeia. Só que ele venceu. Dom Quixote então seguiu seu caminho, e eu regressei humilhado, além de bem machucado, pois caí de muito mau jeito. Mas nem por isso desisti de voltar a procurá-lo e vencê-lo. E sei que ele, sendo tão cioso das regras da cavalaria andante, agora vai cumprir com sua palavra. Só peço ao senhor que não diga a Dom Quixote quem sou eu, para que ele volte para casa e possa recuperar o juízo.

– Ah, senhor! – disse Dom Antonio. – Deus o perdoe pelo que acaba de fazer, tentando devolver a razão ao louco mais engraçado do mundo. O senhor não percebe que todos gostam da loucura de Dom Quixote? Tomara que ele nunca sare. Se isso por acaso acontecer, perderemos não apenas suas graças, mas também as de Sancho. Mesmo assim, não vou dizer nada.

Dom Antonio e Carrasco se despediram, e o bacharel retornou à aldeia. Dom Quixote ficou seis dias de cama, adoentado, triste e pensativo. Sancho tentava consolá-lo, dizendo:

— Meu senhor, levante a cabeça e tente se animar. Pense que, pelo menos, o senhor não quebrou nenhuma costela. Vamos voltar para nossa aldeia e deixar de andar buscando aventuras em terras e lugares que não conhecemos.

Também Dom Antonio tentava animá-lo, e um dia lhe disse:

— Alegre-se, senhor Dom Quixote, pois Gaspar Gregório e o renegado que foi resgatá-lo acabam de desembarcar na praia! Logo devem vir aqui.

Dom Quixote animou-se um pouco, e a agitação logo tomou conta da casa. Ricote e sua filha saíram para receber o recém-chegado. Os namorados cumprimentaram-se discretamente, mas olhando-se com muito amor, e Ricote pagou ao renegado a recompensa prometida. Dom Antonio comprometeu-se a fazer o possível junto às autoridades para que Ricote e Ana Félix pudessem ficar na Espanha. Depois disse a Gregório que devia ir ver seus pais e se ofereceu para acompanhá-lo. Assim, Dom Antonio e Gregório partiram em viagem. E no mesmo dia também partiram Dom Quixote e Sancho. Dom Quixote, sem armadura nem arma alguma; Sancho, a pé, porque o burro ia carregando as armas.

Capítulo 66
No caminho de volta

Ao deixar Barcelona, Dom Quixote tornou a olhar para o lugar onde fora derrubado e disse:

– Aqui foi o ocaso de minhas façanhas. Paciência, daqui a um ano voltaremos ao exercício das armas. Caminha, amigo Sancho.

– Senhor – respondeu Sancho –, não faz meu gosto caminhar tanto. Por que não deixamos suas armas penduradas em alguma árvore? Assim eu posso ir montado no meu burro.

Dom Quixote negou-se a deixá-las, e desse modo andaram por cinco dias, até que acharam uma taberna. Ao vê-los entrar, uns lavradores pediram conselho a Dom Quixote para resolver um problema que os preocupava. O cavaleiro disse estar muito triste para pensar no caso, e foi Sancho quem lhes sugeriu a solução, que foi apreciada como muito sábia. Amo e escudeiro passaram a noite em campo aberto, ao relento, e no dia seguinte, voltando à estrada, viram aproximar-se um homem a pé. Quando chegou perto, o homem abraçou Dom Quixote com muito carinho, mas Dom Quixote não o reconheceu.

– Eu, senhor Dom Quixote, sou Tosilos, o lacaio do duque, aquele que não quis lutar com o senhor pelo casamento da filha de Dona Rodríguez.

– Por Deus! – disse Dom Quixote. – É possível que você seja aquele que os magos transformaram?

– Não, senhor – disse Tosilos –, não houve magia alguma. Eu sempre fui o lacaio Tosilos. Pensei em me casar sem lutar porque me apaixonei pela moça, mas tudo aconteceu ao contrário do que eu esperava. Assim que o senhor partiu, o duque mandou me açoitar por não ter cumprido as ordens dele no campo de batalha. No fim, a moça virou freira e Dona Rodríguez voltou para sua Castela. Agora estou indo para Barcelona, levando umas cartas do meu senhor para o vice-rei. Se o senhor me der a honra de beber comigo, aqui tenho um cantil de bom vinho e umas lasquinhas de queijo para atiçar a sede.

– Aceito o convite, e para o inferno todos os magos – disse Sancho.

– Você é mesmo o maior glutão do mundo, Sancho, e o maior ignorante da Terra. Não percebe que este homem está enfeitiçado e que é um falso Tosilos? Fique com ele, que eu seguirei em frente. Irei bem devagar, para que depois você possa me alcançar – disse Dom Quixote.

Tosilos deu risada e tirou o cantil. Sancho também tirou o que trazia nas sacolas de mantimentos, e os dois se sentaram para comer e beber. Até que Tosilos disse a Sancho:

– Sem dúvida, seu patrão deve ser louco.

– Como assim, deve? – devolveu Sancho. – Dom Quixote não deve nada a ninguém, pois a loucura é só dele. E agora vai acabado, porque foi vencido pelo Cavaleiro da Branca Lua.

Tosilos pediu que lhe contasse o que tinha acontecido, mas Sancho disse que não queria fazer seu patrão esperar mais. Levantou-se, apanhou o burro pelas rédeas, despediu-se de Tosilos e alcançou Dom Quixote, que esperava por ele à sombra de uma árvore.

Capítulo 67
Da decisão de virar pastor tomada por Dom Quixote

Lá estava Dom Quixote, perdido em pensamentos: uns tinham que ver com o feitiço de Dulcineia; outros, com a vida que levaria em seu recolhimento forçado. Quando Sancho chegou, o cavaleiro perguntou-lhe se Tosilos lhe contara alguma coisa sobre Altisidora. Sancho ficou surpreso por seu senhor se lembrar dela, e Dom Quixote se apressou a explicar que só estava perguntando porque ele não era ingrato e se preocupava com a pobre moça, mas esclareceu que continuava apaixonado por Dulcineia. Então pediu que o escudeiro acabasse de se açoitar de uma vez por todas. Sancho respondeu que, para ser bem sincero, ele nunca acreditara que seu açoitamento pudesse ter alguma coisa que ver com a quebra de qualquer feitiço. Mas tornou a prometer que, mesmo assim, ele se açoitaria quando tivesse tempo e vontade. Então retomaram o caminho e pouco depois chegaram aonde foram pisoteados pelos touros. E Dom Quixote disse:

— Este é o prado, Sancho, onde encontramos aquelas lindas pastoras e os elegantes pastores que queriam fundar uma nova Arcádia. Se você me acompanhar, também gostaria de virar pastor. Eu me chamarei *pastor Quixotis* e você, *pastor Pancino*. E vagaremos pelos campos, cantando e bebendo de fontes e regatos.

— Mas que ótima ideia! Quando o bacharel e o barbeiro ficarem sabendo, vão querer nos imitar. E é bem capaz que o padre também resolva entrar na brincadeira – disse Sancho.

– O bacharel Sansão Carrasco poderia se chamar *pastor Sansonino* ou *pastor Carrascão*; o barbeiro Nicolau poderia ser *Niculoso*, e o padre, não sei... Ah, poderia se chamar *pastor Padriambro*. Minha amada pastora continuaria se chamando Dulcineia, já que esse nome serve tanto para pastora como para princesa.

– A minha poderia se chamar Teresona, que combina muito com ela, por causa de sua gordura e seu nome, que é Teresa. Quanto à pastora do padre, acho que não ficaria bem ele ter uma.

– Por Deus, Sancho, que boa vida levaríamos!

E assim continuaram sonhando em ser pastores até a hora de jantar, quando tiveram bem pouco que comer. Sancho deitou-se e logo adormeceu, embalado pela lembrança da fartura que conhecera nas casas ricas. Seu senhor, ao contrário, passou a noite em claro.

Capítulo 68
Da porcina aventura que aconteceu a Dom Quixote

No meio da noite, Dom Quixote acordou Sancho para lhe dizer que deixasse de ser egoísta e fizesse o favor de se açoitar, mas Sancho respondeu que queria dormir, e teve início uma discussão. Estavam nisso quando sentiram o chão tremer. Dom Quixote se levantou e pôs a mão na espada, enquanto Sancho se escondia embaixo do burro. Acontece que uns homens estavam levando mais de seiscentos porcos para vender numa feira. E os animais, sem nenhum respeito pela autoridade de Dom Quixote nem de Sancho, passaram por cima dos dois. Sancho pediu a espada de Dom Quixote, dizendo que queria matar pelo menos meia dúzia daqueles bichos mal-educados, mas o cavaleiro o mandou se acalmar, dizendo que aquilo era um castigo dos céus por ele ter sido derrotado.

Quando os porcos se afastaram, Sancho voltou a deitar e continuou dormindo, mas Dom Quixote, sem conseguir pegar no sono, dedicou-se a cantar e a pensar. Amanheceu, retomaram o caminho e, quando já ia escurecendo, viram que se aproximavam dez homens a cavalo e cinco a pé, todos armados. Ao chegarem, os homens os cercaram apontando-lhes suas lanças, sem dizer nada. Puxaram Rocinante e o burro pelas rédeas e forçaram Dom Quixote e Sancho a segui-los, picando-os com as lanças toda vez que ameaçavam falar. De quando em quando, um desses homens os mandava andar mais rápido e os xingava. Dom Quixote caminhava atônito e Sancho, resmungando.

Já noite cerrada, chegaram a um castelo e logo o reconheceram, pois era o dos duques. Foram levados até o pátio principal, e o que viram ali multiplicou o medo de ambos. É o que veremos no próximo capítulo.

Capítulo 69
Do mais estranho caso de toda esta história

O pátio estava rodeado de tochas, e no centro erguia-se um túmulo coberto de veludo preto. Sobre ele jazia o corpo morto de uma linda moça, com a cabeça apoiada num travesseiro. A um lado estavam sentados dois personagens que, a julgar pela coroa que tinham na cabeça, pareciam reis. Dom Quixote e Sancho, mudos de medo, receberam a ordem de sentar. Em seguida apareceram os duques, que se sentaram ao lado daqueles que pareciam reis. Dom Quixote então reconheceu a morta: era Altisidora. De um canto entrou um homem que se aproximou de Sancho, vestiu-lhe uma bata pintada com chamas e colocou-lhe uma grande carapuça na cabeça. Apesar do medo, Dom Quixote não conseguiu conter o riso. Ouviu-se um som de flautas, e então apareceu um rapaz tocando harpa e entoando uma canção sobre a morte de Altisidora por culpa do cruel Dom Quixote. Um dos que pareciam reis interrompeu a canção e disse que Altisidora ainda não estava morta e que Sancho Pança lá estava para salvá-la. Assim que o rei acabou de falar, uma voz retumbante mandou dar vinte e quatro sopapos, doze beliscões e seis alfinetadas em Sancho para que Altisidora recuperasse a vida. Sancho gritou que não pensava em se prestar a tamanho absurdo, mas foi inútil. Logo surgiram seis criadas velhas, todas com grandes óculos e a mão direita levantada. Ao vê-las, Sancho começou a berrar feito um touro bravo, mas Dom Quixote o acalmou dizendo-lhe que devia se sentir honrado pelo poder de ressurreição que era dado ao seu martírio. Conformado, Sancho ofereceu o rosto para as criadas, que foram desfilando na sua frente e acertando-lhe um belo tabefe. Depois vieram outras pessoas para beliscá-lo. Quando começaram as alfinetadas,

Sancho apanhou uma tocha acesa e botou suas torturadoras para correr. Nesse momento, Altisidora virou de lado e todos gritaram que ela estava viva. Assim que viu a moça se mexer, Dom Quixote ajoelhou-se aos pés de Sancho e implorou que aproveitasse para se açoitar e desenfeitiçar Dulcineia. Mas o escudeiro achou o pedido de Dom Quixote um abuso, depois de tantos sopapos e beliscões. Amparada pelos duques, Altisidora levantou-se, encarou Dom Quixote e disse-lhe que por culpa dele tinha estado no outro mundo. Depois agradeceu a Sancho e prometeu presenteá-lo com seis camisas. Sancho beijou as mãos dela, e o rei mandou tirar-lhe a bata e a carapuça, mas Sancho pediu para levá-las de lembrança.

Capítulo 70
Que vem depois do 69 e esclarece algumas coisas

Sancho e Dom Quixote foram dormir no mesmo quarto, coisa que o escudeiro preferiria ter evitado, pois sabia que seu amo não o deixaria dormir com sua conversa interminável. De fato, o cavaleiro começou a comentar o estranho caso de Altisidora, mas, atendendo às súplicas de Sancho para que o deixasse descansar, logo se calou, e os dois puderam dormir. Enquanto eles dormem, Cide Hamete aproveita para contar o que levou os duques a preparar toda aquela encenação. Diz ele que o bacharel Sansão Carrasco, tendo descoberto o paradeiro de Dom Quixote por intermédio do pajem que levara as cartas à casa dos Pança, vestiu-se de Cavaleiro da Branca Lua e foi até o castelo, mas o duque informou que Dom Quixote já havia partido rumo a Saragoça. O bacharel seguiu até lá, mas, como não encontrou o fidalgo naquela cidade, foi procurá-lo em Barcelona, onde aconteceu o que já contamos aqui. Antes de voltar à aldeia, ainda passou na casa do duque para lhe contar tudo, e o duque não quis perder a oportunidade de aprontar a última com aquelas duas figuras. E Cide Hamete afirma que, na opinião dele, os escarnecedores estavam tão loucos quanto os escarnecidos.

No dia seguinte, Altisidora entrou sem bater no quarto de Dom Quixote, que diante da inesperada visita ficou todo embaraçado e se encolheu e se cobriu com os lençóis. A moça sentou-se numa cadeira ao lado da cama do cavaleiro e lhe disse que estava perdidamente apaixonada por ele, e que, por guardar tamanho amor não correspondido, sua alma rebentara e chegara ao outro mundo. Sancho então pediu a ela que contasse o que havia visto no além e se tinha estado no inferno. Altisidora contou que tinha chegado até seus portões, onde havia uns demônios jogando bola, só que em vez de bola chutavam livros, e um deles era, justamente, a segunda parte da história de Dom Quixote de La Mancha, mas não aquela contada por Cide Hamete, e um demônio mandava o outro chutar o tal livro para as profundezas do inferno.

Dom Quixote tornou a declarar a Altisidora que seu amor era todo por Dulcineia, e Altisidora tornou a se aborrecer. Então entraram os duques, e Dom Quixote sugeriu à duquesa que mandasse a moça fazer renda para mantê-la ocupada. Altisidora saiu do quarto fingindo chorar, e Dom Quixote comunicou aos duques que queria partir. Vestiu-se, almoçou com eles e nessa mesma tarde deixou o castelo.

Capítulo 71
Do que lhes aconteceu depois

Dom Quixote seguia muito triste por causa de sua derrota, mas por outro lado muito alegre, pelo poder que Sancho tinha demonstrado na ressurreição de Altisidora. Sancho, ao contrário, não ia nem um pouco alegre, porque a moça não lhe dera as camisas prometidas.

– Realmente, Altisidora fez muito mal em não dar a você as camisas que lhe prometeu – disse Dom Quixote. – Mas olhe, se você quiser que eu pague pelos açoites para desenfeitiçar Dulcineia, pode tirar o dinheiro diretamente das sacolas.

Sancho arregalou os olhos e ficou de orelha em pé ao ouvir a oferta, e em seguida perguntou:

– Então me diga: quanto o senhor pagaria por açoite?

– Estabeleça você mesmo um preço – respondeu Dom Quixote.

Sancho fez alguns cálculos, propôs um valor e, fechado o negócio, combinou com Dom Quixote que começaria a se açoitar naquela mesma noite.

Quando a noite caiu, saíram do caminho e entraram num bosque. Depois de jantar, Sancho afastou-se alguns passos entre umas árvores, tirou a camisa e começou a se bater com uma corda, enquanto Dom Quixote ia contando os açoites. Chegando ao sexto, no entanto, Sancho parou de bater nas próprias costas e começou a açoitar as árvores, enquanto gemia fingindo sentir dor. Quando o cavaleiro contou mil açoites, disse que era o bastante, por enquanto. Sancho parou, e seu senhor o cobriu com seu próprio capote para que não passasse frio. Ao amanhecer, voltaram à estrada até encontrarem uma pousada, onde se hospedaram. Ali Dom Quixote perguntou a Sancho se estava pensando em continuar com a penitência. O escudeiro respondeu que preferia se açoitar em lugares com árvores, pois a companhia delas o ajudava a suportar a dor. Dom Quixote disse que então era melhor deixarem os açoites para mais tarde, e Sancho respondeu que faria como seu senhor mandasse, mas acrescentou que queria liquidar o assunto o quanto antes, pois a Deus rezando e com o malho dando, e mais vale um *toma* que dois *te darei*, e um pássaro na mão do que cem voando.

– Chega de provérbios, Sancho, pelo amor de Deus! – exclamou Dom Quixote.

– Desculpe, não sei o que me dá – respondeu Sancho. – Não consigo falar sem provérbios e sempre me lembro de algum que vem a calhar. Mas prometo me emendar, se eu puder.

E assim terminou a conversa.

Capítulo 72
De como Dom Quixote e Sancho chegaram à aldeia

Entrou na pousada um homem chamado Álvaro Tarfe, e Dom Quixote achou que tinha lido esse nome na falsa segunda parte de sua história. Foi perguntar-lhe se ele por acaso conhecia Dom Quixote, e Dom Álvaro Tarfe disse que sim, que estivera com o cavaleiro em Saragoça e depois o deixara num manicômio em Toledo. Então Sancho entrou na conversa para afirmar que o verdadeiro Dom Quixote de La Mancha era esse na sua frente, e não aquele outro. E desandou a falar tantas coisas engraçadas, que Dom Álvaro teve de admitir que devia estar mesmo diante do verdadeiro Sancho Pança, tão diferente do escudeiro bêbado sem graça que ele conhecera. Atônito, afirmou que, sem dúvida, ele devia ter sido enfeitiçado pelos magos que perseguiam Dom Quixote. Por coincidência, justo nesse momento entraram na pousada um oficial de justiça e um escrivão. Dom Quixote lhes pediu que lavrassem e autenticassem uma declaração de Dom Álvaro dizendo que o verdadeiro Dom Quixote não era aquele que estava impresso numa história intitulada *Segunda parte do imperioso Dom Quixote de La Mancha*, escrita por um tal de Avellaneda. Fizeram o documento conforme o pedido, e Dom Quixote e Sancho ficaram muito satisfeitos.

Partiram de tarde, e, no trecho de estrada que a dupla fez com Dom Álvaro, Dom Quixote lhe falou de sua derrota em Barcelona e do feitiço de Dulcineia, coisas que muito admiraram o personagem. Depois de se despedirem, cavaleiro e escudeiro foram pernoitar em um bosque para que Sancho pudesse continuar com sua penitência. Dom Quixote foi contando os açoites, que chegaram a três mil e vinte e nove. Quando o sol raiou, retomaram a viagem e caminharam mais um dia e uma noite, na qual Sancho terminou sua penitência do mesmo jeito que a começara: açoitando as árvores. Dom Quixote ficou muito contente, esperando com ansiedade o dia amanhecer para finalmente encontrar com sua Dulcineia desenfeitiçada. Pouco depois chegaram a uma ladeira, subiram por ela e, do alto, puderam avistar seu povoado. Sancho se ajoelhou, fez um breve e emocionado discurso, e Dom Quixote o mandou deixar de bobagens e seguir em frente, pois tinham de chegar logo em casa para planejar sua nova vida de pastores. Então desceram a ladeira e entraram na aldeia.

Capítulo 73
Do regresso de Dom Quixote a sua casa

Na entrada da aldeia, viram dois rapazes brigando, justo quando um gritava para o outro: "Desista, porque nunca na vida você vai vê-la!".

Ao ouvir isso, Dom Quixote disse para Sancho:

– Você reparou no que aquele rapaz disse? "Nunca na vida você vai vê-la!"

– Qual o problema? – disse Sancho.

– Ora! Você não vê que isso pode significar que eu não vou ver Dulcineia? – replicou Dom Quixote.

– Se não me falha a memória, já ouvi o padre dizer que não é digno de cristãos acreditar nessas coisas – respondeu Sancho.

Dali a pouco encontraram o padre e o bacharel Carrasco, abraçaram-se todos e foram para a casa de Dom Quixote. Lá estavam a criada e a sobrinha junto à porta. Também se aproximaram Teresa Pança e Sanchica. Ao ver Sancho, Teresa ficou muito desapontada, pois a aparência dele, mais que de um governador, era de um desgovernado. Sancho, porém, tratou logo de dizer que estava trazendo dinheiro, o que acalmou um pouco a mulher. Sanchica abraçou o pai, e os três, mais o burro, seguiram para casa. Dom Quixote então contou ao padre e ao bacharel como fora derrotado e a promessa que fizera de não pegar em armas por um ano. Acrescentou que durante esse período pensava em virar pastor e lhes pediu que o acompanhassem. Ele logo trataria de comprar ovelhas suficientes para se considerarem pastores, mas o principal já estava feito, pois ele e Sancho já haviam escolhido o nome de cada um. O padre perguntou quais eram, e Dom Quixote respondeu que ele se chamaria pastor Quixotis; o bacharel, pastor Carrascão; o padre, pastor Padriambro; e Sancho, pastor Pancino. Todos ficaram pasmos com a nova loucura de Dom Quixote, mas, esperando que ao longo do ano ele pudesse sarar, disseram aceitar seu convite para acompanhá-lo na nova vida pastoril. O bacharel disse que comporia poemas e que cada um teria de escolher o nome de sua amada pastora.

A sobrinha e a criada ouviram a conversa e, quando o padre e o bacharel saíram, disseram a Dom Quixote que ele já estava velho para virar pastor, pois isso era coisa para homens jovens e robustos, e que era melhor ele cuidar de sua casa. Mas Dom Quixote as interrompeu, pedindo-lhes que o levassem para a cama, porque não estava se sentindo bem.

Capítulo 74
De como Dom Quixote adoeceu, do testamento que fez e de sua morte

Dom Quixote passou seis dias com febre, sem conseguir se levantar da cama. Recebeu a visita do padre, do bacharel e do barbeiro, e Sancho não saía do lado dele. Todos procuravam alegrá-lo, pensando que estava daquele jeito por não ter podido ver Dulcineia desenfeitiçada. O bacharel tentava convencê-lo a se levantar para começar a vida pastoril. O médico veio vê-lo e o aconselhou a cuidar da saúde da alma, porque a do corpo estava por um fio. Então a criada, a sobrinha e Sancho começaram a chorar como se ele já estivesse morto. Dom Quixote pediu que o deixassem sozinho, porque queria dormir. Passadas seis horas, acordou e os chamou:

– Bendito seja Deus, recuperei meu juízo! Ele agora está livre das sombras da ignorância em que a leitura dos livros de cavalaria o envolveram. Sei que estou prestes a morrer, mas não queria deixar este mundo com fama de louco. Embora reconheça que o fui, não vou confirmá-lo na hora da minha morte.

Quando todos os demais acabaram de entrar, continuou:
— Podem me dar os parabéns, senhores, porque já não sou Dom Quixote de La Mancha, e sim Alonso Quijano, dito "o Bom", inimigo de Amadis de Gaula e do resto dos cavaleiros andantes.

Ao ouvi-lo, todos pensaram que estivesse atacado por uma nova loucura, e o bacharel disse:
— Deixe disso, senhor! Justo agora que recebemos a notícia de que o feitiço de Dulcineia foi realmente quebrado?
— Senhores — respondeu Dom Quixote —, sinto que vou correndo para a morte a passos largos, portanto deixem de brincadeiras. Enquanto o padre me confessa, vão chamar o escrivão, pois quero fazer meu testamento.

Ficaram assombrados ao ver que, de uma hora para a outra, ele realmente havia recuperado o juízo. Mas, pela mesma razão, também perceberam que de fato o fidalgo estava morrendo. O padre pediu a todos que o deixassem a sós com ele e tomou sua confissão. O bacharel voltou trazendo o escrivão. Quando o padre acabou de confessá-lo, Dom Quixote pediu a todos que entrassem e começou a ditar seu testamento. Primeiro deixou a Sancho todo o dinheiro que trouxeram da viagem, pois tinha uma dívida a saldar com ele, e em seguida pediu desculpas ao escudeiro por arrastá-lo em sua loucura. Sancho, aos prantos, rogou-lhe que, por favor, levantasse da cama, pois a vida de pastores os esperava, e que a pior loucura que um homem pode fazer é se entregar à morte. E acrescentou que, se estava assim por causa da derrota, podia dizer que só conseguiram derrubá-lo por culpa dele, Sancho, que não apertara direito a sela de Rocinante. Mas Dom Quixote voltou a afirmar que era Alonso Quijano e disse esperar que, em seu arrependimento, voltassem a gostar dele como antes. Depois continuou a ditar o testamento. À sobrinha deixou suas propriedades e a incumbência de acertar os compromissos pendentes, sendo o primeiro o pagamento de todos os salários que devia à criada, mais um bônus para que comprasse um vestido. Proibiu-a de casar com um homem que gostasse de livros de cavalaria, sob pena de perder a herança caso contrariasse essa disposição. Depois disso desmaiou, e dali a três dias morreu.

O padre então mandou o escrivão atestar que Alonso Quijano, o Bom, comumente chamado "Dom Quixote de La Mancha", tinha morrido de morte natural. Esclareceu que pedia esse documento para que nenhum outro, salvo Cide Hamete Benengeli, escrevesse falsamente sobre ele.

Foi esse o fim do engenhoso fidalgo Dom Quixote de La Mancha, cujo lugar Cide Hamete não quis revelar, para que no futuro todas as aldeias de La Mancha brigassem para tê-lo como filho.

1ª edição setembro de 2005 | **2ª reimpressão** janeiro de 2018
Fonte Palatino | **Papel** Avena 70g/m² | **Impressão e acabamento** Orgrafic